人道沉思录

宋远升 著

上海三联书店

目 录

智者开讲

一

智者出身贫苦，但是，凭借着不懈的努力，走遍大山大川，博览群书，历经多种职业。智者有贫穷之经历，也有风光之过往。智者历经人间冷暖，也看尽人间悲欢。在智者老年之时，他决定不在人间到处奔波了，作为成熟的庄稼，他知道自己需要将成熟的谷穗奉献给世人了；作为技艺纯熟的手工艺人，他知道到了将自己的作品展现给世人的时候了；作为满载的渔夫，他知道要将肥美的智慧之鱼留给后世了。于是，他带着自己的学生以及一些追随者来到一处隐居之地进行讲道。智者说：

我既是智者，又是愚者。既是讲道者，又是学道者。如果说我是智者的话，这是因为我走过的桥都超过了你们所走过的路，我尝过的苦难都超过了你们喝过的水。如果说我是愚者，在至高无上的造物主面前，谁又不是愚者呢？天意高不可知，天意不可违。我只是把我知悉的道告诉你们，我只是把我在苦难中领悟的道传达给你们而已。我是讲道者，因为这是我的职业，也是我的使命。你们农民是为种地而来到世间，你们商人的使命则是保持商业血管流通，你们画家的任务是让大家欣赏平常之外的美感，你们音乐家的使命是将自然的声

音以人工的方式传递给众人。我的使命就是将人间之道向你们传播。然而,我也是一位学道者,我目前所领悟的一切都不是来自你们吗?你们画家给我以画道的知识,你们医者给我以医道的启示,你们农夫给我以农民技艺的启发。我只是将你们熟视无睹之物中的道提炼出来而已。

我与其他的讲道者不同,他们是流行的风声,我是风声下孤寂的树木。我与你们听过的其他讲道者存在区别,他们是激越的流水,我是水底坚固的石头。你们须知,在道之中,不是流行做主,而是时间做主;不是歌声做主,而是山川做主。如同你们的衣服,尽管色彩能更加刺激人的愉悦感官,但是,好坏最终还是由服装的质地决定。

二

你们不要问我从何处来,谁又能知道自己从何处而来?我们难道不都是来自一个茫茫之处吗?谁又知道自己的前生如何?谁又能与前世相约之人再度相逢。

不要问我从何处得道,我可以从贫瘠的土地里得道,我可以从舞榭高台上得道;我可以从炉火之中得道,也可以从最清之水中得道;我可以在最为寂寞之时得道,也可以在最为繁华之时得道;我可以从读万卷书中得道,也可以从行万里路中得道;我可以从至为艰苦中得道,也可以从至为愉悦中得道。不同的人都有不同的得道法门。难道你们终日只吃一种食物吗?难道你们毕生只穿一套衣服吗?

不要问我最终要去哪里,你们该知道之时自然就会知道。等到群兽回归群山之时,我就会归去;等到游鱼重回江海之时,我就会归去;等到星辰重现夜空之时,我就会归去;等到万物重回万物的中心,我就会归去。

你们这些听道者，能从四面八方奔向我，不是我的容貌出众，而是道在吸引着你们；不是我的筋骨强健征服了你们，而是道之奥妙使得你们折服。

我只是一座暗夜中的灯塔，只能给你们指引方向，至于采取什么方式回家，则是你们自己的事情。

那高空的飞鸟，我能给它们翅翼吗？我只能给它们希望的大风；那水中的游鱼，我能给它们鱼鳍吗？只能给它们念想的流水。

你们不必完全模仿我，在这世上有完全可以模仿之事物吗？因为上苍赋予我们的使命是不同的。我们走过的路不同，喝过的水也不同。因此，即使是我的后代都无法与我完全一致，我怎么会强求你们与我一致呢？

我不强行让你们奔向我。难道太阳强迫万物趋之若鹜吗？我不会说服你们走哪条道路，我只是引导你们从歧路中走出，然而，却不能直接送你们回家。我只是在险滩旁为你们高呼危险的警告，却不能与你们同舟共行。

三

在我这里，众生皆是平等。你们官员与农夫不是平等的吗？农夫可以给官员提供粮食，官员可以给农夫提供秩序。如果没有农夫，官员可能会饥饿而死；没有官员，农民可能无法正常生产粮食。你们商人与工人不是平等的吗？工人为商人制造产品，商人为工人提供报酬。没有工人，商人就无法进行财产积累。没有商人，工人的产品将会成为废物。

在我这里，你们没有高低贵贱之分，没有知识多寡差别，你们只有对道的领悟能力的差异。你们来自不同的职业，长着不同面目，但是你们的寻道之心却一致。

但是，在我这里，我并不是对世间悲苦之事无动于衷。我要将处于底层者从人群中拔擢出来，让他们看到更远处的风光；我要将腿脚残疾者从人群中选择出来，使得他们的腿脚能够得到可靠的拐杖。我要使盲目者看到外面的世界，我要让耳聋者听到众鸟的鸣声。

四

我不能要求你们如何悟道，如同我不能强制你们饮哪一条河流的河水。你们应当选择离家最近的水流饮水，你们应当选择最为清澈的水流饮水，我所做的只是为你们提供饮水的工具。

我不强求你们的来去。你们该来的自然会来，如同云多了自然会下雨；你们该走的也自然会走。你们见过母兽强留长成的幼崽了吗？你们看见江海强留船只了吗？你们看见夜空强留星月了吗？

你们中有富贵者，我不能给你们增加财富，却能给你们增加公义；你们中有权势者，我不能给你们增加品级，却能给你们增加安全；你们中有怯懦者，我不能给你们增加力量，却能给你们增加勇气；你们中有腿脚残疾者，我不能给你们健全的躯体，却能给你们提供信心的拐杖。

即使你们家财万贯，内心不也是孤独吗？即使你们学富五车，内心不也是寂寞吗？即使你们左拥右抱，内心不也是荒凉吗？我讲道的目的，是让道回到你们内心，让信仰使你们变得饱满。

即使你们来自不同方向，但是，奔向的正道却只有一条。你们应行公义，走正道，这才是你们取之不尽的财富，这才是你们永不熄灭的引路灯火。我只不过是那个燃灯者，我只不过是那个供水者，我只不过是那个指示人而已。

一、 论友谊

一

一个青年从众人中走出说：夫子，我们自从呱呱坠地，不仅需要父母之亲情、恋人之爱情，而且行走在茫茫社会之中，需要与不同的人交往，交往使我们成为社会的一分子，那么，请告诉我们如何通过结交找到友谊呢？

智者沉吟了一下，显然，友谊之重要值得他深思。然后他说：你们难道认为友谊是一定可以通过结交找到的吗？友谊是一种缘分，和爱情一样可遇不可求。爱情往往不需要理由，友谊也是如此。因此，我只能从经验中给你们一些指点，却不能从感性上给你们半点示范。我只是遥远处的一座灯塔，只能给你们在遥远方向上定位，却不能一直送你们回归港湾。

友谊难道不是一盏在风雨飘摇中高悬的风灯吗？在你们眼神碰撞后就点燃了灯盏，剩下的就是用真心和耐心给灯芯添油，在将来的风雨中双手相握，用身体遮住风雨来予以维护。

即使友谊产生的纽带可以来自利益或者约定，但是，基于自然缘分产生的友谊更为牢不可摧。可以说，可能两人初次见面就知道彼此能成为长久的朋友，或者即使每日相逢都不会成为朋友。因此，对

于友谊而言,缘分之奇异妙不可言。

二

如同认识一棵树木必须从根部延伸到顶端,一份永恒的友谊应当从默契的开端成长,在风雨中互相扶持,从而长成参天大树。

但是必须牢记:你可以把帮助当做互相输送养料的根须,却不要成为单方输送的水管,更不要把友谊当成束缚他人的绳索。当然,作为付出友谊的一方,不能把帮助作为施舍,被帮助者也需要有尊严,这种尊严是支撑友谊的骨骼,否则,友谊也将不复存在,而会成为利益的奴仆。真正的友谊在帮助他人时,需要像空气,利于人而不觉;需要像春雨,润物而无声。

真正的友谊不是无限索取,否则,对于一棵无休止索取养分的树木而言,即使脚下的土地再过慷慨,也总有枯竭的时候。即使是有血缘关系的亲属之间都应当是双向的通道。友谊的桥梁只有互相扶持才不至于坍塌。对于友谊而言,再丰盛水域的鱼也是有限制的。如果竭泽而渔,那么,整个友谊的水域将成为无鱼之死水。

如同阳光总有阴影一样,友谊也会有瑕疵。然而,正是由于容忍了瑕疵,友谊光辉的一面才能持久。希望你们容忍朋友就像容忍你们自己一样,不能对友谊过于吹毛求疵。你不能只看到朋友身上的暗点,却忽视了自己身上的荆棘。友谊是一面镜子。你看到对方如何,其实,你本身就是那个镜子中影像的反射物。

友谊不是一种速生的植物。你应当以真情为甘泉,让那颗深藏在地下的种子慢慢生根发芽。你应当以真诚作为支柱,在友谊之树倾斜时努力支撑。你应当用信任之伞为这株植物提供荫庇,它才会长出互相连接的触手或者根系。

三

虚假的友谊如同塑料花朵，即使娇艳欲滴，然而，却闻不到它的香气；如同虚幻的梦境，即使你们似乎深入其中，却不能伸手触摸；如同石质的佳肴，即使你们垂涎欲滴，但是，却只能观看不能享受。

我曾看见过无数的大吹大擂，然而，风一过就烟消云散了。我曾听到过无数义冠云天的豪言，酒醒以后就成为笑谈了。我曾品尝过无数的梦幻般的许诺之果，梦醒后只是增加了怅然与懊恼。

不需夸耀友谊纽带多么牢固，是否牢固关键需要看刀刃的锋利程度；无需自诩友谊多么天长地久，关键需要看是否能承担困厄的沉重压力。不能盲目相信友谊高达天际，关键需要看友谊是否能在暴风骤雨中展翅。友谊一旦走向反面，就会比毒汁还能侵害人的心肝。

无需说友谊之铁链多么坚固，即使是铁链也会被时间或者风雨所侵蚀。如果在艰难困苦之际感受不到友谊的温暖，那么，这种友谊只是停留在酩酊大醉宴席的佐料里。如果在六神无主时没有获得友谊的滋养，这种友谊是只是停留在纸面上的宣言。在最为需要的时刻，能够找到一份值得托付的友谊，如同你把被瘟疫传染的婴孩交给友人用温热的胸膛护佑。这是友谊最高的试金石。友谊纽带只有经历苦难的检验以及逆境火炉的锻造才更为圣洁。

四

真正的友谊如同暗夜中的灯火，越是黑暗，灯火越是闪耀；越是遥远，越能指引道路，鼓舞人心。

友谊的灯火照耀彼此，一个人身体内的灯火，在另外一个人身上

发光。这盏灯是他们共有的秘密，只有身处其中的人才会知道。友谊是精神层面的黏合剂，无论山高路远，这种黏合剂都会使两个人融为一体。

即使是隐士，也需要友谊。这是因为，友谊与是否聚集或者距离无关，即使高洁的心灵也需要彼此照耀。即使是帝王，也需要友谊，否则就是孤家寡人。即使是恶棍，也需要友谊，因为他们也需要依靠友谊延展自己的力量。即使是野兽，也并不总是离群索居，在不为人知的时候，他们可能通过友谊温馨私语。友谊是空气，是一种生活的必需品。在友谊存在之时，你可能感受不到友谊的不可或缺，但是，当友谊失去之时，你可能就会举步维艰。

没有友谊的人可能会感觉身处冻原之中，无论多么温暖的春风，都很难将其枝叶吹绿。友谊是荒原上的生机之源。友谊的春风鼓动，即使羸弱的心脏也会发出鸟的悦耳鸣声。友谊之力可以使聋者延展出"听力"，使盲者"看见"青草，使跛者"恢复"脚力。

当你们身处各种不利情境之时，友谊之手可以将你们从泥沼中拯救出来。友谊延展了你们的手脚，使得一个凡夫俗子也可能三头六臂，展现出神力，这种神力就是友谊折射的光辉。

真正的友谊是至死不变的。即使魂归天国，友谊的光芒也会照亮干瘪的胸膛，让不安之心缓缓进入最深之沉睡。没有友谊手臂挽扶的人，可能会独自走过漫长的冥路。友谊是那盏引领长路的孤灯，使得彼此内心不再形单影只。

二、 论画道

一

在众多的听道者中,几位画家走上前来说:夫子,你以前从未讲授过画道,现在请给我们讲讲如何作画吧。智者说:

我以前从未给你们讲过画道,只是为了让你们自己掌握画道。可以说,画道主要出自你们内心,很难通过其他人传授而掌握。

对于画艺而言,天赋是画家最重要的基石,这是上天给你们安身立命于画界的礼物。如果没有天赋,你们只是天生不具有飞翔能力的鸟,无论如何用力,都不会划过天空,俯瞰大地,留下自己的画艺痕迹。没有天赋至多是在水面上的浮光掠影而已,不能荡起一点波纹。

你们难道是用手指在作画吗?画家主要是用天赋在作画。在一幅画作形成以前,你们的手指不是手指,你们的画笔不是画笔,它们只是天赋指挥下的标枪而已。你们的画作能够投射多远,取决于你们天赋能力的大小。在一幅画作中,无论山水、鸟兽还是静物所绽放的姿态,都是天赋予它们含义。在一定程度上,画家只是受天赋驱使的仆役而已。没有天赋,画家将可能终生劳作而不见收获。一幅画作最初只是虚幻地存在于画家的脑中,是天赋它真实地体现于画纸上。

天赋使平地卷起波浪滔天,使雷霆万钧熄于无形。天赋使佛座生出莲花,使沧海变成平原。天赋使死者延展生命,使炭火梦见树林。那使得百鸟高鸣的不是天赋吗? 那使得山川变绿的不是天赋吗? 与常人不同,天赋是画家年老力衰、脚步蹒跚时的拐杖。没有天赋,画家就可能会跛足而行。天赋是根植于画家内在的根须,天赋消亡,画家也就消亡了。

二

对于画家而言,仅有勤奋是不足的。蚂蚁无论多么勤奋,都不能如飞鸟一样翱翔。然而,如果没有勤奋,天赋就可能冬眠于画家的体内,永远不能到达春天。

天赋是一艘船,可以载着画家横渡沧海,然而,只有天赋之船而没有勤奋之桨的话,这艘船可能自我淹没于惊涛骇浪之中。天赋深藏于画家身体深处,其若隐若现,需要画家通过努力打破迷雾,使得天赋的真容逐渐显现出来。天赋隐居于深山高谷之中,画家只有跋山涉水,才能使得天赋到达真实人间;天赋存在于地球的核心,其重逾泰山,需要画家聚集毕生之力,才可能将其从地底挖掘出来。

天赋发光的范围并不是固定,其光圈大小与努力的程度有关。如果没有努力,可能天赋就是一座死火山,永远不能喷发。努力的程度决定了这座火山喷发的力度。如果你们想天赋直达高空,灿烂无比,那么,你们的努力就需要堪比熔浆突破层层岩石障碍的力度。天赋兑现的程度与你们的努力互为镜像,可能不需看到你们画艺最终的形状,只要看镜中你们努力的身影即可。

即使天赋是画家的职业基石,如果你们想要逐层建造艺术的华美宫殿,就需要用勤奋来添加砖石。在天赋之上,你们有多努力,这座宫殿就有多辉煌。你们艺术的天赋也如树木种子,如果没有勤奋,

就可能使其永远沉睡于地下。这棵树的种子即使能发芽生根，到底是长成参天大树，还是半途枯萎，取决于你们用勤奋浇灌的程度。

天赋如同上天赋予画家的刀剑，这是你们仗剑而行的资本。然而，却是没有开刃的钝物，需要你们不断用勤奋之砂石打磨，这些刀剑才能真正显示出武器的力量，发散出利刃的光泽。不仅如此，你们只有勤于练习使用这些刀刃，谙熟其中套路，这些刀剑才是防身的武器，而不成为悬挂在墙上的饰物。

三

画家啊，请用你们的真情作画，只有真情流淌于画作之中，世人才能感觉到你们血液流过后脉搏的振动。你们的画作难道仅仅是供展览的纸卷吗？其中有你们的呼吸，有你们的沉思，也有你们的梦幻。

在你们的画作当中，虽然有纯粹自然的影子，但是，世人需要的是这些影子以外的灵光。对于自然的景象，世人已经习以为常，是画家灵感驱动，才使得这些画作成为超乎自然之外的不平常的作品。

画家隐藏在画作之后，但是，你们能给世人带来幻想。如果世人穿越到光源后，就会在那里看见为世人打造幻想天空之城的人。

画家与欣赏画作的人在很多时候互为镜子，镜子可以互相看见彼此。画作之美在两者之间交互流动。画作的内容映射在赏画者的眼睛里，使得赏画者也成为被美或思想所照亮的人。上苍给世人以自然之美，给世人以社会之现实，画家就是将介于二者之间的事物呈现给世人。画家不仅使得有价值的东西浮现出意义，也能使得无价值的东西体现出意义。有了画家存在，世人获得了自然事物以外的东西。其实，画家是世人的眼睛，借助画作，世人的眼睛看到了只有神灵才能看到的事物。画家伟大的画作使得世人在外物沉沦中浮动

起来,使得世人在外物的奴役之手中,迎风快跑。

四

画家啊,你们主要不应是为他人作画,你们所画的只是艺术性的自我的影像。画布上呈现的不过是你们内心飞鸟掠过后在阳光下留下的影子。

对于画者而言,不仅要让他们看到画作的外观之美,而且也应让他们看到尚未画出的空白之美。真正的画家,应让人看到深藏于画家内心却未被画出来的蕴意。

你们可以用画笔涂抹画纸,但是,我希望你们更多的是用画笔涂抹岁月。你们追求画中自己的图腾,同时也需要点亮赏画者心中的图腾。

你们用手指作画,更要用灵作画。因为作画时颜料中灰尘太多,需要用灵之清水洗涤。

在你们中间,不仅要为当世作画,更重要的是为来世作画。在你们中间,最杰出的画家是死后才为世人所知的画家,最伟大画家的画艺在同代人中往往陌生,在死后才会被后世人所熟知。

不要刻意追求哪种风格,你们的风格要像春风摇动草上的草籽落下一样,不可以刻意追求雕饰,如同真正的丽人不要过多涂抹浓妆一样。

你们要在画中保留一颗最初晶莹剔透的心,即使这些美丽的东西容易破碎,然而,即使破碎也是一种美好的经历。对此专门制造玉器的匠人比我知道得更多。他们在创造美好的同时,已经知道了美在很大程度上就是易碎的。

在你们作画之前,首先要洗净身体;洗净你们的身体之前,首先要洗净你们的灵魂。这是因为,你们的画作是身体与灵魂的结晶。

当你们连续七日七夜不眠不食，被灵感的火焰烧毁了发须，摧毁了肺腑；当你们的心中集中了多种构思，最后过滤到只剩下唯一的一张，那就是完美的作品。当你们的脚步跨过万水千山，心灵走过颠沛流离而完成的画作，可能就是你们一生最完美的作品。因为这是用精魄所作的画作，往往是超越时空的。

三、 论英雄

一

几位战士从战场回来,闻讯也赶来听智者的讲道。他们中的一个人对智者说:夫子,有各种各样的英雄,我们在战场上可以成为英雄,在和平环境之中是否也存在英雄呢?请你为我们讲一下什么是英雄吧?智者说:

英雄是上苍赋予人间的弄潮者,是平凡世界中不平凡的骑士。然而,并不是任何人一出生就身披盔甲,挥舞着旌旗。磨难是产生英雄的产房。英雄的光辉是尘世的沙砾打磨而就。常人只是看到花开至盛,没有看到种子在黑暗中经历了多久的考验。人们往往只是看到太阳跃上顶峰耀眼的一刻,人们只是分享了英雄散发出来的光辉,很少有人注意这些光辉是努力翻动无数阴影后的结果。

只有以自己为祭坛,才能产生宗教般的震撼力量。英雄将自己的身体作为祭坛,以自己的血肉献祭,英雄的形象在很大程度上是其心血凝结的。我们看到的这些耀眼的外在,其实都是其心血结晶后的影子。可以说,正是英雄的悲剧造就了世人的喜剧,正是这种坚忍及献身将英雄与常人分离开来。

英雄的身上并不是没有瑕疵,与常人不同的是,瑕疵在英雄身上

可能会以自信的方式发光。当常人因怯懦隐身于荆棘丛之时，英雄的高呼越发与大风互相应和。当然，并不是说英雄之门不可跨越，常人可能就住在英雄的隔壁。有时在暗夜无光之时，只要用力推开隔壁之门，勇气也会让常人自带神圣的光辉。

　　只有低下头颅，才能看见阳光下世界苦难留下的影子。众生皆苦，知苦最苦，英雄却是知苦向苦之人。如果有回报的话，梦幻或者遥远愿景是英雄最大的馈赠。英雄与常人相比，并不是其骨头更不易于腐朽，而是他们的骨头被混入历史的风声中，被更多的人传唱。虽然这些故事并不能让其免除死亡，然而，却能使其生命以另外一种方式延续下去。这些故事可能如梦幻泡影般飘渺，却是英雄使命的永动机，或者说这是英雄另外一种形态的长生，也就是在英雄之梦中的长生。

二

　　每人心里都居住着一个英雄。在你年轻充满希望之时，英雄也是盔甲鲜明，从远方照耀你混沌未开的世界。在你暮年夕阳斜照之时，英雄也会一身疲惫、满脸灰尘，与你无语对视，直至彼此淹没在如同沙漏一样的时间里。

　　每个人都需要被拯救，然而，真正决定是否能被拯救的是你自己。在你艰难困苦之际，你会想象英雄骑着白马来将你从危险泥沼之中拯救出来。然而，如果你没有幻想，就如同英雄没有白马。在很多时候，英雄是你的保护者，你也是英雄的召唤者。英雄因你的呼声而生。如果你满身泥泞，至少你能看到沼泽外的晨曦，那么，你才会发现英雄从晨光渐起的远方策马而来；如果深陷梦魇，只有你努力挣扎，英雄才会从最为幽暗的深处升起，用巨手将你打捞出来。在你被限制于危房之中，只有你内心高呼，墙上的窗户才会打开；当你战栗

于冰川之中，只有你的身体还愿意产生温暖，英雄才会为你带来生之火把。

<h1 style="text-align:center">三</h1>

在茫茫大海中，英雄就是风浪中的鲸鱼，他的巨大身躯飘摆着旗帜的力量。英雄的巨大身躯能带来力量，但是也会给自己招致风险。

现实就是悲剧，然而，必须用喜剧的形式来演出。小人得志造成的悲剧，却需要通过英雄演成喜剧，而英雄自己却深陷悲剧，这是最让人寒心之事。

站在群山之巅的是英雄，处于尘埃之下的也是英雄。在大地一片昏暗时，哪怕是遥远漆黑天际的一丝微光，都应印上英雄的徽标。真正的英雄不管外面世界的黑暗，仍然以自己的美德之光尽可能照亮更大的范围。世界是沉默的，英雄却手持勇气之刀卫护着我们黑暗中的希望。即使整个世界死神般寂静，英雄也会把世界的缺失精心雕琢成号角。在暗夜中尽力的敲钟人是英雄，他的钟声即使无法穿越黑暗，却可以提醒我们不能沉入无底的睡眠深渊。在疾疫中努力鸣哨的人是英雄，即使他的哨音微弱无力，但是，我们能听出其中的善意、温暖与警醒。

一个人与整个世界的战争，无异于唐吉诃德面对巨大的风车。英雄其实就是我们选择出来与冷酷的现实及枯燥无比的生活作战的人。英雄既是一种现实的存在，又是一种与梦幻的结合。在一定程度上，英雄就是众人梦幻的抽象与集合。人们被平庸生活所限制，而英雄却是人们的灵魂出窍，是人们不敢面对现实的集体替代者。英雄往往不是赤裸的现实主义者，他们即使面对冷酷的现实，还可以表现出浪漫的精神。可以说，在很大程度上，英雄是为梦幻而生的人，即使他们可能享受不到梦幻之美，但是，其仍然毫无理由地为人们用

梦幻建造宫殿。

四

　　上苍的剃刀锋利无比，只是在选择合适的时机而已。在莫名的力量面前，人的思想就是上苍的笑料，人的躯体就是暴风中的一棵芦苇，只是会呼吸及言语而已。只有此时自信才默不作声，才会收缩翅翼。因此，众生的趋势只是等待收割的稼禾而已。不安定是人们院墙外最大的邻居。无论谁都可能受到无名力量的威胁。即使是英雄，其并不是没有"阿喀琉斯之踵"，也并不总是全身包裹着盔甲面对周围的冷箭。然而，英雄之所以不同于常人，就在于天地之间即使只剩下他一人，他也要面对灾难而抗争。英雄会把自己的骨殖作为众人的拐杖，把自己的血液作为众人干渴时的琼浆，把自己的心肝作为众人饥饿时的佳肴。英雄的坟墓往往会成为尘世的温床。

　　如同美人迟暮，英雄也有末路之时。这其实是自然的剪刀无意识地对跃出平凡之上人物的修剪。没有修剪，就没有再生。所有的非凡都可能建立在消亡之上。人们都是健忘的，没人会长久记得当年何人救他们于水火，没人会记得英雄在他们困苦之际为其鸣哨或者敲钟。

　　运来天地同力，运去英雄不自由。时势是大风，英雄只是在其上飞行的物体。大风起时，猪是羽毛；大风熄时，羽毛是猪。时势造英雄，非人不能也，而是势不利也。其实，如果说英雄有绝对超出众人之上的大勇，那也可能是加持了运气的成分而已。在很多时候，是运气把英雄从万千人中选择出来，使得其有超乎常人之上的魔力。同样，运气也会抛弃具有英雄气魄之人，使之泯然于众人之中。运气也会落井下石，使得英雄梦境淹没在凄凉的风雨中，使英雄的脚步蹒跚于夕阳薄暮中，从而使得英雄之气成为深夜喟叹。无论是谁，其都是天地

狂飙之下柔弱的蚂蚁。人定胜天只具有精神上的价值。无论是英雄还是平常之人，其薄弱身躯在自然之力下都是弱不禁风。如果武力不能征服英雄，时间却能做到这一切。这些永远无休止的细沙无时不在地磨损轮回中每一个子民，没有幸存者。无论英雄还是平常之人，其在自然之力的法庭之上都避免不了最终被审判的命运。然而，至少英雄是种子，是梦幻之光，是无论如何不会彻底沉没的大陆。相信英雄，就不会永久沉沦于无望之苦海。

四、 论孤独

一

在众人无人提问之时,智者忽然感觉到了孤独,于是他对众人说,看来你们都喜欢喧嚣,没人关注孤独,那么,允许我就讲一下孤独吧。智者说:

在众生喧哗的时候,我要讲述孤独。其实,孤独不过是攀登高峰后步入的沉静山谷底部而已。再美妙的曲子、再鼎沸的宴会总会有曲终人散的时候;再灿烂的繁花也有归于尘土或流水的时候;再辉煌的人生必将烟消云散,王侯将相都是过客。如果不懂繁华就是荒凉的序曲,那么,就无法理解孤独。

孤独往往并不是存在于荒村僻壤之间,而是存在于熙攘的人群之中;不是存在于茅庐里静听秋雨的萧瑟声中,而是存在于歌舞喧嚣之中;不是存在于独行的山间小径之上,而是存在于众人簇拥之中。越热闹时越是荒凉,越繁荣时越是凋零,越繁华时可能越孤独。

人生来孤独。这是因为人生有来路,去无归路,尘世不过是短暂的驿站而已。所有人都是天地间的寄客。无论是王侯将相,还是贩夫走卒,最终都是一抔尘土。人在尘世是一条单向道路,在茫茫尘世中我们都是处于下坠的飞行,无论我们用多大的力气抓取,都没有什

么可以抓握,没有什么可以依靠。这决定了人的一生本质上都是孤独的。

有人用宗教来对抗孤独,有人以终日劳作来对抗孤独,有人用奢华放荡的方式来对抗孤独。以宗教来对抗孤独的,谁又能告诉我们那个能够拯救我们的划船人是谁?我们如同在无星月的山野里的群羊,谁又是那个牧羊人?以宗教来对抗孤独的,又有几人能参透孤独的真正含义?以终日辛劳来对抗孤独的,往往不知其是为何孤独。他们的目的存在于他们不断劳作的麻木中。采取以奢华放荡方式来对抗孤独的,并不是他们不知孤独,而是他们愿意以一种麻醉的方式来将自己慢慢掩埋。

二

寻道者自我沉迷于真正的孤独之中。真正的孤独并不是山地里突然长出的树木,也不是田野中乍然开放的花朵。孤独是一种孕育的过程,需要突破冰冷泥土的力量及障碍。孤独的种子深埋于地下,真正的孤独不过是这些早年种子结出的花朵及果实而已。只有摒弃万物,感受到树木及花草自在绽放于内心之中,才是孤独的最高形态。

孤独其实是寻找真正自我的过程。人们自出生开始就已迷失,孤独可以使我们听到出生以前的回声。人们要么沉浸于梦中,要么迷失于躁动与索取中,因此,无法看到原本自己的真正面目,或者看到的是自己的碎片,是不完整的自己,极少数人能够得到内心的圆满,而孤独给了我们一种万一的可能。孤独给了我们完整的机会,给了我们内心安静的契机。

心安之处是故乡。之所以人们内心波澜起伏,这是因为我们无法真正在孤独中定居,而不安就成为人们的宿命及心结。只有自我

保持孤独的心境，才知道自己所需，才能使自己内心安定，重新回归家园，而不至于迷途太久。否则，在得失迷茫之间，我们永远都是异乡人，永远难回故土。

孤独同样是寻找世界的过程。我们日常所看到的世界不过是真实世界浮夸的影子，真正的完整部分隐藏于阴影的深处。由于我们需要集中精力忙碌身边的尘俗琐事，因此，有意或者无意放弃了对完整世界的认识。因此，孤独可以说是溯本求源的唯一正确姿态。

三

孤独者往往不为圣贤，便为野兽。前一种是灵魂升腾后的静思，后一种是混沌未开时的蒙昧。前者是灵魂在阳光下的蒸腾，后者则是灵魂日月无光的黑暗。

对于圣贤和常人而言，孤独是区分二者的根本标志之一。圣者追寻孤独，常人逃避孤独。我们所恐惧的孤独，却是圣贤勇于承担的冰冷光芒。对于常人而言，孤独可能导致其与外界隔绝，从而陷入封闭的死潭之中。然而，对于圣贤而言，孤独则是其光的手杖，圣者会用这根手杖去探寻未知之境，为世人指导纯净之路。

孤独是一种使命。孤独是一种上苍选择的标签，上苍通过天选，使得孤独者与其他人区分开来。越是伟大的人越是孤独，这意味着在尘世中他的同类就越少。对于自觉的孤独者而言，真正的悲剧在于无人理解的悲剧，而不是一人独处的悲剧。这或许就是一种天生的矛盾，无法解开的轮回之悖论。如果有人理解的话，真正的孤独者就不存在了。圣贤的孤独往往是相同的，而常人的孤独则各有不同。原因在于，圣贤往往就是抵达城堡深处的极少数人，而常人只能在城堡外自顾徘徊。

因为孤独，我们去朝圣。这或许是我们寻求拯救的一种方式。

由于孤独而去朝圣的人是不会死在朝圣途中的。对于朝圣者而言，其只是为了去获得圣者的光。这种光本身就是用圣者的心血酿就的，因此，这对朝圣者有特殊的拯救意义。圣者是真正的燃灯者，不仅点燃了光明，而且是用自己的身躯化为油膏点燃了光明。圣者不需要王冠，因为真正的王者是无冕之王。圣者以自己的行为作为沉默之灯，默默照亮众生。圣者以自己作为修行，从而如同聚集点点薪火一样聚集善良呼声。这种善良的呼声聚集起来，必将在远方的山谷产生洪亮回音。

四

没人真正想要孤独，然而，孤独却是登天之梯。如果不以孤独之态生长，那么，就会淹没在周围无数的喧嚣中，不会听到来自上方那一个细小呼唤的声音。如果不是因为拥有孤独，就不会长出异于常人的触角，来获取上苍之水的浇灌。因此，孤独只是上苍使我们不至于被完全遗弃的救生通道。通过孤独，我们能够恢复遗失已久的神性，能够与上苍再次交流或者对话。孤独使我们丧失温暖，同时又使我们获取温暖。孤独使我们被高墙四周遮蔽，但是，我们还有向上的天空可以仰望。孤独使我们与世人隔绝，但是，却使我们获得了聆听上苍的机会。

孤独可能使人暂时失去欢乐，然而，孤独却可能会带来永恒的安宁。这是因为，欢乐无论如何都是短暂的，而孤独则是永恒的。因此，只有真正达到孤独之境，才能与孤独和解，从而摆脱孤独之轭的桎梏，从而在孤独中绽放晨露般的微笑。

孤独可以使你们匆忙的步履停下，收敛狂乱的思绪，从而静心在废墟中发现完整，在朽木中发现生命，在虚无中发现存在。只有如此，人们才可能不再永远追逐阳光下的影子，才不会最终倒在自己的

影子里。

　　共处或许可以使得肉身强壮,孤独则会使得灵魂丰盈。孤独可以使人真正独立于外物,从而成为自己的主人。孤独使人真正独立,既不会迷失于外物的波涛中,也不会淹没于恐惧的大海中。

　　孤独可以使人们不借助眼睛就可以看见物体,不通过耳朵就能听见音乐,不借助舌头就可以品尝佳肴。孤独可以使我们彻底卸去外在的盔甲,赤裸裸地面对同样干净外在的世界。孤独使我们真正成为世界的孩子,而不是世界的外来客人。孤独使我们成为奔腾潮流中的一块坚硬岩石,使我们即使在火山的边缘也努力支撑起一片绿荫。孤独使我们平静面对这个复杂转动的巨大世界之轮。其实,无论世界多么繁杂,不过是我们放大了的内心而已。孤独使得我们恬淡地品尝苦难之酒,这不过是锻炼我们品性的火炉罢了,从而剔除自身的残渣,变得透明晶莹。

五、 论医道

一

一场大疫无情地扩散，波及人数众多，即使智者隐居于深山之中相对安全，也对此深为关切。一位医生刚离开手术台不久，但是，仍然急切地走向智者，他说："夫子，为何人们在需要时崇敬医生，不需要时却排斥医生呢？请给我们谈论一下医道吧。"智者凝视着这位虔诚而疲惫的医生，缓缓地说：

你是医生，我也是医生。你医的主要是肉体的疾病，我医的是灵魂的苦痛。你治病依靠的是历代相传的经验，我传播的道是世人遗失的智慧。你的诊所坐落在尘世中心，我的诊室隐藏在尘世的角落里。你的诊所现在门庭若市，我的诊室以后人如潮涌。

医生与传道者一样，都是上天赋予尘世的特殊选民。他们的神圣都是上苍赋予的，这些职业都是天选的职业。如果传道者是为世人建造天空般高远的屋顶，医生就是为世人打造磐石般坚固的屋基。无论医生还是传道者，他们主要都是为了付出而生的职业。在尘世之中，只有教师才有资格与之媲美。教师与前两者的不同之处在于，他站立于房梁之上，使得被医生、传道者护佑的世人努力向上攀升。

即使整个尘世中人都不可或缺，然而，医生却是最不可少的职业

之一。如果整个世界在逐渐下降,医生就是托住这个世界的人;如果整个世界蒙上污垢,医生就是送来沧浪之水予以洗净的人;如果整个世界陷入昏睡,医生就是竭力鸣哨让世人保持清醒的人。医生踏着早晨的露水而来,尽管其背后曾经是一片暗黑,然而,自从医生从黎明中升起,就预示太阳也已不远。即使医生因在黑夜中不眠不休而无限疲惫,然而,其脚步还是传来深沉的回声。

二

对于医生而言,你们要告诉病人,这世上没有医不好的疾病,只有不能医的疾病。如果医生认为一种疾病无法治疗而不去努力,那么,你们对疾病的怯懦,就违背了与上苍之间的神圣契约。

你们可以把疾病之皱褶抚平,可以使身体之伤口缝合,但也要使病人内心伤口愈合。你们是天降之人,医治病人是你们的使命而不是负累。

你们要告诉世人,不要到生病时才想到保重身体,不要到死亡时才明白生命宝贵。

你们要因人而医,对于心病要用心药,对于轻病要用轻药,但是,对于重病之人也不一定能用猛药。这是因为,枯树根基已经摇动,已不能承受雷电的威力,受重病磨盘研磨的病人可能将要油尽灯枯,只有医生的和缓春风慢慢抚慰,才可能使病人体内的生机重新恢复。

你们可以治疗肉体枯萎而内心火焰不灭的病人,却不能治疗肌体仍然可以支持而心火已熄的患者。

你们既要把病人的五脏六腑作为一个整体来看待,也要考察每一具体的部位。整体是根,只有根基稳固,枝叶才能繁茂。你们应审慎对待病人的躯体。身体是父母给予的最好礼物,并且这种礼物只能是逐渐消耗,而不能再生。因此,医生应当像对待自己身体一样对

待病人,不能因病人手指有疾就图省事砍去他的胳膊,不能因病人脚趾有恙就砍去其大腿。

在医疗中,所有的奇迹并不是无本之木、无源之水,医疗中的奇迹都是爱的奇迹。这种爱来自于医生。精神抚慰也是良药的一种。这种药品需要用医生的爱来作为药引,用医生的耐心来作为熬药的工具。医者仁心是最好的药剂。

你们无需对自己最终不能救治所有的病痛躯体而内疚,只要你们尽力,那病重的应该病重,那死去的也是应死之人。每个人都有固定的归去时辰,这是天地间最大的规律。上苍的巨手主要的掌管职责就是修剪,世人开花应当开在恰如其分的时间。

三

对于医生,除了最高的宣道者,没有其他比你们更为神圣的职业了。因为病人将整个生命都交给了你们。病人的康复是对医生最高的奖赏。你们无需通过宣传获取尘世的勋章,你们本身就是不戴王冠的王者。你们的医疗技艺是华美大厦,你们的名声必将在大地上被游吟诗人所传唱,你们的星月般的面孔将升入到高空之上,你们的形象是大理石雕刻而就,从人间站立直达天庭。医生的光辉是世人崇敬之光凝结,因为其是为了拯救尘世生命而生的人。

除了至高之神,没有其他职业比医生的职业更为公平。在你们的手术刀下,面对的只是一个个无差别的弱小生命。在你们的眼里,无论老幼贵贱都应是疾病巨手控制下的婴孩。你们要用爱心作为灯塔去照耀这些疾病狂流中的遇险者。你们要用爱心之水去浇灌,用医疗之技去耕耘,直到这些病人从蹒跚学步开始,一步步再次长大。

对于医生而言,你们和病人之间其实也存在着互为医生的关系。没有病人的孱弱,如何能显示出医道的高超? 没有病人的奄奄一息,

如何能体现医生的神灵附体。你们在医治病人肉体之时,病人本身
也是一座火炉,他们也会用自己来锻造你们丰盈的灵魂。病人的感
激对医生也是一种治疗良药,它使得医生消除疲惫、压抑及委屈,洗
去病房带来的沉重暗尘,从身体到精神重新得到舒缓和恢复。

　　你们在治疗病人的同时,也需要同时治疗一下自己。每个人都
是从纯洁到污染的过程。因此,你们需要勤于打扫自己。因为你们
是天选之人,你们的灵魂需要不时地面对内省的镜子。你们要知道,
没有什么比在病人身上过度牟利更为耻辱,没有什么比在死人身上
做巢更为卑劣。这如同邻居的房屋失火,你们就着火光抽烟;别人家
里遭受水灾,你们却因此捕鱼。

四

　　人只有灵魂受到折磨时,才高呼寻求抚慰。对于病人,只有患病
时,才知药之甘美;只有痛时,才觉针之可亲。银针只有在对病人时
才显示出其温柔,手术刀只有在切除腐肌时才如同亲吻。

　　当血液重新在体内焕发出生机,当力量重新在体内流动,所有的
病人就会感受到医生实际上代替了母亲及父亲的职责。在病人重病
缠身之时,其实际就是医生的孩子。他们被疾病所占据的躯体,只有
医生才有能力守卫。病人应当对医生感恩,医生也应为自己治疗好
病人而欣喜。在治愈疾病过程中,医生心血已经融入到患者的体内,
爱使他们的身心结为一体。

　　对于医生而言,人们不仅用医术治疗病人身体之疾痛,而且用精
神光辉使他们温暖。如果能承认生命的价值,就应承认医生的再造
者的称号;如果能够体验到疾病之痛苦,就能真正感受到医生如食物
不可或缺。

　　医生既是操作者,又可能是鸣哨人。在大灾或瘟疫到来之时,你

们不要吝于发声。再微小的声音集聚起来，都会发出巨大的声响。

医生们啊，你们不要因为自己终日劳碌不能行善而自责，你们的善已经融入患者的内心了，并且随着患者的脚步四处传扬，随着患者的血液四处流淌。因此，你们不要为自己的薪水而忧虑，因为医者获得的都是双重的报酬。既有人世的报酬，又有上天的报酬。其实，能用大理石镌刻予以记载的，又何必在乎用金钱来增色？

你们不要抱怨工作繁重，我也不会抱怨自己传道之艰苦。我们从事的都是拯救的工作，在拯救别人的同时，也使自己得救。

在未来的裁判面前，你既不在我之下，也不在我身后，我们可以并肩走向那水晶的圣坛。在我们行走之时，星光同样为我们照耀，钟声同样为我们而鸣。

使众人幸福的人，自身也是有福的。

六、 论时间与雪

一

智者在山顶讲道的时候，众多听道之人浑然忘记了时间，直到天上落雪。于是智者说：既然雪已经提示了我们时间的流逝，那么，让我讲一下雪与时间吧：

时间是上苍的刀剑，其锐利无比。如果说我们不敬畏上苍，看不见上苍，但是，我们可以清楚地看见时间这把利刃高高地悬挂。在我们工作的时候，它悄悄地消减着我们的头发。在我们吃饭的时候，时间利刃不动声色地磨损着我们的牙齿。在我们昏昏入睡之时，时间在暗夜里销蚀着我们的筋骨。雪花何尝不是如此呢？在静立之时，雪花在悄无声息之间使我们发须变白；在劳作之时，雪花使得我们的血管脆弱而僵硬；在沉睡之时，雪花从屋顶开始将我们慢慢掩埋。

时间是上苍的使者，是上苍消除腐朽之物的武器。不论是年老的还是腐朽的，在时间之流上都不会留下位置。时间是上苍的平衡器，没有时间，就不能除旧迎新。时间使新旧之间实现平衡。无论王侯将相还是凡夫俗子，无人可以幸免。时间最为公平，任何人都将平等地接受时间的审判。雪也是如此，其可以消除人间的污垢，抹去人间的不平。雪可以使大地重新恢复纯洁，可以消除山川皱褶，使其变

得平整。

时间是神灵之雪,雪是自然之雪。雪与时间都迅疾无比,一闪而过,快逾奔马。时间与雪都冰凉无比,无论何时落下,都使我们感受到彻体凉意。

再轻微的雪花也是有力度的,并且这种力度是隐形的打击。在悄无声息中侵蚀,直到雪花覆上你们的发须。再宽容的时间也是单向的降落,无论你们如何挣扎,时间还是以自己的节奏,挟持着你们沉重的身体,慢慢坠落向无尽之境。时间与雪花都是无法把握的;无论我们如何张开双手,都无法挽留住时间;即使我们握紧拳头,也无法留住一片雪花。

二

最白的雪是我们记忆中的初雪,那时的雪还满是青春的气息。少年拍打着冻得红通通的小手,在原野中堆着雪人,并且把雪人装扮成心目中的自己。因为年轻,少年只是感觉到雪花如蜜蜂般轻盈,带着生命的消息飞舞,没有一点感受到落雪的沉重。即使少年的雪会落遍原野山川,然而,在其年轻痴痴的目光中很快雪便融化了,完全感觉不到落雪的坚硬。那时少年本身也不坚硬,柔软的肉体能够和雪花一样适应各种山川和河流。少年时的雪花飞翔时也有着蓬勃的力量,在日光下这些雪就飞舞成少年向上的梦想。

雪花的外形不会改变,改变的是其内核。从少年落雪到老年落雪,我们看到了从柔软到坚硬,从轻盈到沉重,从欢畅到孤独。少年时我们迎着雪花奔跑,老年时就成了风雪夜归人。成人甚至比少年时堆的雪人融化得更快,转眼间就成了人间烈阳下的雪人。这些死掉的雪的灵魂成为老年记忆中挥舞不去的雪的情影。

世人啊,最大的雪必将是掩埋你们心头的那场雪,并且这场雪可

能会在你们心田里永开不败。你们从最初一场雪时开放，到最终一场雪冰冻，从那个最初的雪人到最终化作一团冰水，没有人注意到晴天什么时候慢慢消融着你们的皮肤，没有人注意到什么时候你们的容颜开始慢慢变老。时间之流只是在慢慢改变着你们的形状，直到最后如烈阳下的雪人坍塌。

其实，雪片不就是白光一闪的时间吗？谁又能真正留住一片雪花呢。当我们现在张开手掌，雪一落到手心就马上融化了。我们也不能留住时间，这是天地间最善变的精灵，我们不知道它的来处，也不知道它的归处。

三

年年飘雪，你们看到的好像是相同的六角形雪片，其实每年的雪并不是相同的，今年的雪已经不是去年的雪了。一生不可能两次踏入同一条河流，更不能两次见识到同一片雪。多年前风雪中的故人，再相逢时，已经不是当年的人了。当年那颗晶莹的心已经沾满了灰尘，当年那双透明的眼睛已经变得浑浊，当年那漫天飞舞的精灵现在已经步履蹒跚。

世人啊，当年你们说已经消融的雪花最美，你们说尚未降临的雪花最美，因此，才漫步往事之野，才痴望高山之巅。然而，你们现在却宁愿坚守坚硬的尘埃，还有那注定将腐朽的砖石。你们只是希望今生建筑更为浮夸的宫殿，但是，来生却无法入住。

那最初雪的灵魂去哪里了呢，是谁偷走了它吗？由于你们的内心过于炽热，因此，这些雪的精灵融化于外物的欲望中了。由于你们的眼睛太过执着，这些雪的精灵迷失于纷乱的眼神中了。由于你们的手脚过于繁忙，这些雪的精灵被碾压于匆匆的脚下了。那么，你们到底留下了什么呢？由于内心过于沉重，你们无法再安放一首欢快

的歌曲；由于面容过于沧桑，你们无法种植向阳的小花；由于你们身躯过于衰老，无法带走哪怕一点风中的旧梦。

那些骑着梦的白马走过街道的少年歌声曾经悠扬，现在他的背影慢慢消失在老街尽头了。那首比青梅还要青葱的竹笛声，被消融到喧嚣的市声中了。那些当年雪中深深浅浅的不规则脚印，被尘世的大风彻底地销蚀进泥土了。世人啊，由于你们行囊过于沉重，你们注定带不走一片雪花。如果你们不知道这一点，可以看一下雪消融后荒山的坟茔。如果你们不知道，可以听一下金戈铁马战场上留下的风声。如果你们不知道，可以看一下王侯将相旧宅的雪花，它们仍然年复一年开放，没有谁带走一片。

四

每个人都是一片独特的雪花，无论是圣人或者傻子。你的气味就是雪花的气味，你的漂泊就是雪花的漂泊，你的归宿就是雪花的归宿。

雪与时间都是一样，都属于不死的精灵。这与我们不同，无论我们有万般变化，对于时间的打击力度，我们终生都无法回避，只能默默承受。

如果你把雪花看做是上天之树的花瓣，那么，雪花不论是否沉重都不是负累，而是成为祝福。对于时间也是如此，只有真正的智者才不把时间作为不断浮起的尘埃，而是作为再生及回归的息土。

从天空飞往大地，从自我飞向真我。雪与时间一样都是净化的滤网。只有感受到雪花的纯洁，才可能被洁净。只有品尝到时间的纯净，才能成就纯净人生。

如果我们感觉时间和雪花都太冷，那么，我们就得点燃并照亮自己。

　　让我们放弃一些享乐与劳作，抖掉斗篷上的暗尘，来迎接一场与时间一样纯粹的雪。这些雪从最高天的顶峰而来，必定会带来一些高天的信息。让我们停止一切渴望，为了最后纯洁的愿景，来祈祷这场人生最大的雪，无论是否成功，这是我们最后的拯救。

七、 论嫉妒

一

在智者继续为众人讲道时,几位有为的年轻人走上前苦恼地说:夫子,对于我们年轻人而言,成功往往更容易受到嫉妒之害,能否为我们讲一下嫉妒?智者面露微笑,其实他在年轻时也是被嫉妒所伤之人,也深知有为者被嫉妒荆棘丛刺得遍体鳞伤的苦楚。他说:

嫉妒是长在人内心的荒草,没有理智,只有随性。因此,嫉妒本身内含着无法控制的巨大风险。

嫉妒本身就是嫉妒者能力失衡的体现,为了维护自己内心的平衡,其努力压制他人,以提高自己的分量。嫉妒者或者是无知或者是不愿意承认:"展示自己应当通过提升自己,而不是通过压制他人来实现。"

嫉妒者长有毒性的牙齿,这种牙齿深藏在口腔内部,能够通过撕咬传染,导致他人的能力沾染灰尘的病菌。然而,嫉妒者不会说自己牙齿有毒,而是会责怪比其更有能力的人牙齿没毒。嫉妒是一种无理由的疾病,即使在深夜里也会发作。因此,嫉妒者在夜里会用磨牙来增强嫉妒的恐怖,用恶梦来为嫉妒安装上黑色翅膀。

观察嫉妒者,虽然其表面上安宁无比,其实内心无比喧嚣。

嫉妒与美德在人性的天平上互相摇摆，如果嫉妒的砝码过于超重，美德就会被颠覆。对于嫉妒者而言，其不是审视自己能力不足，而是希望压制更有能力者来体现自己的价值。嫉妒者不会擦拭自己美德的镜子，而是想尽办法使别人美德之镜蒙尘。嫉妒者不是通过锻炼来增强自己的腿脚之力，而是盼望别人跛足。

嫉妒者是夜晚的磷火，为了自己夜行方便，因而强烈拒绝太阳升起。其实，对于内心有嫉妒偏执的人而言，如果你们适合黑夜，那就躲开阳光行走，也不必如同濒临溺水者一样拉着旁边的人一起淹没。这是因为其不愿意看到别人比他们更加安全，宁愿自己坠入永远不能再生之地，也不希望周围人的阳光照常升起。

同类相轻是嫉妒者的一个共性。乞丐一般只会嫉妒比自己乞讨更多的乞丐，王侯只会嫉妒比自己权力更大的王侯。画家一般不会嫉妒歌唱家，木匠也不会嫉妒铁匠。这是因为，嫉妒产生的动力来自同类比较，在嫉妒的阴影之后，同类互相攀比的发动机在不断做工。

二

我曾经历经千辛万苦前往嫉妒者内心的深渊，意图将其从嫉妒的苦海中拯救出来。但是，我发现嫉妒者华美庄园的内部是阴暗的楼阁，嫉妒者强装的笑颜后面是凄厉无比的内心，嫉妒者表面的知识渊博只是戴着欺世盗名的面具。嫉妒者因为自己家园破败，就要拆毁邻家的房屋来实现平衡。嫉妒者因为自己内心凄苦，就向邻居放射冷箭，让邻居处于精神不安之中。嫉妒者因为自己学识不足，因此，通过蛮横来增加自己的力量。然而，无论是伪善还是蛮横的外衣，都不能包裹其多皱的躯体。

嫉妒者啊，你应当明白，把别人吹绿时，自己也会被绿色所闪耀。给予别人阳光的时候，自己内心也会温暖。让别人船只鼓起风帆，你

的船只才不会孤独。没有一个冬天不可度过,没有一个春天可以独享。你竭力阻碍别人远足,自己也会因此筋骨劳乏。你溺水时拖着别人,只能让自己下沉得更快。

嫉妒者啊,不要为你的恶行而沾沾自喜,不要以为周围世界都陷入沉默,即使是沉默的人眼睛里也有良心的呼声。不要以为知情的人都怯懦,公道的基因还是会闪现在一些人的沉思之中。

人非圣贤,嫉妒也是深埋于人性深处的不良种子。然而,与其嫉妒他人,何不用嫉妒之火去煅烧自己的能力之翼呢?这样不仅可以防止嫉妒之火烧伤自己的肺腑,而且可以使得自己的翅膀飞得更加高远。

不能超越嫉妒深潭的人是卑微的,因为他们将气力用于碾压而不是竞争。对于嫉妒者而言,世界缩小到不可以允许不同的人在上面漫步。你能让所有超过你的人禁足吗?你通过压制使别人更加困窘,这能从本质上提高你的高度吗?高悬的阳光足够灿烂,足以给每个太阳下的人带来上天的恩泽。对于嫉妒者而言,你能遮住所有的阳光,让每个人头上都像你一样布满乌云吗?或许你的目的是独揽所有的阳光,但是,事物的反面就可能是灾难。如果你获得的阳光过于泛滥,则有烤炙而死的风险。

三

对于被嫉妒的人而言,不要在嫉妒沼泽里愈陷愈深,这反而正中了嫉妒你的人的招数。无论对方如何谣言诽谤,只要你内心的明月高照在山岗即可。无论对方如何妒火中烧,只要你心中的细雨洒过山谷即可。只有自己是清风,诽谤的口水才不能使自己身上沾上污点。只有你是青青翠竹,才能对抗风雪压制弯而不倒。如果你在山头阳光下石头上斜卧,看山下蝼蚁般的世人忙碌而不知为何,你就不

会深陷流言蜚语了。如果你驾一叶扁舟在川流不息的江上看飞云沉浮，你就会心净了。

我告诉你们：在树林中隐居要超过被人群簇拥。无论多么钻营，任何人在生前建造的浮夸宅院，死后还真能居住吗？在溪流激起的浪花中洗手，难道不比在尘世的灰尘中沐浴更为干净？

没有人的胃口大到能够吞下整个世界。即使嫉妒者暂时得势，其内心也不会安宁。即使他们内心暂时安宁，也不会逃脱因果的制约。对于嫉妒者，不要以为整个世界都闭着眼睛。在你们绞尽脑汁用嫉妒之毒汁喷溅别人的时候，在上空有人正对你冷笑。即使你们不惧因果之轮的碾压，然而，还有时间以及时间之上的使者通过最后审判予以清算。

被嫉妒者所伤之人，不要用悲伤来沾染自己的心绪，不要用忧郁来使自己的面容憔悴。无视是对抗嫉妒者的巨大风车，他们的嫉妒之风越大，风车转动速度越快。

既然嫉妒者愿意扛下所有的心灵与肉体包袱，那就让其身躯饱受嫉妒之磨盘研磨好了。既然嫉妒者不放弃任何微光，就让其独占那微不足道的光芒好了。他们看上去追求的是太阳，其实那只是夜晚野外的磷火罢了。

四

嫉妒者啊，从内心泥沼中走出来吧，你在诱使他人进入泥沼的同时，你自己也陷入了泥沼。从自己的心魔中走出来吧，你踩痛他人的脚趾，也不能用来弥补你的残肢。你拆除了邻居家的屋梁，它也不适合建造你的房屋。

你只有眼中开满鲜花，身上才不会遍布荆棘。你只有站在阳光中，才不至于看到一片漆黑。你之所以视你的邻居为仇敌，只是因为

你内心充满刀枪。满怀嫉妒的人是不可能获得内心安宁的,因为你不仅有身旁的敌人,而且有内心的敌人。将嫉妒作为药剂治疗自己疾病的人,就如同用热油来扑灭大火。

嫉妒者啊,如果你信奉物质,那么,物质主义现在将你拯救了吗?如果你属于功利主义者,侥幸成功的煤炭会使你心中火炉不断升温,你在燃烧他人的时候,可能也会自燃。因为这些煤炭是来自地狱,它能在燃烧他人的同时,也燃尽嫉妒者本身的激情。

嫉妒荆棘的尖刺再过干渴,也不能刺穿天空来获得雨水。在他人痛苦之上建造的房屋能够坚固吗?在他人灾难之上开挖的水渠能够解决干渴吗?越是睿智越不会嫉妒;越是无知,越会将嫉妒作为生存的动力。

如果你是农人,不要嫉妒多收割点稼禾的其他农人,他们的稼禾从根到梢都闪现着汗水的苦涩。如果你是匠人,不要嫉妒多增加一点收入的其他匠人,而是要看看岁月烙铁在他们身上的烙印。如果你是学者,不要嫉妒其他更有能力的学者,他们不是用侥幸、敷衍、吹捧来打造自己的学术之路,而是用心血使自己的学术之花鲜艳。

即使你属于强者,也不要因此嘲笑赢弱者,在神圣高天之下,有统一的衡量之秤。如果你是年老者也不要嫉妒年轻者,时间巨手会将这一切抹平。年老与年轻者也不要互相嫉妒,除了人性的美德和星空,没有什么能够长存,何苦用嫉妒砖瓦建造埋葬自己内心的坟茔?

八、 论隐居

一

在智者对各行各业的人讲道之时，一位神情淡漠的人从角落里走过来，对智者说：夫子，我是被遮蔽在喧嚣尘世之外的隐居者，很多人看到了我的遁世，看不到我行为的真意；他们喜欢我生活的清幽，却享受不了我的孤寂，那么，请对隐居发表一下高论吧。智者被隐居者所吸引，从众人之中转过身来说：

隐居是使道德高洁的一种方式。即使引来江河之水，能够清洗身体，但是，并不一定能够让道德之镜发光。而隐居则是擦去尘灰使道德闪耀的修行方式。对于隐居者而言，他们并不是不知道欢宴之愉悦，但是，他们认为这是道德陷落的温床。他们不是不知道美人之多情，然而，他们认为这是肉体腐朽的陷阱。你看到她们光彩夺目，但这只是浮华之光，这会断绝你的道德之径，使得道德之神迷目。对于隐居者而言，他们也知道官爵权力之显赫，然而，这却可能是用内心耻辱换得的结果。应当知道，每种获得都有其代价，这些价码都直接雕刻在人的脊柱之上。那么，权力只是权力吗？其实在权力的背面就是巨大的风险。青史上有几人真正能留下姓名呢？只是在青山上添加了无数的荒丘。

隐居是最接近神人的修行方式。只有隐居才能静思，只有静思才能听到来自天空秘密的语言。隐居之船能够实现从凡俗到神圣的横渡。隐居者在独居中看到了向上的梯子。隐居者可能是谪落自上天的使者，唯有隐居静思，才可以使自己长出遗失的翅翼，罡风再过冰冷也能重新飞翔九天。

隐居者啊，无论你们是看穿尘世虚伪的面罩，主动从万千网中穿越而出，还是被世俗势力所压制，被动走向幽静之门，你们都是有灵的。被灵的露珠浸润的，必将拥有透明的灵魂。之所以你们殊途同归，是因为你们不希望自己内心的种子被污染。你们不是因为远离尘世时间长久丧失念想的人士，而是即使种子枯萎仍期盼着发芽。

二

对于那些尘世中被奢侈生活浸淫的世人而言，他们是不可能领会到隐居之意旨的。然而，这些狂欢者的血脉会逐渐枯萎，因为被切断了道德的根须。在他们肢体树木强大的顶端，往往都是萎靡的叶子。即使他们表面上还显示着生机，但是，其内在大部分已经死亡，余下的部分还不知道敬畏。在这些妆容精致的面目背后，往往隐藏着空虚之巨大空洞，其中的人只是无望的坠落。这些生活无度者建造的是当日的城堡，不管第二天是否坍塌。他们的城堡是用雪建筑的，等到烈阳高照后，雪就消融了。他们的未来是用梦幻装饰的，等到曲终人散之时，就烟消云散了。

不要讽刺隐居者蓬头垢面，灵魂的高洁胜过服饰的清洁。不要嘲笑隐居者行止异于常人，这更反衬出常人都是统一模型的无聊。隐居者每个人都有不同的思想与言行。隐居者用非常的举止来拒绝社会，从而真正回归自己。

对于那些轻视隐居者的世人而言，你嘲笑别人不是用自己的嘴

巴,你只是借用其他无数张嘴巴中的一张而已。你说出的话语不是
自己的话语,而是同类的和声而已。你们都是一样的面孔,戴着同样
的面罩。看到你们其中之一,就如同看到无数。

　　那些无视隐居者的世人,不要炫耀你们身着的华丽袍子,殊不知
袍子里面密布着虮子。不要炫耀你们盛大的酒宴,你们眼睛里因此
隐藏着黑白颠倒的血丝。不要张狂你们豪奢的宅院,这种宅院的深
处往往隐藏着不愿人知的秘密。

　　对于那些终生索取而不知静修的人而言,名利就是骷髅建造的
豪宅。为了这座建筑,这些人用卑微作为砖瓦,用耻辱作为灰泥,用
自己弯曲的脊梁作为梁柱。即使这座宅院表面再为华美,却不能承
受时间的验收,甚至不能接受困厄骤雨的冲刷。众人感觉这是华屋,
但是,在隐居者的眼里却是炼狱。

　　对于那些讥讽隐居者的世人而言,那栖居在铁笼的猫宠能与山
间的雀鸟对话吗?那被钢铁固定的躯体能够长出通灵的枝叶吗?那
被市声喧嚣所苦的耳朵能够听懂山泉的声音吗?泥土的沉滞是不能
理解玉的通灵的。飞鸟之所以能够飞翔,是因为长着翅翼。星月之
所以闪耀,是因为有太阳的映照。你们怎么奢望铁门发出笛子的声
音呢?哑者即使伴有最为美妙的音乐也不能高歌。如果没有歌的耳
朵,就不会听见歌声。如果没有花朵的眼睛,就不会看见美丽。如果
没有味的齿舌,也就不能品尝佳肴。

三

　　这俗世最奢侈的人莫过于隐居者。高天都是他的屋顶,群山都
是他的后院,山中的鸟兽都是他的禽畜。隐居者在山中不惧风雨,无
论是山洞还是树冠都可以为其提供遮蔽。心中的暴雨来了,隐居者
端坐在茅舍或者山居之中,用琴声消除风雨巨大的杂音,用绿茶澄清

山水的浑浊。

对于隐居者而言，他们的眼里没有山峰之高耸，山谷之幽深，悬崖之险峻。树不是树，草不是草。隐居者本身就是山川草木的同类。石头不再冰冷，有乌鸦在其上点灯。蘑菇不再孤独，其可以在风雨来时作为蚂蚁的雨伞。月光在天地之间为隐居者勾连了琴弦，他的夜行便不再是独行。

隐居者的道路尘世人难以通过，只能作为牛羊上山的通途。这不是因为世人的聪明，而是因为世人的迷目。并不能从表面看牛羊与世人之贤愚，机巧万分其实并不一定就是智慧，沉默暗哑并不一定就是无声。

隐居者并不只是孤独地居住，他们隐居清修只是为了寻找自己。红尘万丈曾经迷惘他们的双目，他们需要潺潺溪水洗濯。隐居者的灵曾经在物质的冬天里冬眠，因此，他们要用沉思的力量将其唤醒。

四

隐居者不在雷霆万丈时远行，而是在雷霆熄灭时动身。隐居者不是在灯火通明时行走，而是在灯火暗黑时远足。并不是隐居者的去向不明，而是因为世人眼睛浑浊。隐居者在月光下的山岗踱步，在那里钟鸣变成了清风；隐居者在山间小溪濯足，在那里欢歌变成了水声。在月光下踱步的人，身体也被照射得比月光还要透明。夜晚染黑的是灯火通明处的眼睛，只有隐居者与月亮还在发光。

没有人能够永久占据所有的天地。对于世人而言，你们有风情万种，隐居者有自己的恬淡寡欢。世人有舞榭高楼，隐居者有茅舍荆栅。舞榭高楼有曲终人散之时，茅舍荆栅倒塌后草木照样还会青葱。

隐居者啊，你们厌倦了红尘熙攘而避开人间隐居，我因为深爱世人而在人间隐居。然而，即使我们来自不同的源头，我们的血脉之河

却是相通的，我们的气息之根须是相连的。我之所以愿意被人群所围绕，不是享受这份喧嚣，而是要消弭他人心中的喧嚣。我之所以愿意将自己陷于车马之流中，并不是羡慕这尘世的烟火，而是希望这些车马发出一些清声。

我们不是殊途同归者吗？我们都是风雪夜归人。没有经历过暴雨之磅礴，不知山林之清幽。没有经历过风雪之艰辛，不知火炉之温馨。如果不经历世路之险恶，就不知隐居茅舍之安心。

人世过于炎热，人生过于寒冷，你们需要冬眠，我也需要隐居。我不过是等待离曲缭绕于宅院而已，我不过是仰望月亮高升到山顶而已，我不过是静待心境澄明而已，我不过是等待尘事的灰尘慢慢被吹尽而已。该来的自然会来，该去的自然会去。我只是在来去之间暂时休息。

九、 论人性

一

在智者端坐在台上时，由于人性的复杂性，一群来自不同地方、不同职业的人都想向他请教关于人性的问题。智者说：

即使对于我而言，人性也是一个迷宫，其带有诸多回廊、房间、门厅。对于每个新来者而言，特别是光线不太充足的情况下，用凡人眼光看穿所有的拐角、路径、机关也是困难的。只有用智慧之光，才能发现其中的奥妙，从中走出而不至于迷途。

天道运行都有其规律，凡夫难以发现。人性的规律凡人也难以发现，人性在强大与衰弱、崇高与卑微之间摇摆不定。人性既有占有又有放弃，既有虚荣又有谦逊，既有权力欲望又有孤独心理，这种五味杂陈之酒，即使是哲人也难以消解。

人性是无底深渊。无数人曾经在人性的暗夜中独行，如同孤独的树木生长于峭壁，壁虎被悬挂在半空。然而，树木如果不能深深扎根于山石，壁虎如果不能在悬挂中找到破局，都将成为人性的祭祀。

凡是称人性本善的，都是浪漫者；凡是称人性本恶的，都是现实者。人性最初是森林中野兽的性情。在生存的牙齿下，其他人都是另外的野兽。在进化之树上，人类被动接受神明启示，被看不见的巨

手提升在野兽与神明之间。因此,人性有着野兽与神灵双重的影子
闪现。在野兽与神灵之间有根悬空的钢丝,人就在其上行走,向上则
飞腾,向下则坠落。

上苍最初给予我们原始人的头颅,却给了逐渐延伸的灵魂。人
们灵魂的极限,就是人性的极限。人们肉体的重量,则是人性的另外
一极。

二

人性既有善良,也有邪恶。但是,往往邪恶是种子,善良是历经
暗黑地下修炼而开出的苦涩之花。在同一人中,就可以看见镜子的
两面,正面光洁照人,背面布满灰尘。一个服装商人可以在寒天施舍
冬衣,也可以祈祷风雪更大而能卖出更多冬衣。一个画家可以画出
尘世中的绝美画作,但是,却不能保证画出自己真正的内心。那高呼
的人内心也许是死寂的,那激情的人内心可能是无助的,那伟岸的人
脊柱可能是倾斜的,那颐指气使的人内心也许是卑微的,那一往无前
的人可能是恐惧的。

那满怀深爱的人的内心可能转眼就是怀恨的,爱与恨往往背靠
背而坐。那诗情画意的人的生活可能是苍白的,梦想与现实可能就
是邻居。那被盲目所导引的执念可能是空虚的,执念与空虚往往具
有亲属关系。那被欲望所牵扯的追求可能是卑劣的,欲望与卑劣都
属于同一族群。

恶也是如此。即使是最为歹毒的人也往往拥有真诚的友谊,即
使是凶恶之徒,其身上偶尔的善良也会发光。占山劫道者也会铺桥
修路,杀人如麻者也可能有立地成佛之心。

任何人不要吹嘘能够看透人性,如同不能看穿华美服装包裹的
躯体。即使你的眼光能够穿透骨肉,人性的形状却在骨肉之外。任

何人不要自信能够控制人性,如同不能轻信能独力控制住洪水。人性如洪水涛涛,千钧之下,人类自信的浅薄堤坝轻易就会被冲垮。

世人能够轻易随着人性变形,世人的柔软躯体最容易被人性拿捏塑造。

三

人往往只是肉体安宁,在其表面安宁的内部,却可能正经历着巨大的雷声和雨声。在平静山林的深处,可能会有鸟兽的聒噪。在波澜不惊的水波之下,可能就有旋涡旋转不息。在寂静家园之中,往往还会有折断树木的杂音。在高高建筑的鸟巢中,也会有倾覆的风险。

我也曾与欲望互相对峙,无论是谁落败,都将成为对方的奴隶。如同你们一样,我也曾在善恶的河岸飘摇不定。一念上岸,一念坠水;一念天堂,一念地狱。在太阳光下,无人不留下阴影。在慧眼之下,世人都会暴露出瑕疵。

内心艰险之时,最见人性。内心摇摆之时,人性也将随波逐流。如果不能在头顶铸造堤坝,就可能被人性洪水所淹没。

我曾数次在夜深之时静思,努力探寻自己人性的阴影。即便如此,还是不免数次处于危险境地。这是因为,人性是一种特别易变的物体,会随着外部空间变成渴望的形状。人性附有魅影,会诱导你们左右摇摆。即使肉体已经成人,但是,人性并不完全与躯体一致。在已经成型的部分,人性善的部分会被侵蚀,关键看考验的试金石的分量;人性恶的部分也可能会消减,关键看反思的绳索是否能够套住欲望的触手。

偶然相逢可能终生难忘,肉欲掩盖下也可能有真情。在爱欲之间取舍,有时如同在生死之间取舍。然而,没有艰难,人性就不会真正显现。自己衣食不足而施舍他人口粮可见人性,自己头顶暴风骤

雨却与他人分享破伞可见人性。在醉生梦死时惊觉可见人性，被罪
孽深埋却努力站起可见人性。人性的镜子，可以照见你的真身，人性
的磨盘可以磨出你的本我，人性的火炉，可以锻造你的真我。愈到深
水，愈能打捞出迷失的自己。

四

　　黑夜之水浩浩汤汤，在其中打鱼的舟子颠簸不断。即使是夜渔
人在没有撒网捕鱼以前，谁也不知道自己是否有所获得。在没有到
达坟茔之前，谁也无法自己的墓志铭上填字。这种莫测的前方黑暗，
是人性来源的木根。即使我们借来像命运一样乍隐乍现的闪电，也
不知它将黑夜之水引往何处。

　　你们曾经多次幻想在电闪雷鸣过后的奇迹，多次幻想在月亮下
种植庄稼及建造家园，也多次在幻梦中让日升日落。然而，只要不能
修改潮汐规律，就无法修改自然的本性。人性有着晦暗不明的前途，
因果永远隐藏在内部。在悟透因果之链前，没有人懂得如何真正获
得救赎。

　　在螺蛳壳里做道场，就不如在须弥山中数芥子。在肉林中定居，
就不能在菩提树下获得真经。

　　如果雷霆点燃了天空，你们至少要守住后院，而不是助燃雷霆的
怒火。如果是江海横流，你们至少要抓紧内心的岩石，而不是随波逐
流。如果是整个世界陆沉，你们也不要一起陷落，而是要守住自己的
故土。我不求你们能够拯救别人，但至少要能够拯救自己。如果你
们的光线过于微弱，不能照亮黑夜，至少不要吹灭别人的烛火。如果
你们的声音过于渺小，不能穿越天空，那么，至少不能阻碍他人发声。
如果你们不能随着天风上升，也不要拉住他人下坠。即使你们不考
虑内心的谴责，但是，至少也要考虑他人的谴责。

上苍给予你们手脚,你们却用它来匍匐;上苍给予你们船只,你们却用它来沉沦。

只有将自己的肉体化作为庙宇,用自己的虔诚作为导引,用自己的静思擦拭,在晨曦升起之时,人性才能穿过寺庙外的密林,照亮俯首的肉体,使身体与内心一起上路。

十、 论良知

一

在智者准备休息之时，几位听道者分开众人，示意智者：人类即使现在已经早已脱离蒙昧的野兽时期，但是，良知的旗帜并不彰显，请为我们讲授一下良知吧。智者沉思后说：

如同我也需要休息，良知的火把也有快熄灭的时候。即使再易燃的物体，如果没有人勤于添加油脂，火焰也会逐渐消失。不是良知火炉的温度消失，而是世人不愿再加新炭。

良知不是本能，其端坐在本能之上。在人类诞生之初，上苍基于担忧人类永远迷路，才又赐予了良知的法杖。这使人类来自于野兽，却超乎野兽之上。正是由于良知的神力使人类面容更加明亮，荣升于上苍圣坛的前列。

良知跨域国度，是人们内心的共主。那为异域人悲惨遭遇而痛哭流涕的原因，是人们共同良知心弦的震动。那为异乡人天灾人祸而神伤的原因，也是良知的钟声共鸣。那些为陌生的路人欢愉而笑容灿烂的原因，是良知之绳的牵引。

良知如同暗夜的光柱，光源来自人背后的修行。这是因为人本来脱胎于猿猴，人性中的自然成分浓厚。如同指示夜航船只的灯塔

的基座,也掩藏在黑暗之中。因此,如果不靠修行获得提升,必定终生将迷失于荒野。

越是在深夜,良知的月亮越是闪耀。越是到达地底的深处,越是可以看见良知的真正面目。在雪峰登山时天寒地冻,你把生存的火把为你唯一的难友点燃可见良知。在荒岛求生时食物缺乏,你把稀少的干粮分给其他求生者可见良知。在空山求道时自己走火入魔,也不忘提醒他人可见良知。良知使你们在面对不幸的过去时,也努力将记忆的炉火点燃,为造成不幸的无情者点缀一点温情。

良知是爱情的化验者,是友情的检验者,是亲情的试金石。良知不是情欲,是情欲之上的导师。良知不是利益,是利益之上的引路者。良知不是血缘,是导引血缘提升的通天沟渠。

你们的美丽不是依靠精致的妆容予以保证,没有良知的内核,狂风可以轻易吹散你们的容貌。你们知识的辐射程度,不是依靠广博来完成,没有良知的映照,这只是没有绿色的树木。权力不能保证你们的安全,没有良知的房梁,大雪将压弯你们的脊柱。

二

在这个物质欲望沸腾的世界,谁又能珍视良知如同珠宝呢?对于人类而言,毕竟肉眼看不出良知的光泽,其美德深藏于山谷内部。谁又能看重良知如同美色呢?美色可以使人获得肉欲之欢,而良知可能导致生活的枯寂。谁又能尊重良知如同尊重权力呢?毕竟权力的雷电来了,可以呼风唤雨,而良知不能与权力同列为世俗的上席。

良知玷污于利益之陷阱,良知毁坏于愤怒之斧凿。对于没有理性之绳索约束的人而言,利益是其一切行为的起点,同时也是终点。对没有情绪之锁束缚的人而言,放纵是开山的火药,是解决问题的万能钥匙。

　　良知燃烧于嫉妒之火，良知崩塌于愤怒之雷霆。对于嫉妒的人而言，嫉妒是其获得平衡的砝码。对于易于愤怒的人而言，愤怒是医治疾病的猛药。

　　良知迷失于色欲之山峡，良知深陷于权力之山谷。色能迷人，亦能害人。世人只是看到了绞索上面的倩影，却忽视了绞索本身。酒能醉人，亦能伤人。权力之刃锋利，能够割伤他人，但是，这同样预示着容易割伤自己。

三

　　世人啊，你们须知，良知是一切行为的种子。如果你是官员，良知可以保证对属下人民的良善治理。他们是人，而不是奴仆。你们都是因为同样的目的存在于世间，谁也不是谁的工具。如果你是商人，良知是经商夜行的灯笼，可以防止免于迷途，坠入危险之境。你们可以谋利，然而，不要以他人的头颅作为酒杯饮酒，不要将他人的油脂作为烛油点灯，不要将他人的手脚作为你的木柴。你们都是互相谋利的近邻，谁也不能竭泽而渔。

　　如果你是法官，案件前面摆着法律，同时你们头顶还高悬着良知之法。法律只是你们在司法中行走的拐杖，良知才是经过人性险滩时的灯塔。法官是法治国家的国王，而良知是法治国家的神灵。这是因为，即使是法律大厦本身，内核也是由良知构成。法律如同未燃的灯火，无良知，不发光。法官在用法律裁判他人之时，也同时受到良知的裁判。

　　良知是不可讥笑的，否则它就会瞬间烟消云散。应当将良知之神，供奉在心脏经堂的中央，不应将良知作为装点你们的门面，这是一种内在的纯洁圣物。不要将良知作为玩偶，因为它是真正统治你们行为和感情的主人。

没有良知,如同天空没有飞鸟,你们将永远面对沉寂。没有良知,夜晚将成为永夜,没人可以在其中轻易苏醒。没有良知,群山如同没有路径,山中之人将永远面对困境。良知是修行的最好梯子,沿着这架梯子攀援而上,即使乌云碰撞也会发出琴声。

良知的分量超过技艺。即使你们的技艺超群,但是,如果没有良知,这一切可能演变成灾难。

良知可以抵御猜疑的眼光,使得猜疑者与被猜疑者的眼睛重新纯净。良知可以抵御争斗,使得进攻者与防御者的胸怀重新温暖。良知可以消弭口角的风暴,使得侮辱者与被侮辱者的重新沐浴春风。

四

石山再薄,也长兰草;天空再暗,也升星月。不可能人人都是杨柳随风飘摇,平原的尽头往往是坚硬山峰。不是人人的良知永远冬眠,只是春风没有将其唤醒。越是深厚的尘埃越能长出芳香的花束,越是雪夜越见村庄灯火闪现。

如果大地都沉陷入昏睡,唯一醒着的就是良知的钟声。如果世界沉没于海洋,唯一能够使人们获得拯救的就是良知的船只。良知是从天垂下的一条巨大的鞭子,在人们纵欲、邪恶、背叛之时予以鞭笞,使其警醒。良知也是殊死搏斗的物质战场上的盾牌,可以使人们在伤痕累累之时获得庇佑。

良知不一定保证你们走得更快,但是,却可以保证你们走得更远。不要以为天空是昏暗的,上面还有星月般的眼睛是不眠的。不要以为你们可以无法无天,良知是最高的监督者。即使良知有蒙尘之时,只要你们的眼睛不是完全盲的,就会最终看见良知的身形。只要你们的耳朵不是全聋的,就可以最终听见良知的脚步。

应将良知作为心灵之源，这可以让你们永远不会干渴。应当将良知作为不沉的船只，这样你们的灵魂才时时可以获得救赎。只有顺着向上的"良知竹子"，你们才能节节升高。

良知是上天派驻进你们内心的使者，用以放牧你们内心各种欲望的山羊。在暗黑的夜晚，只要你们愿意听从牧羊者的指挥，愿意在内心安放一道栅栏，即使在最为曲折的山路中也不会迷途，如此才能安全到达最后家园。

十一、 论命运

一

在智者讲道时，听道的众人鸦雀无声，这时一位悲苦半生、历经沧桑的人走出来说：夫子，既然你说众生都是平等的，那么，为何有人一生顺风顺水，有人命运多舛，请你为我们讲一下命运吧。智者说：

命运是上苍预先设置的机关，在某个特定时刻或者特定情形，等待着你们去触发。命运是从天垂下的死结，等待着你们去解开。命运是被赋予魔法的石阵，只有极少人才能够走出。命运如同洪水涛涛，世人如浮木，多是顺水漂流不能自已。命运是纯粹水晶杯子制作的期待，最后却可能发出破碎的声音。

如同你们一样，我也屡次隐身于密林深处，独自思考命运的莫测。我也多次端坐在高山之巅，考虑命运的无常。即便我的眼光都能烧焦荒草，仍然难觅命运的踪迹；纵使我的思想都能流出血液，但是，很难看见命运的启示。我曾经数夜不眠，意图获得命运的秘密，秘密在晨曦升起之时还是悄然而去。

你可以在一时碾压千军万马，另外一时却弱不禁风。在你横扫千军万马之时，即使沼泽都会生出石头桥梁。当你弱不禁风之时，即

使钢铁的拐杖都会如芦苇般折断。你可以在某地逆水行舟。然而，当你旧地重游，即使同样的流水也可能会使你的船只倾覆。当你的运气来时，天地都是你的臂膀。当你的运气消失时，天地都是你的牢笼。当你的运气蓬勃向上时，石头上都可以开出花朵。当你的运气日薄西山之时，即使在沃土之内都会长出有毒的蒺藜。

德才不彰者可能位于高位，德才兼具者可能流落江湖。才识浅薄者可能为导师，才识渊博者却可能为穷酸。秉性善良者可能早年殒命，品性恶劣者却可能获得长生。这难道不是命运在呈现出其威力吗？

不要以为命运按兵不动，那是在给你留喘息的时间。你可以预感，却不能躲避。如同从高空坠落而下的物体，你知道自己的结局，但是，却没有可以抓住的把手。如同死亡气息浓厚的老者，明明知道大限将至，但是，却没有水源来唤醒其肌体的生机。你因地震逃离房屋，却被疾驰的车轮碾压；你因火山爆发逃离，却跳进江河。这不都是命运追杀令在发威吗？即使你聪明过人，有万千变化，但是，你的变化都可能无法逃脱于冥冥大手之中。

二

在命运的巨大齿轮的转动下，我看见高贵的帝王低下了头颅，我听到了数个王朝的末日晚钟，我看到了战场上不断堆积的累累白骨，我听到了才高八斗之士的江郎哀叹。命运是垂直的自由落体，无论是谁，搭乘其上都无法自保。命运是一辆高速前进的火车，在巨大的惯性下，权力会如明日黄花迅速枯萎。王侯将相都会被裹挟其中，很少有人能够幸免。

命运是因果之链中的潜在结果。因此，并不是所有的命运都不可捉摸，命运败坏于恶意破坏者手里。那后来你走过道路的泥泞，难

道不是来源于你咆哮的怒火吗？那后来枯萎的爱情之花，难道不来自你屡次故意的折损吗？那后来逐渐萎缩的筋骨，不是来自你彻夜放纵的消耗吗？命运是你皮肤上不起眼的疾病，只是你有意或者无意的忽略让它成为心腹大患。

我也对那些被命运折磨得遍体鳞伤的人报以悲悯之心。然而，一切都不是白白来过。在因果的河流上，无论一块石头滚落到下游哪里，原因总是留在上游某处。命运是对放纵的惩罚。你在声色犬马之时，就应该想到身体之树将会提前枯萎。你在放纵权力之时，就应想到手脚将会被火焰烧灼。你在身居高位时没有看到人走茶凉，欢歌宴饮之时没有预想到曲尽人散，在肌体强健时没有看到筋骨衰弱，在爱情甘美之时不知苦涩相邻。睿智者在悲剧中看到命运，愚钝者在喜剧中看到命运。

那些被肉欲陷阱所控制的人，命运之手并不是没有示意其停止，但是，你们的欲望战胜了理性，这些否定的手势难以浇灭熊熊之火。那些被权欲所摆布的人，命运之钟并不是没有敲响，但是，你们将这些钟声当作鼓乐，用以鼓舞你们烈火烹油。那些被物质迷谷所诱惑的人，命运的界碑并不是没有提示，但是，你们却把这作为进入山谷的路标。

三

并不是所有的命运都是不可抗御的。如果你的善良意念感动了天地，那可能就会改善你内部的宫殿，因此，这座宫殿就会人群熙攘，重新充满人声。如果你潜心静思修行，就可能消弭灾祸于无形。如果你足够坚强，也能够逆天改命。那穿越地底重重黑暗阻力的铁树不是最终开花了吗？那老弱愚公不是将巨大山体移走了吗？将万千人作为牺牲面容不改的阿育王最后也成为佛前的护法。

命运提供了更多的变数。如果没有命运的阴影，你们将不知阳光之温煦。如果没有命运的戾气，你们可能将更加放纵自己的欲望。如果没有命运的刀剑，你们将难以找到更好的铁质材料锻造犁铧。

命运为你们提供了无形的鞭子。在这莫测威力之下，你们才知道自己并不是一切，也并不能胜过天地，从而心存敬畏之感。命运为你们的思想标出了界线，使你们在自己能力所及的土地上安分耕耘，而不是僭越神灵的领地。

即使恶劣的命运也不总是带来毁灭。那喷涌的火山往往带来沃土，那汹涌的洪水往往带来良田，那艰险的经历锻炼了你们的心智。无法用命运之石钻石取火的人，就无法获取命运的垂青。

四

命运诡谲多变使你们在现实的土壤上开始相信上苍的存在，从而向上苍祈祷。然而，在相信上苍之前，首先得相信自己。如果你们自己不为命运建造栖息的树木，命运将不会为你们再次洒下浓荫。如果你们没有为命运提供渡口，命运之舟也无法停泊并将你们载走。如果你们不为命运建造庙宇，命运的神灵将不会降临，从而再次让你们获得庇佑。

如果不能躲避暴风骤雨般的命运降临屋顶，那么，就静待房屋外风雨消尽，无论再大的风雨也有结束之时。如果不能防止命运冬天的光顾，那么，就寻找一处自救的洞穴冬眠，以待春天再来之时。如果不能熄灭命运的雷霆怒火，那就将这种雷霆作为忏悔的钟声。如果不能超越命运的险峰，那就在困境内部结茧，只有如此才有机会长出翅翼再次飞翔。

何必在一条孤舟上坐以待毙呢？即使命运为你生命的流水建筑下一道水坝，然而，你可以改向另外一条更为浩荡的河流行驶。即使

命运城堡再为坚固,还是有人将突围而出。如果你们真是失散的羊群,那么,即使荒野再为遥远暗黑,牧羊人也会将你们寻回。

在最为艰难之时,你们需要屏住呼吸。命运奇特之处在于,在电光雷火之际,焦土可以长出草木,困境可以孕育转机。即使命运的滚木不断落下,但是,你们也可以挑战自己所能攀爬的高度。

宫殿有宫殿的辉煌,山林有山林的清幽。用纸张记载的声名,不如用大理石雕刻的声名。用大理石雕刻的声名不如世代相传的声名。在生前获得声名的将可能速朽,在死后获得声名的才会永生。

十二、 论学者

一

随着智者的名声远播,几位学者不远千里从远方赶来向智者请教,他们说:"夫子,我们群体的成就基本都付出艰辛的学术努力,但是,其成就却不大相同;我们当中德才兼备者有之,但是,德行不足却依靠掌握的知识牟利的也有之。我们学者如何能够独善其身?请传授其中的义理。"智者说:

对于学者而言,你们是人间知识的保存者。上苍把知识的火把传下来,这些火焰却要依靠你们精心扶持,用自己的心血浇灌,用自己的眼睛辨识,用自己的双手诠释,从而使上苍的知识真正转化为人间的知识。你们是沙漠的骆驼,一程一程将知识的重担转送到下个驿站。

如果说知识是上苍精心写就的作品,学者就是将这种神圣意旨传授到尘世的人。你们是人间智慧河流的发源地,这些河流一代代绿化了所经过的荒漠。你们是知识的加工者,将其中的奥妙转化为众人可以食用的食物。你们是人间知识库房钥匙的保管者,跟随你们就可以进入开示之门。

你们是社会的启蒙者,是世人之师,是人间看守高深学问火把的

人。正是你们的接力传播之功，知识才以体系化的方式发展，人间的圣火才能够代代相传。

你们掌握着一个领域的知识性权力，进则入庙堂之高，退则居江湖之远。你们可以成为守卫社会正义的堡垒，也可以是在山林深处修炼智识之光的光明使者。

二

学者是站在民众智识顶峰上的人物，但是，这并不能代表其品行亦达到顶峰。伪善者一旦戴上了知识的面具，将比常人更难以被识破。邪恶者一旦掌握了知识，就会使邪恶的危害程度增加数倍。

学者具有外谦内傲之性格。你们虽然表面上具有谦逊及理性的面孔，然而，却因是知识的保管者而内心自命不凡。你们表面上淡漠名利，却可能因为处于人间的物质旋涡，从而沦为追名逐利的先锋。你们表面上道貌岸然，实际上却易于成为追逐虚名的动物。

在一般人眼中，学者不仅在学识方面超人一等，而且在道德品行方面也如芝兰之芬芳。然而，你们却是所有职业中最为矛盾的人物。道德高洁者可能是你们，道德沦陷者也可能是你们。你们可以是知识的传播者，也可能是将知识转化为凶器的帮凶。你们可以不顾身家性命在逆风中挥舞起知识的大旗，也可以为了私人利益而放弃批判武器。你们的德行可能远超常人之外，也可能滑坡甚至连常人也不如。你们可以是无序权力的批判者，也可以是权力的附庸者。

学者中同样存在侏儒。这些学者不是眼盲，而是心盲，不是耳聋，而是心聋；不是嗓哑，而是心哑。他们两眼如电却不能看见巨石，他们两耳敏感却听不见风雪中的呼号。他们嗓子清脆，却不喜欢为黎民唱歌。他们能做的只是在失火房屋中加柴，在遍布污秽的沼泽里假饰，在空无一人的舞台上唱歌。

这些学者自己的脊椎都脆弱不堪，还能依靠他们作为梁木？他们的天空都干枯得不见水分，还能期待他人润湿别人？他们的脚步都蹒跚不已，还能希望跟随其远足？他们的声音都轻浮无比，还能指望其为他人高呼？他们的心脏都羸弱无比，如何能带动别人的心跳？

他们可能会写出锦绣般的文章，却不能搬动一砖一瓦。他们可能唱出悦耳的歌曲，但是，只是对金主发出噪音。他们可以慷慨激昂，但是，只是在最安全的角落。

他们追求学问往往是缘木求鱼，他们的知识往往是空中楼阁。他们是解决社会困惑的专家，但是，却往往连自己的困惑也不能解决。

三

每个人都是时间中的灰尘，都会毫无声息地淹没于厚厚的尘埃之中。无论是王侯将相还是贩夫走卒，在时间的灰烬中都不会留下余温。谁又真正见过神灵？生长在蓬莱山的人往往也死在蓬莱山。谁又能像老子一样骑青牛过函谷关？因此，对于学者而言，你们是整个尘世上层的发光体，你们应当用自己的喉咙发声，应当说一些有用的话语。如果没有有用的话语可说，就说一些有意思的话语。如果没有有意思的话语可说，就说一些内心的声音。如果再不行，那就沉默。

在别人高呼时，如果你们不愿意共鸣使其成为风暴，那么，也不要成为逆风。在别人反思时，如果你们不能成为同盟，那么也不要成为背叛者。在别人逆行时，你们如果不能跟随，那么，也不要成为阻碍别人行走的石头。

即使纸张上的墨色再为浓厚，也不应当沾染你们的手脚。即使荒野风沙再为强悍，也不应熄灭你们生而有之的热情。你们本身是

腐败树木的修剪者,你们是弱者天然的同情者,你们是狂妄压迫的内在抵制者。无论沉积多深,你们心中都应当有一脉清泉。民众要靠你们浇灌,你们自己也需要清洗以恢复本色。

你们不要画地为牢,将学术的圈子作为私人的后院,殊不知这也将成为你们真正的牢笼。你们不要排除异己,成为垄断学术领域的霸主,把学术论战演变为政治争斗。这在玷污自己声名之时,也污染了整条学术河流。你们在污染别人水源的同时,却忘记了自己来自同一水系。

四

学者们啊,你们的书籍可以破败而灵魂不可毁坏。你们的知识可以复制而声音不可以复制。你们肉体可以腐烂而骨头不可以腐烂。

学者们啊,世人视你们为星斗,你们就不要自甘堕落为沙砾。世人视你们为高耸的山峰,你们就不可以自己低下头颅。世人视你们为精神的导师,你们就不要沦落为权力的说客。世人将你们视为人间"知识库房的守门神",你们不可成为图书馆中的书蠹。世人视你们为灯塔,你们就不可以潜入海底。

学者乃正义的源头之一。学者通过传授知识,从而使正义的面貌得以具体现身。你们所传授的知识,不仅可以为世人的焦渴土地提供水源,也可以为他们提供正义的种子。你们来到人间的使命就是传播真理的福音,所以不要将自己视为谋利的商人。你们是手持火焰标枪守卫正义的使者,就不应让自己的真身蒙尘。你们从上苍领取神谕而来,就不应让自己的使命蒙羞。你们不应将自己的知识变成获取人间功名的工具,而应让其成为死后声名的墓志铭。你们的位子在缥缈星空之上,因此,就不要考虑在蜗牛的宫殿里谋生。你

们不要长出崇上或者媚俗的膝盖，也不要陷入私人名利的窠臼。你们不是意识形态的婢女，而是学术殿堂的主人。

学者们啊，不要以为那地平线处的宿命的报应遥不可及，如果你们撒下跳蚤的种子，早晚会啮咬到自己。你们驱动心魔去伤害别人，早晚将会被反噬。对于那些不应得的利益，不要妄图占有。对于那些不能闪光的名利，不要在暗夜里窃取。品德高尚不是依靠自夸，而是依靠行动。品行低劣不是总能加以掩饰，除非良知能得到内省。

对于权力你们要采取挺直如白杨的姿态，上苍本来就给学者设计了坚硬的骨骼。如果强行弯腰，不仅会使得权力放纵，也使得自己的尊严受损。你们占据学术高位也不要碾压，对于学术晚辈要给予如伞的荫庇。这是自然的美德，不因金钱与地位增长一分，也不会减少一分。卑微时才见伟大，渡人者方能渡己。

十三、 论爱情

在智者全神贯注讲道之时，一位满脸愁容、眼里却散发着狂热光芒的年轻人发声说：夫子，我是一个深受爱情之苦的人。爱情让我沉迷不已，但是，它同时也在不停地煎熬着我的内心。请问如何对待爱情呢？智者说：

爱情是樱桃点缀于其上的蛋糕，它甜美无比，但是，却又容易腐坏。因此，你不应当把其作为食物，而是应作为礼物来用心呵护。爱情难道不是上苍赐予的礼物吗？有的人历经一生，苦苦追求爱情的背影，却始终得不到爱情之神转身回顾。有的人无心插柳，一生享受着爱情的绿荫。有的人爱情的土地总是焦渴，有的人爱情的土地上水草丰美。

爱情是春天梨花，你们可以悠然地划着这些花朵之船漂下溪流。爱情是傍晚的风琴，轻轻地奏响在被爱慕者的阳台上。爱情是青葱的树木，高高地耸立在山坡之上。爱情是婚纱般洁白的雪花，柔和地洒在田野里。爱情是阳光制作的火焰，金钱与名利不能点燃。爱情是朴素的野花，浮夸与虚饰与之无关。

爱情是无妄之火，即使危险，仍然有飞蛾在夜晚不顾一切飞向火光。这是因为，在漫漫人生长夜，趋光是所有飞蛾的本性。

在爱情之神的火焰长矛前，世人的灵与肉全面陷落。爱情不仅需要用你的心作为菜肴，也要用你的血作为酒。爱情不仅需要你的骨骼为它搭建宫殿，还需要你的灵魂白日黑夜为其不停献唱。

如果你尝尽了爱情，就尝尽了人生五味杂陈之酒。爱情融合忠诚与背叛，爱情夹杂真心与谎言，爱情混合欢愉与痛苦，爱情生长勃发与幻灭，爱情包含美丽与丑陋，爱情交融戏剧与现实。

二

爱情需要理由，又不需要理由。需要理由的爱情却往往是掺水的假酒，虽然有着爱情的牌子，然而，细心品尝滋味却完全不同。那用金币装饰的爱情是真正的爱情吗？不过是金币打造的婚姻而已。仅看中容貌的爱情是真正的爱情吗？那是在爱情幌子下的情欲而已。真正的爱情不需要理由，与金钱无关，与地位无关。爱情如野草生于春天堤坝，该生长的自然就生长了。爱情如柳叶轻抚水面，该温柔的自然就温柔了。

爱情可以使冰山变为火海，可以使坚冰融为细流。爱情可以使刀剑变为犁铧，可以使暴君变成顺臣。爱情可以使强悍的女子变成温柔的猫宠，可以使青楼浪子变成居家男子。

爱情是寂寞桃树下的无人光顾，但偶然抬头望见便桃花灿烂。爱是一瞬，爱又是一生。

爱情是因缘，也是偶逢。爱情是前世也是今生。在万千人之中相遇，如同在无涯中两颗彗星相撞。然而，在爱情的因缘规律上，这也不是空穴来风，一切都是种植，一切都是收获。即使你们的因缘决定了相逢，如果不用耐心种植下爱慕之种子，用诚心打开坚硬的土壤，用真心的清水浇灌使其获得水分，那么只能在秋天收获秋风。

如果你没有被爱情箭镞射中，那是你的盔甲过于坚硬。如果你没有获得爱情女神的光临，这是因为你没有牵引其光临的光柱。如果你的爱情背影越走越远，那是你爱情的钥匙与锁没有铸就终身的匹配。

三

如果一生没有爱情，就如同玉璧天生裂缝。婚姻如果没有爱情，不啻于生活在永夜。爱情光临，即使再为遥远的山路也不会孤独，即使最为暗黑的夜晚也会发光。爱情钟声敲响，即使是再为深沉的睡眠也会惊醒。

你们不可将爱情作为火山喷发，火山喷发迅猛，冰冷也迅速。你们不要将爱情视为风暴，风暴往往来去匆忙。你们需要将爱情视为山间泉水，细水才能长流。

不可将爱情之神戏弄，将爱情作为玩偶，即使你阅尽千帆，但是，你却不能获得一瓢清水；即使你能尝尽百味，但是，不识原生滋味；即使你能在爱情方面历经百斩，然而，最后爱情不会为你牺牲，你只能是爱情的祭品。

如果天气晴好时你不知享受阳光明媚，你的阴天就永远比别人更多。如果你在爱情之树枝繁叶茂时不知珍惜，你的爱情之地将永远铺满败枝。

爱情转瞬即逝，爱情青山般恒久。在爱情闪电来时，如果你不及时用深情之井容纳闪耀，爱情将会成为天空飞鸟，不会留下什么痕迹。爱情的青山也会倒塌，只是没有到山崩地裂之时。只有用真情之石不断堆积，在山上广种守护之草木，爱情之山才会越发巍峨青葱。

爱情铁门一旦关闭，你就很难再次跨进。无论如何努力，你都不能再回到过去。如果爱情之山倒塌，你就很难再次登临。无论用尽何等气力，你只能凄然看着昔日青山慢慢沉沦。

爱情可能是在人间大海航行的美丽女巫，如果附上利益，她的悦耳歌曲只是对水手溺水的引诱。爱情可能是高傲而狡诈的高原兀

鹰，如果混入金钱的铜臭，你的身体将是它的食物。爱情可以是巧言令色的江湖术士，如果混入了诈欺，那么，你所做的一切不过是自愿配合入彀。

四

爱情之树上应栖息着道德的飞鸟，爱情需要道德为其带来更美的飞翔。爱情的宫殿内需要端坐着良知，爱情需要良知为其祝福。爱情的船只需要品行的灯塔，爱情需要品行为其护航。爱情高楼同样需要美德之基石，如果没有美德的光辉，爱情玉石就会变成平凡的石头；如果没有美德的稀释，爱情将会变成赤裸的性欲。建立在欺骗与背叛基石之上的爱情，只是追逐风流的一场春梦。如果爱情建立在他人的牺牲或者痛苦之上，这种爱情就是放纵的野马，任意践踏他人的田地。

失去爱情如同天使坠入凡尘。然而，没有失去，就不知获得。没有爱情的断裂，就不知爱情一体的柔情。其实，即使阳光再为丰盛之地，也不可能不生长阴影。即使再为美好的爱情，也可能会留下伤痕。生命是一场苦修，爱情亦是如此。如果你敢于品尝爱情之甘美，就应接受失去爱情之苦涩。爱情存在时你应享受青春之欢畅，在爱情消失之时你应忍耐空炉之孤寂。其实，获得爱情与失去爱情只是隔着一张薄纸，一边是天堂，一边就是人间。在天堂时你应充分享受天堂之美，在人间你应经历人世之苦旅。

爱情本来就是使人盲目的雾气。即使你深陷其中，也不是你的罪过。爱情本来是没有解药的疾病，凡夫与帝王同样身患此病。且放下仇恨，且放下赌咒。即使你曾失去过，毕竟也曾美好过。曾经在爱情泉水里圣洁过一次，也胜过爱情的天空终生乌云。

美丽都是白骨，气质也归黄土。在爱情的最终法庭上，不仅需要

用尘世之鞭拷问肉体，也需要用时间之火拷问灵魂。

在爱情失意之时，你也要看淡一些，如同树落叶，如同荒野枯草。

在时间的驿站上，即使再为美好的爱情，何尝不是过客？这就是爱情。无论是真情还是假意，无论是狂热还是清冷，无论是喜悦还是悲戚，无论是长久还是暂时，都会在时间的河流上远去。

爱情太迅疾，人生太长久。一切都会流逝，真心与欺骗会流逝，忠诚与背叛也会流逝。既然失恋的镰刀并没有将你收割，你可能就是被选择的种子。如果爱情大门无法打开，造物主就可能会赠给你其他礼物。因此，且放弃疯狂与伤情，让你的身体再次缓缓生出叶子，如同久经疾病之树木。你应当学会忍耐，在头顶的山上建造庙宇，在内心的谷地建造经堂，在眼中的烛火里点燃星光。

爱情不得志的世人啊，希望你们尘世的灯火燃烧得更为长久，从而为你们在另外一条道路上引路。万能的造物主，希望你用火把照耀失去爱情之人的黑暗，请不要让这些人在暗路走得太久。

十四、 论父母之爱

一

智者不顾疲劳，一直滔滔不绝为听道者讲述人道之精义。此时一位中年人走过来说：夫子，我从小孤苦，虽有父母，然而基于家庭贫困，父母脾气暴烈，很难感受到父母之爱。有人从襁褓之时就深受父母之爱。为何同样是父母，差别如此巨大，请为我讲述一下父母之爱吧。智者说：

父爱是博大的海洋，无论你流落在何处，都会将你容纳。母爱是剪不断的炊烟，无论你身在何方，都会将你用力牵引。

父母之爱是血脉之爱，其他的爱至多是皮肤之爱。父母之爱是筋骨之爱，其他的爱至多是发须之爱。只有在同一条血脉的河流上，才能关心彼此的生死温度。只有在同一根树木的筋骨上，折断后才会同样感到痛彻心扉。

父母之爱是没有声音的。那月光漂在水面上不也是没有声音的吗？照样能为我们带来温馨。那太阳落在土地上不也是没有声音的吗？同样能够使我们温暖。

获得父母之爱的人是有福的。即使阳光从天空闪烁，但是，并不能保证照耀到每个人。没有被父母之爱之阳光温暖的人，将会终身

寒冷。如果没有父母之爱的普照，孩子将会终身难以去除阴影。

然而，无论如何我们不能忽视母爱的价值。母爱就在那里，不管你是否感觉到。母爱是用母乳精心酿制而成，其中蕴含着无穷的力量，是我们众生的力量源泉。我们的荣光都是母亲的荣光，我们的力量就是母亲的力量。

母爱是狂风暴雨中的荷叶荫庇，母爱是烈日狂沙中的甘泉滋润。即使我们的心雨再过急骤，有了母爱的大伞，我们的身体就能获得全部的遮蔽；即使我们的心魔再过猖獗，母爱的甘泉来了，我们的灵魂将会清凉如洗。

那将你从死神手中奋力争夺的是母亲，那从最深沉暗夜里用自己的油脂为你点灯的是母亲，那用白发精心为你编织巢穴的也是母亲。

在涛涛大水中真正愿意救你的是母亲，跳入熊熊火海中抓住你手臂的也是母亲。只要有万一的可能，绝不放弃的也是母亲。即使母亲不能救你于水火，那么，也将与你同归于水火。母亲救你，也就是救自己，你不在了，母亲也就不在了。

二

缺少父母之爱，如同天空缺少太阳和月亮，无论天空多么高远，都是一种残缺。你难道没看见过遗失家园的猫犬吗？你难道没看到过流浪江湖的浮萍吗？父母之爱意味着深层的安全。没有父母之爱，无论你自认为多么强大，你都是软弱的。没有父母之爱，无论你自认为多么坚硬，都是易于折断的。没有父母之爱的人内心深处就是丧家的猫犬，就是无根的浮萍。

你们看见过杀人越货者吗？你们看见过作奸犯科者吗？在这些世人悖逆身影的背后，可能就深藏着父母之爱缺失的影子。你们听

到过狂乱不羁的高呼吗？你们欣赏过荒诞不经的音乐吗？这些声音往往就是因为缺少了父母之爱的伴奏。

如果你的感情是怯懦的，那可能是因为父母之爱没有生成坚强的臂膀。如果你的思想是卑下的，那可能是父母之爱没有赠予你透彻灵魂的镜子。如果你的眼光是游移的，这说明可能父母之爱没有给你带来自信的坚实土地。

父母之爱是野兽之爱，其中有母爱的温柔天性，有父爱的保护天性。但是，其中必定有野兽的成分，这种爱来自动物的自私本性。

父爱是山，母爱是水。父爱是山，山虽然可以保护其中的弱小草木，但是，也可能由于山石过于坚硬，从而无法提供生长的土壤。母爱是水，水虽然可以给生长其上的庄稼予以浇灌，但是，水过多也容易导致庄稼溺亡。看见仆人就可以看见主人，上位者的爱好就是下位者的笑容。母子之间也互为镜子，可以照见彼此。

父母之爱没有理由，父母之爱也需要理由。父母之爱没有理由是因为来自于天性，父母之爱需要理由是因为人类的理性。

三

父母之爱并非没有区别。母爱是骨肉之爱，爱子女就是爱自己。子女不过是母亲分蘖的枝叶，是母亲的另外一个身体而已。

母亲的自尊就是子女的自尊，他们都生长在同一棵自尊之树上。母亲的希望就是子女的希望，子女的希望生长在母亲的希望湖水上。即使电闪雷鸣，即使狂风暴雨，这湖水永远清澈。这是永生的湖水，比友谊更加深沉，比爱情更加纯真。

母爱是最为清澈的声音，就居住在月亮的隔壁，在我们沉睡的时刻守护着逐渐长大的小兽。在我们暗夜前行之时，清亮地点燃于天空。父爱是天庭里闪着火焰的守护神，即使升上天空，也不会自己一

人永生。

你见过灾难风暴降临时独自逃跑的母亲吗？即使母亲的船只已经超载，她也不愿意自己驾船独走。即使母亲的仓房已经空竭，她仍然努力在田野里捡拾稼禾。即使母亲的天地已经黑了，她也可以做出最后一次嘱托。

即使生活是贫瘠的土地，母爱可以使之长出庄稼。即使生命是荒凉的群山，母爱可以使之成为乐园。即使生存是寂寥的河流，有了母爱，河流就有了吸力，让我们不再想着逃离。即使母爱是一个人的房屋，聚集她就可以成为村庄。即使母爱是一个人的街道，围绕她就可以建成城市。

不要以为父母之爱属于必然之物，从而无视你们如此巨大的福气。那沐浴在父母之爱阳光的世人，你们前世修得了多么大的福报，才获得如此珍贵的礼物。不要在你们失去父母之爱时才知道珍惜，从而让自己忧郁的琴声充满叹息。不要在你们的父母之爱成为古董时才知道去怀旧，无论如何抚摸都不可能回到过去。

四

母亲其实也就是已经苍老的孩子，她也是易于伤感的敏感琴弦，只要有子女的风声，就会轻易地拨动她的神经。母亲本来也是脆弱的芦苇，是母爱让她即使易于折断也为我们抵御大风。母亲本来也是步履蹒跚的企鹅，却为了我们甘愿顶风冒雪。

母爱是超越一切之上的爱，即使是爱情亦为之自惭。母爱非社会法则可以解释，其位于所有的社会法则之上。

母爱是爱中之爱，是金子中的赤金，是流水中的纯水，站在所有尘世高度的最高位置，甚至超乎父爱之上。即使你的手脚残疾，也可以安装假肢。即使你的大脑癫狂，也可以进行精神治疗。但是，母爱

不可治愈，母爱没有代价，母爱不可替代。

　　在这尘世之中，即使母亲衰老，她在子女的心目中永远年轻。你们认为终生都在寻找家园，其实是终身都在追寻母亲。如果没有母爱，你们将会永远流浪，在过去与现实中徘徊。你们本来是母爱种下的庄稼，如果母爱不在了，你们的根就不在了。

　　父母之爱为我们在世间建造了房屋。这座房子的基石是父母的耐心，边墙是父母的手脚，房梁是父母的骨骼。房屋的一草一木都纤毫毕现，都是父母的化身和影子。只要这座房屋不倒，父母的生命就还会在我们身上延续。我们是父母在人间保存的谷物，他们会用目光为我们庇佑，让我们来年长出新的庄稼。

　　我们所做的一切都是为了让父母欣喜，都是为了让他们在天庭上喊我们时有个响亮的名字。

十五、 论音乐

一

听道者来自各行各业，然而，其可能有共同的爱好，譬如音乐。听道者中的一个农夫就胆怯地走向智者问其如何看待音乐的问题。智者说：

音乐是造物主赋予你们世人的额外礼品，这是来自生活之外的一种非凡之物。这是因为造物主感觉你们的生活过于劳苦，你们如牛群一般几乎耕种了世间最为坚硬的土地。你们这些农夫的生活过于枯寂，几乎是没有剃度的人间僧侣。

你们难道不是统治者的工蜂吗？只知道奉献，很少索取。你们遵守纪律，用同样的姿势飞行，打着同样的手势，跳着同样的舞蹈。你们所采的花蜜也全部上交，用于建造更为宏大的蜂巢宫殿，为蜂王开垦更多的领土。

只有在造物主面前你们才是平等的子民。造物主为了怜悯你们，给你们平淡的生活添加一点音乐之盐，给你们困乏的筋骨带来一点音乐的按摩。

音乐是泉水，能够荡涤尘世给你们带来的暗尘。音乐是火炉，能够抚慰你们因世情暗箭带来的伤痕。如同鱼的心中暴雨来了，音乐

可以变成如伞的遮蔽。你们心中的暴雨来了,音乐可以提供一间幽静的房屋,在其中你们可以让内心慢慢复苏。

只有在音乐王国内,你们才是平等的欣赏者。音乐是被蛙鸣点缀的池塘,尘世的睡莲在其上摇荡。音乐是高悬在黑夜旷野中的月亮,三教九流、王侯将相都同样会在其中照下自己的影子。

音乐是世界通用的语言,无论身份高低都可以找到知音。音乐也是被现实与理想、凡俗与宗教都能接纳的语言,这是一条跨越世俗与宗教的桥梁。

音乐是世界之上的镜子,不仅让你们看清自己的面目,也使得你们看到整个世界的外貌。音乐可以延展你们的脚步,从而达到从已知到未知之境。音乐可以扩展你们的眼界,从而看到尘世之上的不为人知之处。

音乐不分阶层,只要你们有足够敏感的耳朵,就能让听觉结出饱满的果实。音乐与你们的文化层次无关。音乐不能用纸张书写,书写的只是音乐的外形。音乐不能用语言表达,能够表达的只是音乐的皮肤。真正的音乐是最为纯粹的水晶,你们很难从中挑出渣滓。

二

在喧嚣的尘世中,音乐是一支展翅飞翔的玉笛。这支玉笛的通灵能够使得你们通灵,这支玉笛的飞翔能给你们带来飞翔,这支玉笛的纯洁能够带给你们肉体的纯洁,这支玉笛的升腾也是你们灵魂的升腾。

音乐是有灵的符咒。你们看见过亡灵重新睁开眼睛吗?你们看见过枯草重新返青吗?音乐的灵来了,不仅能给亡灵带来早日轮回的声音,也能给枯萎的草木带来重新生根发芽的希望。这是一种贯穿阴阳两界的声音,前提是你们要能听懂。

那催开你们双手莲花的是音乐,那抵达众神居住宫殿的也是音乐,那将往事沉入山谷的是音乐,那将启明星上升到山顶的也是音乐。

即使大门紧闭,音乐的精灵也会穿堂入户。即使村庄道路隔绝,这些音乐的飞鸟也会温暖家园。音乐是不分白天黑夜的祝福,音乐是将星空重新打开的钥匙。音乐马车上的乘客不分座次,只要愿意旅行,这驾马车将把其送往天庭。

音乐是樊篱外伸出的大手,用力抓住你们以冲破桎梏。音乐是香气渺渺下的茶杯,让暴风雨变成一缕幽思,从而获得平静。音乐可以使耳朵听到颠簸流离西风的哭声,音乐可以使耳朵瞬间回到积雪消融故土的屋檐之下。

如果没有黑夜,也就不会有星月闪烁。如果没有困苦,音乐也可能失去了演奏的舞台。

音乐可以通天彻地,不能用你们的手去丈量它的高度与长度。

那在惊涛骇浪中乘着独木舟行驶的是音乐,那在一片叶子中挥动泰山的也是音乐。

音乐来自尘世角落,音乐来自大千世界之外。音乐被山水自然吸纳,音乐以血液奔腾形式涌现。

音乐是无形之火,从暗中升起,却可以给你们带来光明之声。音乐是无声之声,从须弥山而来,可以使你们超脱于苦海之外。

音乐大音大若惊雷,小处可达微声。音乐可以在万物之上建造宫殿,也可以在米粒之内制造变化。

三

在春天里适合失去爱情,因为春天能够给你们额外的安慰。在冬日里你们应当拾起音乐,这能够给你们额外的温暖。

没有音乐，你们的生活或许不是永夜，但是，你们将会以干草为食，品尝不到青草的滋味。音乐是尘世中流动的灵，如果你们不能被音乐所浇灌，那么，注定将会成为枯木，没有恢复绿色生机的可能。

音乐是检验你们是否可以获救的船只。如果在音乐河流中不能浮起，那么，你们的肉体就过于沉重，很难有人帮助你们向前航行。

音乐无处不在。那敲打木头独自发出的声音是音乐，那石田里的石头互相摩擦也是音乐，那晨曦中露珠滴下声音是音乐，那暮霭中树木的摇摆也是音乐。风在月亮边缘敲打的是音乐，心与心之间的震动也是音乐。不是没有音乐，是因为你们没有长出聆听音乐的耳朵。如同不是没有爱，而是因为你们丧失了爱的内心。

一位生活无趣者是没有音乐的。你们住在物质封闭的房屋里怎么能听到音乐呢？你们挣扎在权力的旋涡里不能自拔，怎么能听到音乐呢？你们迷失在情欲的迷谷里怎么能听到音乐呢？

没有获得音乐感动能力的人，等于是不能获得祝福的信徒。这是一种内在的语音，只有与音乐心有灵犀的人才会听到。没有被音乐之神所赏识的世人，是永远停留在栅栏内的牛羊，别的牛羊都已经上山沐浴在晨风暮晖中，你们还在栅栏内独自咀嚼干枯的草木。

四

音乐是药剂，职业是食物，玄学是安慰剂，神学是仙丹。音乐是灵魂的抚慰。如果你们心灵受到爱情之针的刺痛，可以向音乐寻求救济，在音乐的药剂中疗伤。如果你们被生活磨盘反复碾压，可以向音乐伸出求援之手，从而沐浴在音乐中获得抚慰。音乐可以减缓你们的衰老，防止你们的兴趣味蕾变得迟钝。如果你们被死神苦苦追缉，只要在最后一刻获得音乐的祝福，则可以延长你们生命的长度。

有了音乐的船只，你们可以在最深的水中航行。有了音乐的藤

萝,你们可以爬上最空旷的月亮上游泳。否则,你们的孤独就是一个人站在整个世界中心的孤独,你们所遇到的遗弃将是整个世界对你们的遗弃。

越到高处,你们会觉得越坚固的东西越不可靠。石头没有流水可靠,食物没有音乐可靠。越到高处,你们会觉得梦幻才是真正的实体,空灵才是坚硬的物体。这是因为它们提供了我们眼睛没法触及的可能。

如果不能在水中浮起,就不能在音乐中获得拯救。如果不能在音乐中浮起,就不能在月亮中获得安宁。音乐是一架向上的梯子,只有有缘人才可以攀越而上。音乐是世人与上苍沟通的语言,是一条可以向上流动的河流。即使是作为平凡人耳中的音乐,都会提升其在平凡中的位次,使其可能听到来自天空的召唤。

十六、 论诗人

一

听道者与智者在不断地传授与聆听中互动,这时智者看见人群的角落有一位年轻人默默无言,自始至终好似漠不关心,就问:年轻人,你来到这里听道的目的是什么呢?年轻人回答道:夫子,我是一个诗人,不过现在人心多变,诗人几乎成为了一个负面的称呼。人们都着急奔向他们最为关心的物质,谁还会关注诗人和诗歌呢?如果不去嘲笑已经是万幸了。请您告诉世人应该如何对待诗人或诗歌。智者说:

诗人虽然好像站在众人之外,其实处于世界的正中。虽然你们现在站在人生的谷底,但是,你们将来可能站立在群山山巅之上。你们现在因为默默无闻而伤感,这是为你们将来的宫殿奠基。

诗人可以使整个世界更加富有,却不惜自己身受贫困之苦。诗人是采撷者,不仅从花朵中采来蜂蜜,而且也可以在伤口中采撷伤痛。正是由于诗人,让这个世界的悲欢以美的形式展现出来。

你们是疯狂的奔跑者,也是安静的思想者。你们是悲哀的流浪者,也是家园的守护者。你们是狂暴风雪的掀起者,也是宁静山头月亮的陪伴者。你们是丑陋的揭露者,也是甜美的采摘者。你们是升

腾的描绘者,也是坠落的涂抹者。诗歌在天地之间旋转,诗人就是那个在天地之间旋转的影子。

诗歌难道不是煤炭吗?是诗人的血液使之燃烧,从而让这些煤炭发热。诗歌难道不是母亲哄弄婴儿的声音吗?是诗人的耳朵穿越重重关山,将之收藏并在书中予以供奉。诗人无需伴奏,就可以随意倾洒内心的激情,从而能够吟诵出最真实的人性之曲。

你们难道不是流浪的说书人吗?你们可以将死神拒绝在孤独的室外,青史名姓都有赖于你们流传。你们不是碑文的雕刻者吗?即使暴政不畏惧宿命的追缉,也可能畏惧你们文笔的描绘。

诗人啊,你们是需要灵感的洪水不断激荡的人,你们是灵感的巨石不断压制的人,你们是被磨盘不断转动碾压的人。你们是神灵在人间的语言记录者。当你们十天十夜不眠不休,不言不语,那就是诗的神灵附上了肉体。

二

诗人啊,那漫漫黄沙中的一泓清泉是你,那熊熊物质大火中冷然而立的也是你。那披发而行独自流浪的是你,那隐居山林对月吟诵的也是你。

你们能从枯木里听见鸣虫,你们能从冰雪里找到兽穴。你们能从石田中收割庄稼,你们能从灵床上唤醒生灵。你们可以从今天遥望明天,也可以从今生看到来世。

你们不是写诗而是传达上苍的话语,你们不是制作而是在生长。你们的笔是风行在水上,你们的灵是月亮长在头顶的山上。你们的诗歌难道不是如树上长绿叶吗?你们的诗歌难道不是地里生野草吗?

在你们的诗歌生长中看不到力气,但是,自从诗歌长成后就可能

会成为巨人。你们难道不是隐没在山地里的农人吗？在你们收获之时，即使没有收割到庄稼，却挖掘到了宝石。

你们的手是在写诗吗？而是你们在丈量诗的深度。你们是用思想在写诗吗？而是你们的灵在洗出诗的纯度。

你们在大雪中以风雪为马，在大雨中以巨树为伞。无边的大地是你们自由漫步的疆土。从黎明到黄昏、从白昼到暗夜，你们是真正为招魂而生的人，没有你们吟唱的声音，迷途之人将很难找到返回故土的河流。

你们感觉的琴弦敏感而激越，苦雨来时会比世人更易发出声音。你们命运的烛火会遭受人间之风反复吹动，从而更容易成为世情祭台上的牺牲。

三

诗人啊，因为你们是蜜蜂，需要自己采集花蜜来养活他人，因此，你们不屑于通过振动翅膀来奉承。你们还长有尖刺，虽然这是自卫的匕首，但是，周围的人就会认为是威胁他们的武器。你们不是对无耻占据高位者而奉承的人，因为你们没有配备假笑的面罩。你们不是蚜虫，不需要额外获得被奉承者的一点牙垢。你们能够看透看客们的虚伪装饰，为了避免你们锐利的目光，这些看客们会不断抛洒谣言，使你们染黑，从而证明与他们黑的程度一致。

你们不屑于这些所谓文明人的虚伪，而是直接用长矛对待伏地的魔鬼。你们厌恶周围污浊的空气，从而用烈火来焚烧这些毒雾。你们不是用麻木的眼神来对待病疾，而是用匕首来切割腐肉。你们不会谄媚地赔笑，而是用正直的扫帚来扫清这个被所谓情商笼罩的千人一面的怪物。

诗人啊，你们是野外的动物，即使你们落魄，也不会理会笼中动

物的嘲讽。那笼中的动物，如果心中还有未熄灭的灵性，无论诗人如何潦倒，脸上也不应浮现出嘲讽的笑容。

你们往往不为世人所容，因为你们是常规社会的异端，而不是他们的同类。你们往往不为邻居所喜，因为你们身体之月亮的透明，反衬了他们肉体的黑厚程度。

你们是天性纯真之人，不会伪装、矫情、曲意逢迎，也不会为权势或者金钱而降低自己身材的高度。你们是自己性情的主人。在世情的密林中，你们如同儿童般寸缕不挂、赤身裸体，从而成为世俗眼光的大敌。你们的冲动反照出世人的怯懦，你们无视权威而挑战着循规蹈矩的骝马，你们的新鲜血液防止世人灵肉逐渐腐化。

你们的真实反映出世人的虚假，你们的精神高贵对照出世人的卑下，你们的自由击碎了世人秩序中的无趣，你们的言行无忌触犯了现实世界的腐朽规矩，你们的芳香成为恶臭的大敌。你们宁愿自己永远孤独，也不愿同周围世界和解。

诗人啊，只有我知道为何你们门庭冷落，很少有人驻足，这是因为你们的朋友只有孤独。只有我知道为何你们不停从故土与远方之间反复行走，因为需要摆脱终身孤独之苦是你们天生的宿命。你们的家园不在人间，人间只是你们暂时的驻足之处。

四

诗人啊，你们的皮囊是随时脱去的衣服，你们的生死是上天的雨水，可以随时来去，从容自如。

你们是现实的造反者，是精神家园的主人。你们是来自够能和天界沟通的部落。人都是带着灵性来到世上，然而，他们将这些灵性变为了交换的砝码。有的人交换了食物，有的人交换了情欲，有的人交换了权力。从此这些丧失了翅膀的凡夫就忘记了飞翔，失去了与

天界沟通、私语或者协商的能力。

　　风声萧萧里树叶落下需要有人看见，晨曦万缕里朝露滴下需要有人听见，那来自上方的神圣身影，需要有人梦见。诗人啊，你们因为特殊才艺而被选择，同时也因为选择而负债。你们因天生异秉而被召唤，同时也因为召唤而终生流浪。

　　你们终生都无依无靠，唯有依靠写诗治疗疾病。你们毕生都在不断煎熬，依赖灵感卫护内心的火焰。然而，即使是王侯将相都会担心其身后的归处，诗人却不会担心在天庭的座次。即使是富可敌国之人，死后也不能用金银打造座位，而诗人的座位是造物主为其预留。

　　在事物因果河流之间，必定有一只船在摆渡，不管这条河流有多宽。对于诗人而言，凡是在生前失去的，死后都会以同样方式返还。凡事都会有价格，只是在你看不见的地方定价。诗人是从天而降的人，等到尘事了结就会重返天庭。这其实就是诗人在世间颠簸流浪却仍然发声的价格。

十七、 论师道

一

在夕照西下之时,智者还在为众人传道,这时几位教师模样的人走过来说:夫子,我们是教师,但是,现在人心不古,师道不传已久,请给我们讲授一下如何对待师道呢?智者说:

你们是在传道,我也是在传道。你们传授的是人间应用之道,我传授的是横贯天地之道。

在此暮霭渐浓之时,你们的师道难道不是在努力减轻暮色吗?你们的师道难道不是正在竭力催生晨辉吗?那在愚昧枯木内注入绿色的不是你们吗?那在无知坚硬土地上仍尽力耕种的不是你们吗?那用脊柱打造梯子的是你们,登山者可以借此看见无边风景,而不知脊柱中用于固定的铁钉来自于谁。那将血肉制作成烛火的也是你们,然而,谁又能深知灿烂的光源来自幕后。

那将山川化作掌中的是画家,他们从自然中创造了更高的美感。对于教师而言,你们在石头上雕刻出人形,在雕像中找到了信仰。造物主从自然中创造出人类,你们在人类中传播了思想。

你们鼓励黑暗房屋里的羞涩者走出门户,你们的翅翼携带着蹒跚学步者从远方走向更远方。你们雕琢为玉器,你们规训恶意之花

结出善良的果实。

你们虽然没有给予学子最初的形状，却给予他们以打磨。你们虽然没有给予学子以生命，却教诲他们在社会中如何延伸生命。

教师们啊，相比其他群落而言，你们是最绿的藤萝，只知道默默点缀院墙角落。相比别的人群而言，你们是最纯粹的一群，你们有月亮做的面孔、清水做的灵魂、透明且高达天地的筋骨。

二

对于那些悖逆教师的学子们，你们见过汗流浃背的耕牛吗？它们把血液都献给你们了，你们还要吞食他们的肌肉。你们看见过穿梭不停的燕子吗？它们把舞蹈都献给你们了，你们还要抢夺他们的巢穴。你们看见过秋日逐渐枯萎的黄花了吗？它们把精魄都献给你们了，你们还要将其连根拔起。

教师们啊，你们是长江之上的桨橹，终日没有休息之时。江天一色，与你们无关。朝霞夕照，与你们无涉。你们只是摆渡人，你们的宿命只是将学子安全地从此岸摆渡到彼岸，并挂上理想的风帆。

教师们啊，在学子焦渴之时，你们是从天而降的雨水。在学子腹中饥饿之时，你们的一粒米就可以变成一座仓房的谷物。你们是整个文明宫殿的奠基者。普天之下到处都飞翔着你们的影子。你们是光明的使者，野蛮的暗黑因你们倒退，而你们为此不惜点燃自己。

教师们啊，对于那些羽翼未丰的雏燕，不是你们教会他们如何更高地飞行吗？对于那些歌喉尚还稚嫩的黄莺，不是你们的传授使他们的声音更加婉转吗？你们以一点的薪水，建造了十倍的大厦。如果造物主创造了人类，你们就是再造了人类。

对于那些对教师冷嘲热讽的富豪，你们的金钱确实可以建造豪宅，但是，这些金钱同样也用于建造坟墓。对于那些对教师不屑一顾

的权势而言,你们的权势可以打造刀剑,然而,刀剑亦是自杀的武器。只有教师,你们所走的路没有是多余的,你们的飞行不是没有痕迹的。你们冶炼的不是顽石,而是金玉。你们不仅是为今生经营,而且是为来世经营。你们修炼的不仅是今生的业绩,而且是来世的功德。

三

师道的镜子也有另外的一面。即使太阳下最为光辉的职业也会留下阴影。师道不存不是那些上位者所谋划的吗?他们安排学生指点教师,纵容学生对教师指手画脚,只是为了在纸张上能为上位者攫取多一点的名声。即使这些上位者本身也可能曾是师道的传播者,但是,这在利益面前又比蛛网重多少呢?这些上位者深谙操纵之道,属于教师职业的受益者,其通过此行业谋取个人利益,这难道不是前代师道传播有误,从而让这一代的人来支付师道被玷污的利息吗?

教师们啊,如果你们真的是师道的保护者,就不要相信这些利益旋涡里不能自拔的上位者。你们应当有自己的标尺,要用自己的从教良心来衡量,而不是被权势大棒指挥。然而,你们这个群体的懦弱病症也是天生的。你们只是希望他人为自己呼吁,却不敢为别人呼吁,甚至不敢为自己呼吁。你们种下怯懦的种子,将会收获被蛮横对待的果实。

你们本应是师道的保卫者,然而,你们在上位者的凌厉的眼神下,就望风而逃。指望别人种植的瓜果你们还好意思收获吗?通过别人保卫自己应得的利益,你们师道有亏吗?你们整天通过宏观大义来教育别人,你们曾经说服过自己吗?

你们中有人在同侪受到铁门挤压时,不去仗义执言,反而去协助推动铁门产生更大的挤压力量。你们在同侪受到不公对待时,默不作声,以怯懦获得占据优势地位者的赏赐。你们如何用正直意旨教

育学子呢？你们对占据上位者诌媚，唯恐抓不到一点利益的风声尾巴，这又与世俗之人有何区别？你们中有人只是披着教师的衣服，传授的知识有时只是增加了巧言善辩、善于伪装的能力。

你们在讲堂之上敷衍，难道不知道敷衍也是会反射的吗？你们在讲堂之外通过经商牟利，只是身穿教师外衣的商人而已。你们也会与世人一样成群结伙、画地为牢、任人唯亲，你们难道不是知识权力的被绑架者吗？你们利用教师的纯洁面目在外面招摇，在获取了教师利益的同时，又以商人面目谋利。即使是最为清晰的镜子，有时都难以照透你们的层层面目。

你们中有人成为蛮横权力棒下的傀儡，在权力的风雷下如同惊弓之鸟。你们主动丢弃万人之师的尊严，就不要祈求世人会给你们送来尊严。

你们中有人整日高谈阔论，声音惊飞山中鸟雀，却无法收获一粒粮食。你们应为学子传授真知灼见，实际上却传授一些腐朽的船木气息。你们妄自尊大，可否看见阳光下自己弯曲的影子？你们闭门造车，造出的车辆能够在道路上行驶吗？

四

你们迫于生计而放弃自己的尊严，这是不得已的自我陷落。你们基于稻粱而放低脊梁，我也希望能一起获得救赎。相比较而言，你们身上的污点，不过是白玉之上的瑕疵。你们中的卑下者，不过是恒河中的一粒沙子。在造物主面前，谁也无权指责几乎接近纯粹的水晶。

你们是传递圣火的人，不惜被圣火烤干身体。你们是反哺文字知识的人，这些文字知识是用辛劳的花粉酿成。整个文明围绕你们生长。你们所在之地，一条街道就会成为一座城市，一块砖瓦也能生

成一座宫殿。你们是黑夜深井上的解救者，如果被你们放弃，这说明这个世界彻底不可拯救。

教师们啊，且收起抱怨，你们都把花园变成春天了，还会在意没有受到一丝微风的关注吗？你们都已经走遍天下了，如何会感叹没有到达一个村庄？整座大厦都由你们建成，想必你们不会在意一块砖瓦的感恩。

人人都有获得挽救的机会，何况你们这些在人群中积淀成的珍珠？你们传授的学业将净化你们的血液，你们流出的汗水将蒸腾你们的肉体。

你们的肉体不会腐烂，上面很快将长满草木。你们的骨骼不会枯萎，世人将用之作为梁木。你们的灵魂不会沉沦，只要我能飞升，你们也将一起飞升。

十八、 论谣言

一

智者在正中座位上讲道，舌灿莲花，众人都陷入了沉思。此时一位面目清癯的男子走上前来鞠躬敬礼，并说：夫子，我在一个较大团体以智力为谋生手段，在我们团体中，有一低层官员我从来不认识，他对我也没有任何了解，然而，他却捕风捉影，通过谣言对我造成困扰，请问如何对待这种人的谣言呢？智者说：

谣言是一种令人厌恶的鬼魅，你不知它在哪里，然而，却被别有用心的人放出。谣言能够伤人于无形。难道散布谣言的人一定需要有理由吗？他可以仅因无聊想使自己生活更加有趣而制造谣言。

谣言本来只是一粒沙子，然而，在谣言制造者及传播者别有用心的扩大下，其威力可以增加一千倍，成为捕风捉影的冷箭。

谣言是谣言制造者、传播者与听客合作的产品。对于谣言者的冷箭，如果没有传播者为其箭镞上添加助力，这种冷箭的射程也就有限。因为谣言更被低俗人所喜，是人性本恶的验证之一，在品行低劣者的互相推动之后，谣言比真理飞行的速度更快，即使你们驾驶套上十二匹马的马车也无法将其追上。除了谣言传播者外，那谣言的听客们，你们难道不是窃贼的同盟吗？没有你们的窃窃私语加以纵容，

谣言不会长出越来越膨胀的恶魔般的身形。

世人都可能是谣言的受控制者，却不知道这根绳索控制末端在哪里，然而，谣言发动者却可以控制世人的愤怒、激情与欢乐。因此，在谣言链条下的世人啊，你们是木偶，你们也是谣言的共鸣者。你们是谣言的伴舞者，然而，这不妨碍你们在接力传播谣言之时涂抹上自己的口水痕迹。

不要忽视这些谣言的毒性，谣言就是众多恶毒心思酿成的毒汁，从而会销毁你们的骨头。谣言是众多口水聚集的暴雨，从而会在你们身上留下洪水泛滥的痕迹。如果谣言戴上魔鬼的面具，无论是否被邀请，它都会成为梦魇，从而侵入你们的梦境。这些谣言如同沉重的磨盘，日复一日研磨你们的肌肤，即使在夜晚你们的灵肉也不得安宁。

谣言制造者难道不是邪恶的巫师吗？他通过推测来预测山的高度，通过猜疑来估量树的绿度，通过臆度来验证水的纯度。谣言制造者难道不是耍蛇的丑陋艺人吗？他操纵蛇的笛子随意放纵地吹奏。这个带着毒蛇的人物不管别人的生死，甚至不管自己的生死，也要拼死娱乐听客。在这位耍蛇人的笛声中，你听不到纯净的音乐之妙，声声皆是无聊、嫉妒及泄愤。谣言制造者不是孤独的练气师吗？他在炼成谣言恶魔之时，自己也会陷入走火入魔之中。造谣者难道不是在深山巨石下埋伏的毒蝎吗？虽然毒针不大，毒性却不小。然而，谣言者能用毒针去刺死巨兽吗？这些阴险的杀手可能并不想谋害他人的生命，但是，却会玷污他人的名声。

二

这些散布谣言者往往达不到更高的层次，因为谣言的层次决定了他们的层次。然而，这种散布谣言者的伤害程度要远大于其在团

体中的地位。因此，不应因为毒虫小而忽视其威胁。小的毒虫更会通过毒汁来验证其在群体中的存在。

难道一定需要通过实验才能鉴定出谣言者的人品吗？从谣言者吐出的黑雾中，你们就可以清晰地对其辨识。那些品行高尚者不屑于散布谣言的黑雾，那品行中等者不会没有根据恶意评价他人。那么，谣言本身不就是一种筛子吗？通过其散布的谣言就将其划归于人品低劣的种族。

对于这些妖言惑众者而言，处于更为高位的人并不是不能认清，而是他们有人也需要谣言者去伤害对手。你们看见过狩猎的人长有犬齿吗？你们看见过狩猎的人长有鹰的翅翼吗？他们只要带着鹰犬就可以了。因此，即使是上位者与其下属之间，也存在着一种互相映照的镜子。有何种下属，就有何种上位者。当然，上位者与低位者之间还是存在差别的。如果有可能，你们宁愿去见地狱之王，也不愿去见地狱的鬼卒。这是因为，高位者往往还爱惜自己的羽毛，而有的低位谣言者本身就是浑身赤裸。

谣言者抹黑你不是为了让你更黑，而是要让你和他一样黑。这样就不会对比鲜明，从而不会被别人发现他。他不仅单纯是抹黑你，而是为了保护自己。众口交赞者也许是伪君子。众人诽谤者也许内心高洁。伪君子为了怕自己伪善被世人发现，就借助谣言的翅膀煽动，努力证明别人更加无耻，从而掩盖自己的面目。

三

谣言并不总是漆黑的，如同黑夜并不总是无光的。如果谣言来自大众的恐惧心理，它就可能是民众舆论之雨水的接雨器。荆棘中可能藏有生命的鸟兽，在大众谣言中可能就藏有真相的痕迹。

大众谣言翅膀启动时可能并不带有恶意，其可能来自流浪艺人

的二胡之中,可能来自高谈阔论的茶客之口,可能来自口若悬河的专家内心预感,也可能来自闺房密室的窃窃私语之中。

大众谣言难道不是你们众人制作的饭菜吗? 你们也需要有人在田地采集不同的食蔬,按照各自的心愿添加调料,然后端到食客的桌上。大众谣言不是你们人工制作的飞鸟吗? 没有你们世人提供翅膀,没有众口一词鼓动的大风,这些人工制作的飞鸟也难以飞翔。

大众谣言是一种对着社会肌体不断刺出的针,只有疼痛,社会这种庞然大物才可能会反刍出真相。大众谣言是不断飞舞的蝴蝶,集聚多了,就会找到真相的洞口。大众谣言是一种巨兽要来的警告,其巨大的躯体悬挂在社会的头顶之上。大众谣言是一种封闭黑暗房屋的宣泄,大众传播谣言可能只是需要引入门外光明的力量。大众谣言有时不是解决我们迷惑的一种路径吗? 如同我们突破烟雾才能看见背后的火炉。

四

那基于恶意而设计谣言的世人啊,停止两败俱伤的撕咬吧。你在伤害别人之时,也会腐蚀自己的心灵。不要以为大家都配合做你的听众,你在表演之时可能获得快感,但是,也展示了你作为丑角的丑陋。那基于嫉妒而恶意吐出谣言黑雾的世人,你自愈的秘方是战胜自己而不是诽谤他人,否则,你将在这种迁延不断的病态中永坠魔境。

谣言制造者啊,你们的谣言难道能超越智者吗? 你们的谣言毒雾总会有消散之时,世人会更清晰地看见被侮辱者的声名。你们谣言的暴雨总会有停息之时,那时被谣言困扰着的天空就会再次有太阳普照。你们谣言的洪水总有流尽之时,谣言死亡就会更加凸显被谣言伤害者的巍峨山峰。

　　那恶意的谣言制造者啊，你难道不能将心放在清水里获得纯洁吗？你难道不知在用谣言折磨他人之时，已经将自己的内心置于险境吗？你难道不能从此岸摆渡到彼岸吗？你们以谣言害人，也必将会被谣言所害。你们驱动谣言魔鬼伤人，也将会被谣言魔鬼所困。等谣言的镜子破碎，你也将会被破碎之镜片扎伤。等到谣言的熔岩扫荡他人之时，你自己的身体也会变成人间废墟。

　　谣言制造者啊，你们制造的谣言可能并不能毒伤对方，反而为对方提供了一位悬空的危险监督者，这让他们更加注意自己的行为，从而达到一种完善之境。你们制造的谣言可能并不会增加对方的恐惧，只能是让对方愤怒火山的岩浆更加炽热，这可能会烤焦你们的生命。你们只有从谣言的宿命中走出，才能迈过密林的歧路，重新回归阳光纷纷的开阔地。

　　对于那些被谣言沼泽所困的世人，你们如果遇到沼泽的泥淖，就应生长在沼泽之上。如果你们本身就是莲花，就没有什么能够污染你们。谣言是遍布全身的渔网，你们越是挣扎就会越紧，不如索性放过谣言之网，也就会放过自己。

十九、 论道德

一

智者正在将自己的智慧之光洒向听道者之时，几位穿着打扮比较传统的老者走过来问道：夫子，现在物质宴席比较丰盛，但是，道德之光却日见下坡。请问如何使道德重新成为我们内心的支撑，如何看待道德呢？智者说：

太阳能长久地升起于天空之上吗？美德能永久地照耀你们的昼夜吗？道德之光升升落落属于正常之事，只有当物质欲望之海不能掩盖道德光辉之时，道德的太阳才会逐渐从东方高升。

世人都在争抢名利，你们谁见过有人在争抢道德呢？世人都在青睐美色，你们见过谁在青睐道德呢？你们都见过世人喜欢佩戴美玉，有谁喜欢佩戴道德呢？正是由于道德孤高，世人才不愿触摸。正是因为少有人触摸，才足见道德之高贵。正是由于道德之沉重，因此，很少有人愿意携带。正是由于崇高道德需要以苦修来超越世俗，因此，世人才不愿意在苦中求乐。

如果道德没有被你们争抢，说明你们只是站立在门外。如果道德只有被识宝人所佩戴，说明你们不知道佩戴道德的荣光远胜佩戴美玉。如果说道德只被极少数人触摸，说明你们只是追求实体，而不

懂虚空中的变化之美。

　　道德只有在最寒冷时更见温暖，即使道德在冰天雪地难见踪迹，如果再坚持几步，你们就会见到道德站立在火光之处。道德只有在最为险恶之时才最安全，即使道德灯塔有时被惊涛骇浪遮住，然而，它还是人类船只的指引者。道德只有在野蛮时更见光辉，道德是野蛮生活的挽救者，只有道德之手，才能将你们从动物部落里挽救出来。

二

　　道德是高悬内心天空的警钟，响若惊雷，静若无声。道德是高悬的明月，敏感者用以照亮，愚钝者视若无睹。道德警示着大门外的危险，再向门外多迈过一步，就可能是灾难。道德是滔滔大河的摆渡者，你们财富越多，身体就会越沉重，而道德可以使你们轻装到达彼岸。

　　道德是无形的火光，即使你们看不见它，它还是在那里发散出温度。道德是夜来香，即使是最深沉的夜晚也能发出芳香。道德是盐，只有在你们的生涯中添加了道德，才真正有了味道。

　　道德是山岳，洪水越是巨大，山岳越显巍峨。道德是拐杖，道路越是崎岖，越是需要拐杖的扶持。道德是中流砥柱，越是危急之时，道德的重要性越是凸显。道德与你们内心结合就会自成堡垒，愈是危险愈能保护你们。

　　道德是基石，你们生涯的高度难道不取决于基石的坚固程度吗？道德是你们生涯链条中最为重要的一环，难道你们的生涯不是依靠枢纽予以调节的吗？

　　即使道德看上去可有可无，实际上对每一个人的人生却不可或缺。你们要谨记，越是危急之时，拯救你们的越可能是道德。你们道

德的肩膀越是坚实，就越能承担更多的不可预测的苦难。

道德缺失之人本身就是残疾，而道德能够修补这种残疾。这些道德缺失者的完整只是外在的形象，只有道德才会使他们灵肉一体。

道德能够增加你们智力的高度，否则，智力就只能停留在有限的身体赋予的层面。没有道德，你们不过是长出初羽的幼鸟而已，即使能够飞高，但是，也会中途夭折。没有道德，你们不过是激流中失去船桨的独木舟而已，到底驶往何方，你们自己也无法预测。

即使在无星月的暗夜，道德也能指示你们的脚步。即使在欢歌宴饮的高台之上，道德也会设置警示的标志，防止你们一失足就会粉身碎骨。即使你们的生涯烈火烹油，道德也会如同凉风拂面，防止你们与火俱焚。道德难道不是防止你们走火入魔的上师吗？在心魔催动之时，只有道德才能保护你们的内心免遭入侵。

三

那家财万贯的富人啊，如果你们不想被劫持，保护你们财产的不是武装卫士，而是道德。谁见过世代皆为富豪的家族呢？只有道德的基因才会永远遗传，只有道德才能荫及子孙。你们追求的财富只能是树叶，而道德是树根，如果树根不存，财富之叶将会逐渐枯萎。

那凌厉无比的权势啊，如果你们不想被权势反噬，保护你们的不是刀剑，而是拥有道德。这是因为，即使是卫兵也有休息之时，而道德却能做到日夜无休，时时使得你们保持警惕。

那学富五车的才子啊，如果你们不想自己的学识蒙尘，保护你们的不是优雅的书房，而是道德。即使再为绝代的才华都是易于锈蚀的铁器，只有道德，才会让你们的学识鲜亮如新。

那多情的少男少女啊，如果不想让你们的青春蒙羞，保护你们的不是封闭的院墙，而是道德，否则，再为鲜艳的面容都会迅速枯萎

凋零。

磨刀者易于伤到自己的手指,设计陷阱者往往自己成为猎物,恶意陷害他人的也会误伤自己,可惜局中人不觉,梦中人不醒。没有道德仁心的人,能力越大,危险也越大。如果没有道德的护佑,这人将会更加陷于万劫不复之地。

四

不能强求其他人做圣人,否则人人都是圣人。在浩渺的暗黑夜晚,即使星星再多,也只是天空的少数族群。在芸芸众生之中,道德高尚者毕竟寥若晨星。你们只是看到别人一身漆黑,很少有人看到自己黑不见底。世人都希望他人道德高尚,那真心愿意提升自己道德的究竟有几人?那采取高标准要求别人有道德的人,可能是想要他人道德的光辉照耀自己,也可能是想使自己因此牟利。

伪善者的道德最为可怕,如同强装年轻貌美而涂脂抹粉之人,反而更增加了与周围的不和谐之处。假装者的道德最让人不齿。有人在人前表现成道德超人,在人后却成为道德侏儒。这不是道德,而是道德光辉下的畸形阴影。即使无人在场,道德仍然能够醒着,这才是真正的道德。道德的监督机制就是良知。

在你们的眼光中,只是注意道德杰出者或者道德不堪者。你们的眼光具有聚焦之特性,无论是最好还是最坏的都能使你们的眼光聚焦。然而,众人一般既不是圣人,也不是傻子,皆是凡俗之人。对于凡俗之人,我不求你们的光辉照亮整个天空,只要你们道德的温度能够温暖自己亦可。不求你们道德的高度支撑住倒塌的宫殿,只要你们在宫殿倒塌时能够自保则可。

你可以自己保持沉默,却不要阻碍别人发言。你可以自己保持暗黑,然而,却不要熄灭他人的烛火。你可以甘于生长在平庸的谷

底,却不要妨碍别人爬上山丘。

　　尘世是一个生长各种生命的所在。即使是同样的树木,也会长出不同的高度。即使是同一片树林,阳光照到之处的树木也与别处的树木不同。然而,如果你们不努力向天空生长,就无法沐浴上苍的荣耀。如果你们没有抵达灿烂星空,内心就无法被照亮。如果你们没有到达神秘莫测之处,就不会懂得那一处的奥秘。世界可以计算,但是,又不可以计算。即使你们有高超的计算技术,谁又能丈量出道德的高度呢? 你们的理智只能使你们距离最高道德越来越远,而距离现实越来越近。

二十、 论利益

一

随着智者讲道问题的深入，在听道的人群中，越来越多的人就利益问题向智者请教，这说明众人对利益的困惑具有共通性。智者深叹一口气说：

利益之复杂，如同人之两面。即使诸位中有人声称不为利益城墙所困，这可能仅仅是因为城墙上没有更高的利益。

利益最能考验人性，如同毒品考验吸毒者，即使吸毒者内心可能反复自责、反悔甚至辱骂自己的自制欠缺，然而，这不会妨碍他们继续吸毒。如同好色者，即使色迷心窍之后会后悔不已，然而，这可能只是另外一个恶性循环的开始。这是因为，放弃利益等于同自己的本性挑战。谁又能战胜自己的本性呢？这往往都是圣贤所为。

利益是所有欲望中的魔王，即使你们看不见它，它仍然在尘世中端坐于所有尘埃之上。利益是整个尘世暗黑中最大的火焰，从来不缺铺天盖地的飞蛾。利益的行囊从来不会丢失，就隐藏在你们内心的深处。

利益是刺激欲望的最大动力，即使是一人面临死亡，在利益面前也可以勉强保住最后的一点气息。利益是最重要的通用货币，可以

和一切进行交换，包括你们的灵魂和思想。利益力大无比，你们可以用它作为杠杆撬动山川。

人是最容易健忘的动物，也是最浅薄的动物。你们的浅薄在于只是为了满足感官，满足感官的东西的价值在你们眼里最高，而利益比任何东西都更能使你们的感官迷醉。

然而，你们不可能同时拥有一切。如果你们身上佩戴的首饰过于沉重，就不能体态优美地行走。如果你们利益的包袱过于沉重，灵魂就不能展翅飞翔。如果你们大脑中利益所占的比例过大，就会压缩智慧的含量。

二

利益是造物主的试金石，就端坐在万云之上，观看那兄弟反目、血亲成仇、情人互相背叛，观看那伪善者撤下罩头的面具，观看那虚假者在河水干枯时显现，观看各方演员魔幻般的演出。利益有着使各种角色显形的魔力。

利益是魔王在人间幻化的身体，它可以进行无穷变化。利益可以使学者变成奴仆，英雄变成懦夫，良家妇女变成妓女，商人变成劫匪。让他们放弃利益，就如同和魔鬼拔河争夺他们的灵魂，而他们还一直站在魔鬼那一边为其助威。

只要能够佩戴利益的金玉，你们中就有人可以不怕浑身赤裸，反而沾沾自喜。只有能有利益分沾，你们往往不顾利益的香臭，反而甘之若饴。

难道利益不是你们最近的亲人吗？你们甚至可以用之与最近的血缘交换。即使你们可以放弃血亲，也不会置利益而不顾。即使你们可以放弃爱情，也可能始终对利益不离不弃。

你们终身都为利益作着斗争，在没有利益之时想获得利益，获得

利益之后又要思考如何保护利益。你们终身都在把利益的大石推向更高的山顶，即使有可能被碾压而粉身碎骨也在所不惜。然而，在你们无限追逐利益之时，就是陷入无限恐惧与不安之时。

在利益面前，山可以为之崩，地可以为之塌，星月可以为之无光。你们这些因为利益悍然不畏死的世人，我不知道为什么你们总是向着天空伸出索取的手掌。你们真是被魔法驱赶的族群。你们被利益所奴役，最终只是为了喂养不断扩大的利益魔王的身躯。

我从来没有见过谁对美德的追求超过对利益的追求。你们在人世间活过只是为了追逐利益吗？可惜在对利益的追逐中，你们很难说是胜者。利益就在陷阱里等着你们，利益正在沼泽里为你们放下牵引入内的绳索，利益正在坟墓前面为你们准备好了晚餐。

<h1 style="text-align:center">三</h1>

真正不言利益的不是圣贤，就是傻子。圣贤胸里装满的都是他人了，就没有留下空间给自己。如果整个世界都是他的，他就没有必要在沧海中再去打捞一粒粟米。如果整个天空都是他的，他是否有必要再去抓住一束彗星之羽？傻子的胸中只有顽石，因此，利益也就没有生长的土壤。如果他的房子都是天空了，就没有必要再建造房屋。如果他的食物都来自处处了，就没有必要停留在一处。

即使你们直言自己是好利之人，这并不是你们致命的错误，只要你们获得的利益没有超过界碑。即使你们说自己为了谋生不得不被利益奴役，这也是人之所需，本来就无可厚非。在利益的舞台中，最大的滑稽角色就是在台上说自己是利益的看客，台下却成为卑躬屈膝的利益的奴仆。如此你们不仅欺骗了观众，也欺骗了自己头顶的神灵。

不追求自己应得利益是有罪的，如同不保护你们自己的妇女。

你们是商人，如何不言利呢？这是你们职业中的本能。你们是农夫，如何不言利呢？这关系到你们庄稼的收获。你们是士兵，也需要保护自己应得的利益，不能保卫自己的利益，谈何保卫别人？

阻碍别人正常利益的，不一定是恶意，也可能是愚蠢。这里还存在既愚蠢又是恶意的情况。愚蠢在于认为对方与自己一样愚蠢，恶意在于认为对方将会屈服于这种恶意，从而继续放纵恶意。

对于世人，合理获得自己所需属于正常行为。然而，如果再多走一步，将可能会踏入无返之境。

四

你们将利益奉为神明，并为其在心中打造了最为坚固的宫殿。然而，利益的宫殿在时间的烈日下只是泡沫的幻影而已。如果你们认为利益是永恒的，那么利益可以世代无尽继承吗？如果利益是永恒的，那么爱情将会凋零。如果利益是永恒的，亲情血液之河将会干涸。如果利益是永恒的，当你掉入枯井之中困守，友谊将不会将你拉出。

追逐利益就是引水淹没自己，但是，引水者浑然不觉。追逐利益就是堆积泥土掩埋自己，然而，被淹没者往往洋洋自得。追逐利益就是爬上黑暗的楼梯，越往上行走越是无尽，越是无尽越感觉心慌。追逐利益就是沉陷于梦境，越是挣扎越是无边，越是无边越是感觉无助。

你们能霸占整个土地吗？至多霸占一个土丘罢了。你们能霸占整个春天吗？最多能霸占几片树叶而已。你们能霸占整个黑夜吗？最多能霸占一朵昙花而已。你们往往自不量力。你们的野心往往不能吞没利益，反而被利益的巨兽所吞没。你们追逐的利益不是善良的帮手，而是更容易让你们沦为奴隶。

　　你们以为强求的利益真的是利益吗？不过是你们失火时的热油而已。你们索取的利益真的是利益吗？不过是在你们推磨时增加了套轭而已。你们以为长途跋涉时遇到的真是利益的驿站吗？这不过是利益的海市蜃楼。你们认为在面前绽放的真的是利益花朵吗？如果没有良知的芳香，利益可能就是无味的画卷。

　　你们读经时难道不比阅读利益的浮华外表静心吗？你们静思时难道不比紧抱利益的躯体时感觉心安吗？你们修行时难道不比追逐利益时更加自在吗？在利益旋涡之中，即使是天纵奇才，也很难摆脱。在利益的森林之中，本来就没有白昼黑夜之分，你们所做的一切寻找光明的方法只能是徒劳。

　　利益是遮天蔽日的乌云，只有乌云散了，太阳才可能重新照耀。利益之心越重，你们的灵魂负担就越重。即使能够褪去皮囊，也不容易丢掉包袱。利益越重，你们的身体就越沉重，就不容易从浩瀚河流中上岸。

二十一、 论少年

一

围绕在智者周围的听道者主要都是成年人，因为越是成熟，道对他们而言越是重要的事情。此时，一位阳光少年在人群中挤过来说：夫子，你一直为成年人讲道，请你为我们少年也讲一下吧。夫子捻指微笑说：

少年啊，自从你在人群中站立，我就感觉自己沐浴在朝阳中了，虽然你们前身从黑夜里走来，身上还带着夜色的余音。然而，即使是再为黏稠的夜色也不能粘住你们的翅翼，即使是再为深远的峡谷也不能挡住你们前行的道路，即使再为凝滞的大海你们也可以从中冉冉升起。你们是非凡的，能够为整个世界带来生命气息的族群。你们是整个世界的中心，所有的城市和农村都是围绕你们而修建。

你们是阳光的宠儿，同时也被雨水所眷顾。在你们的血管里，难道不是有着比春天更为鲜艳的红色花朵吗？在你们的脚底，不是有着比息土更加肥沃的土壤吗？凡是岁月在我们老年人这里所剥夺的，都原封不动地回到了你们那里。你们可以使坚硬的土地长出庄稼，可以使干旱的沙漠成为绿洲。只要你们在生长，即使一个人的村庄也不会荒凉。只要你们存在，即使一个人的城市都会繁衍。只要

你们奔跑，即使千里也不过咫尺。

这里所有的暮色都需要你们稀释，这里所有的老人都氤氲着你们青春的光辉。在我们这个群落中有你们青春血液的流淌，我们衰老的心脏仿佛听见了多年未闻的号角声音。如果没有你们，再壮观的城市不也是废墟吗？如果没有你们，再美妙的歌曲不也只是慨叹吗？

你们面前的大地无比阔大，足够你们的足迹漫无目的地去丈量。你们面前的大海浩渺无际，你们可以在其中任意扬帆。你们面前的时间一望无边，足够你们欢乐与忧伤。在你们面前，整个宇宙呼啸向你们而来，你们也呼啸着向着宇宙奔跑。在你们眼里，没有绝望的病症，绝症都是他人之事。在你们眼里不存在死亡，死亡都是遥远的未来。

你们不是正在承受上苍恩泽的一群人吗？对于那些枯干的树木，狂风来时，如同摧枯拉朽般将其躯干推倒。对于那些老弱之人，大灾重疫如同巨石碾压蚂蚁一样将他们摧毁。这其实也是自然规律。自然规律中最大的规律是驱赶规律及消减规律。自然规律需要修剪冗枝，保证有生命力的主体。而对于你们，只有时间会水滴石穿，慢慢消磨你们坚韧的肉体。

对于少年而言，你们在年轻时付出的所有都会有代价。你们所失去的一切都会得到同样的弥补。少年时你们的不幸并不是真正的落难，你们有大量时间可以修补伤痕。在少年时，你们道路的坎坷并不是绝路，你们还有大量的时机可以重新调整自己的行程。少年时的无知并不是真的一无所知，事物的巨大画卷在慢慢向你们展开。

二

风从东方浩荡而来，你们的方向与大风的方向一致。潮水从东

海而来，你们的潮汐与东海的潮汐一样，都带有征服一切的力量。在你们那里，即使是月亮都是新月，不带一点忧伤。你们可以白日纵酒，夜晚高歌，在你们眼里王侯都不值一提。这是因为，你们正是时间的主人。三山五岳、浩渺湖泊都是你们的领土，你们是自己领土上最大的王。

在你们面前没有险要的山川，你们将家安在最高的山峰之上。在你们头顶没有冷清的秋光，即使冰雪似的秋光遇到你们炽热的身体也就瞬间消融。即使诗人眼中如冬雾的忧郁也在你们炽热的眼神面前烟消云散。

在少年时你们注意到秋雨敲打屋顶吗？那分明是呼朋引伴的催促声声。在少年时你们在客舟中听到过断雁的叫声吗？那必定是远方的行者邀请你们出行。在少年时你们在僧舍内听见过暮鼓晨钟吗？你们听到的一定是寺庙外的柳暗花明。在少年时你们独自一人在江中小舟里听到过猿啼的悲鸣吗？这必定是猿猴豪情万丈跃上更高的枝头。

你们和星辰、植物都是享受造物主恩宠的孩子，你们身上的光辉与叶子也将会使周围族群获得恩宠。你们根须所到的地方都是幸运之地，你们眼光所及之处都是希望之所。你们使年迈之人再度获得生命延续的气息。你们让疾病之人再次获得恢复的勇气。

你们和星月同在，因为你们的思路绵延直上星月。连绵不绝的群山都是你们的家园。你们是大地贡献出的最有活力的那批种子，花开四季，连绵不绝。你们的脚步会沿着大河流浪，即使是最为稠密的泪水也不能浸染你们的忧伤。

三

少年啊，请捎走我这老迈之人的话语吧。即使是再为炽热的熔

炉也会有冷却之时,即使是再为青葱的树木也会有枯萎之时,即使再为年青的肉体也会有衰老之时。你们应当紧紧拥抱现在所有的一切。因为你们现在所拥有的一切,将会被比你们更为年轻的暴力所夺走。

难道有终生不谢的花朵吗?即使是铁器都有锈蚀之时。难道有永远新鲜的肉体吗?即使是山川都可能变成谷底。难道有永远年轻的灵魂吗?即使是沧海都可能变成桑田。你们不过是我年轻时的缩影,我不过是老年的你们的缩影。我们是互相对照之镜,都可以照见彼此的影子。现在的我我不过是当年的你们做了一场大梦而已。

不是你们愿意长大,而是岁月催人老。少年啊,你们也会有在江边听到秋雁悲鸣之时,这时的声声呼唤将会牵引出你们千回百转的回忆之途。你们也会有在客栈卧听秋雨之际,此时的铁马冰河早成旧梦,唯有客子耳中的清秋声声。你们可能还没在池塘春草的梦幻中醒来,瞬间已经听到了茅庐檐前落叶的风声。

少年啊,就享受目前的欢乐吧。如果你们不能享受目前的欢乐,那么,你们一生将可能难以与欢乐再次相逢。即使在你们忧郁的日子也不要忧伤,因为改日可能是更为忧郁之时。如果要采摘正盛开花朵就及时采摘吧,否则,你们面前可能看到的总是衰败之花。

四

少年与老年的更替不过是季节的更替而已,谁能挡住冬天降临?谁又能阻挡住春天的萌生?少年与老年的交接不过是植物老死与新生的交接而已,谁能挡住树叶落下?谁又能挡住青草变绿?少年和老年之间不是仅隔两条短暂的青年和中年桥梁吗?难道青年以后的时光不是极为短暂的吗?还没有感觉到消除了青草的气息,很快就闻到了枯草的味道。感觉还在少年懵懂之时,瞬间就进入到老年的

古旧宅院里观看落日余晖。

　　即使食物再为丰盛，也不要任意抛弃。即使青春再为洋溢，也不要放肆汹涌。即使你们的时间再为充足，也不要任意浪费。如同我们老人，你们不能再次重复自己的一生。

　　少年啊，即使你们是朝阳，也不要嘲笑夕照。朝夕毕竟都要周转。你们是年轻人，也不要讥笑老人，任何人都逃脱不了岁月的轮回。老人的伤疤可以作为你们风险警示的标志。老人的骨灰可以作为你们生长的沃土。即使老人成为灰烬，但是，依然能为你们带来余温。在夜晚到来之前，老人的落日也能送你们一程。

　　少年和老人其实是走着同一条道路，还需要互相嘲笑吗？少年和老人最终走向同一个归宿，还需要互相轻视吗？在黄泉路上，年龄将不再是区分的标志。无论来自何方，只能归向一处。

　　少年啊，无论如何，最美的画卷已经为你们展开，你们只要尽情涂抹就可以了。你们需要做的只是不要重复我少年时曾经坎坷的弯路。我已经在前方为你们提示障碍了，你们还会重蹈覆辙吗？我已经在峡谷里为你们升起漫天的红叶了，你们还不能被染红吗？我已经用过去的经验为你们打造了避难所，你们还会遭受无端的狂风暴雨吗？

　　然而，我只能为你们提供遮蔽，却不能护送你们一路回家。我只能为你们建造灯塔，却不能用纤绳拖拉着你们的船只前进。任何人的人生不能互相重复，我经过的道路将会被荒草埋灭，你们将会重新踏出自己的路。我穿过的衣服将会腐烂，你们将会得到更为适合自己的衣服。我希望你们在我的祝福里鼓起风帆，在我的忧思里背紧行囊，在我的望眼欲穿里安全回家。

二十二、 论诚信

一

　　智者在为众人讲道之时，几乎忘记了疲劳和时间，进入了忘我之境。此时，一位青年面带忧虑之色对智者说：夫子，我刚踏入社会不久，在与他人交往之时，即使是关系最为密切的朋友都存在不诚信之事，何况陌生人，请问如何看待诚信呢？智者说：

　　你们行走在世间，诚信不是一个最基本的道德规律吗？这可以防止你们陷入互相设伏的状态之中。你们在夜间行路，诚信不是你们手中的火把吗？这可以使你们少走歧路。你们在海中漂泊，诚信不是你们的指南针吗？这可以防止你们在风浪中迷途。

　　诚信是尘世中最为锋利的刀刃之一，只有掌握着诚信，才能披荆斩棘，所向披靡。诚信也是尘世中最为柔和的绳索之一，只有通过诚信，才能真正将彼此捆绑在一起。

　　诚信是你们的门面，超过许多华丽的服装。诚信是你们的招牌，胜过无数冠冕堂皇的话语。只要你们佩戴诚信在身，无论身材多么矮小，都无比伟岸。只要你们深藏诚信秘器，即使外貌平平，也会更易于让别人喜悦。诚信是最美的装饰，胜于人造的王冠。

　　诚信可使你们跨越阶层。即使对方在阶层上处于更加优越的位

置,如果你们具有诚信美德,就可能反超对方。怀揣诚信可以使你们面带自豪之色,诚信属于最为顶层的尊严,是最为高调的炫耀方式。特别对于低阶层之人而言,完成阶层跨越的依靠就是你们的诚信。

在你们生涯展开的巨大画卷上,诚信位于第一的位置。诚信难道不是其他美德之基石吗? 其他美德都赖以在诚信之上繁衍生长。你们这些具有诚信美玉之人,这本身就是上苍的垂青。你们这些骑着诚信骏马之人,可能你们起步较晚,但是,这并不妨碍你们更早到达终点。

二

如果你们是商人,那应该紧握诚信的火把,这不仅是在照亮别人,更能照亮自己。如果你们是农夫,也应保持诚信。你们种下诚实的种子,将不会长出虚假的庄稼。如果你们是士兵,应具有诚信的美德,这样就等于在身边凭空多了一位战友。相反,失信则等于让你增加了敌对的士兵。即使你们是盗贼团伙,也应保持诚信,这是因为,只有你把头颅交给同伙,同伙才会把刀剑之柄放到你的手里。

诚信是行走的战士,而不是沉默的静坐者。战士只有在行动中才见力量,空头许诺者即使在困境之时也是虚伪行事。因此,不应原谅那些屡次违背诚信誓言之人,否则,等待你们的将是更多的虚假誓言。

那些只是让你对他诚信,而忘记对你诚信之人,与窃贼何异? 这是因为,他只知道窃取,从来不知道予以回馈。不要因为他们的豪华宅院而羡慕,这是用不义之砖瓦修建的。不要因为他们的官职而对其敬仰,失信的巨石会终生挂在他们的脖颈之上。不要因为他们暂时积累的财富而对其仰慕,这些财富来去如风,没有诚信的财富等于让后代继承恶名。

诚信是一面互相映照的镜子。只是单方要求他人诚信，而自己则利用诚信牟利不仅是无耻，而且是无知。那在利用你时屈身为奴仆，转身后就腹诽之人，本身更是诚信的大敌。你可能并不是缺少他的回馈，而是缺少他对你的诚信品格的滋养。

失信如同缺少水分的植物，你可以期待他人为你提供浇灌，但没有人会永远为你浇水。你可以欺骗园丁的良善之心，但是，不可能永远都可以欺骗。欺骗也是有时限的，在善良之人发现时就是界碑。最终失信的植物还是会缺水而死。

三

你们这些愚昧者可能窃喜通过失信欺骗了别人，其实是欺骗了自己。你们讥笑别人的轻信，但虽可以欺骗一时，能够欺骗一世吗？你们欺骗得了尘世，能够欺骗星月吗？你们欺骗得了对方，能够欺骗良知吗？即使你们语言的枝叶再过茂密，如果没有诚信的行为，也不能结出真实的果实。

即使是严重的残疾都可以医治，然而，将失信养成癖好却属于不治之症。

你们脸上的假笑能够欺骗善良之人，但是，可能会有凶恶之徒的刀剑要刺穿你们的假面。你们虚假的语言可能蒙骗微风，但是，当你们在海上航行之时，将可能会遇到暴风。

虚假只是水中之月、镜中之花而已。你们相信可以依靠水中的月亮来种植桂树吗？你们相信镜中的花朵能够带来芬芳吗？在虚假基石上建造的宫殿，越是宏大风险就越大，也越是容易倒塌。这不仅会伤害他人，更会危及自己。

不应虚假地进行诚信表演，演员最终还是要回到现实。不要伪装成诚信的信徒，即使伪装技术再为高超，也有卸妆之时。

诚信不是许诺,如同你在利用别人之时放飞的一只风筝,在别人需要你时这只风筝却遥遥无踪。即使你手里有无数风筝,但是,你也不能借助其飞得更为高远。因为风筝不是飞鸟,其并不能真正经受风雨。即使你放飞无数诺言,等到暴雨来临之时都是一场虚梦。

即使你们能翻云覆雨,却不能在石头上刻下诚信之名。即使你们能腾云驾雾,却只能淹没在他人的口碑之中。即使你们能巧言善辩,但是,只有困境才能验证诚信的纯度。

四

诚信的宫殿建成非一日之功,但是,其毁坏可能只需一时。因此,你们应时时维护诚信的基石,防止内心的私欲蠹虫侵蚀成瑕疵,然后再逐渐成为不可弥补之空洞。你们应勤于擦拭诚信之镜,防止虚伪的灰尘飞舞,免得镜面蒙尘。

诚信的最高境界难道不是生死之约吗?你答应别人之事,即使山崩地裂你也不能爽约。你许诺别人之事,即使日月星辰无光也不能阻止你前行。其实,保护诚信不是在保护你们自己吗?如同神人在保护身上的光环。

失信之人乃众神唾弃之人,必将被世人抛弃。诚信难道不是用你们的表现为自己在世上打造的耀眼标记吗?你们能够在世上穿梭自如,并不是依靠蛮力,而是因为将诚信作为通行的证件。你们能够在世人面前神采飞扬,不是因为容貌俊美,而是因为以诚信为你们美容。你们的话语能在邻人面前作为货币来流通,不是因为声如雷吼,而是用诚信作为保证。

你们应警惕内心的虚伪,如同保卫自己的金钱一样保卫自己的诚信。只有诚信的火烛才能经历风雨侵蚀而不飘摇;只有诚信的骨骼才能在困境中给你们有力的支撑;只有诚信的风帆才能抵挡住罡

风,保证你们在飞行时不会失足。

　　跟着诚信前行吧,诚信的伞下没有淋湿之人。对于世人而言,只有紧紧跟随诚信,才是人间正道。你们用诚信之铲,表面上是为他人在开路,其实也是在为你们自己开路。诚信能巩固你们胸中的气息,你们越是诚信,呼出的气息越是长久。

　　诚信是最好的妆容,可以使你们四季常青,白昼也同样发光。诚信是其他美德的基石,通过诚信阶梯可以登上天穹的顶部。如果你们在云端之上回首,可见那些中途落下云梯者,可能他们只差诚信的一级阶梯。如果你们遥望那失信者的豪华家园凋零,不是木石不坚固,而是没有诚信来守护。如果你们俯视那亿万身家者败落,不是财产没有被继承,而是诚信没有被继承。

二十三、 论幸福

一

随着智者讲道问题的深入，一个面容忧郁的中年人向他问道：夫子，我少时家庭贫苦，父母争执不断，丝毫没有感觉到幸福。中年时婚姻不顺，家庭生活也没有多少幸福可言，那为什么有人天生就是幸福的宠儿，有人天生就是幸福的弃儿呢？请你给我们讲解一下如何看待幸福吧。智者说：

幸福是一道荣光，只要是造物主的光辉照耀之处，都是幸福之人。即使是黑夜，那星月不也是造物主的力量吗？凡是星月光芒洒下之处，都可以获得幸福的恩宠。

幸福是尘世所有王冠中最耀眼的那个，无论是贫贱还是富贵，无论是三教还是九流都会对其痴迷不已。你们以为他们追逐的是金钱或权势吗？实际上他们追逐的还是隐藏于其后的幸福。即使是流浪的诗人或者郁郁寡欢的艺术家，他们追逐的也仍然是让心灵幸福之物，这是一种让创造性得以满足的东西。

幸福不是长辈的大手吗？即使弱小也可以依靠它学步。幸福不是拐杖吗？即使残疾之人也能依靠它行走。

对于那些屡遭不幸重锤击中的人们，我何尝不对你们抱有深深

的同情。我的眼泪都成为汩汩流泉了，我的花白头发都成为山顶的白雪了。然而，幸福对有的人属于日常的食物，对有的人则属于珍馐佳肴。有时不是你们没有幸福的本领，而是缺乏幸福的运气。

二

你们心头无事在冬日太阳下闲晒不是幸福吗？你们大病初愈走在阳光洒满的街道上不是幸福吗？你们坐在琴声中让一杯清茶慢慢变淡不是幸福吗？幸福是一种感觉，有时不是没有幸福，而是你们失去了感受幸福的能力。

诗人获得对其才华发自内心的赞美不是幸福吗？农夫手抚沉甸甸待收获的谷穗不是幸福吗？祖父牵引幼孙稚嫩小手前行不是幸福吗？幸福如同空气，你们整日呼吸却不觉。幸福如同雨水，只是因为干旱才想起雨水充沛之时。

至高的幸福是付出而不是获得。如果你们是医生，能在大疫之时救万千人于水火之中，从而获得真心的感激不是幸福吗？如果你们是战士，在兵荒马乱之际保护家园不被摧毁，从而获得人们的真心拥戴不是幸福吗？如果你们是慈善家，能够在饥馑之时为众人带来粮食，从而获得赞美不是幸福吗？那太阳每天高挂无私奉献出自己的光辉不是幸福吗？那土地平坦谦卑地为众人带来收获不是幸福吗？

真正的幸福是苦难后得到的。那在炎炎烈日之下上的沙漠的游子找到一脉清泉不是幸福吗？那在怒海惊天大浪中的泛舟者发现远方的孤岛不是幸福吗？那饥饿欲死者发现诱人的食蔬不是幸福吗？那长久内心创伤后自我开悟不是幸福吗？

幸福难道不是尘世的灵丹妙药吗？有幸福之人，年老也是年轻，衰弱也是强健，伤残仍是完整，相貌平平也会散发出光辉，相貌俊美

则更加迷人。幸福会使人获得超倍的感觉。

幸福不是晴日当照吗？在幸福之下，即使寒冬也仍然觉得温暖。幸福不是树木葳蕤吗？在幸福林木之中，就如同踏入不会断绝生机的神奇之境。幸福不是青草葱郁吗？这些绿色波浪能将你们全身掩埋，你们却不会因此窒息。

幸福与金钱无关，在你们的回忆中，也不是有清贫中的幸福吗？如果幸福可以购买，那么，可能很多人会舍弃身家，不再做亿万富翁。幸福与美色无关，那获取上苍垂青而被美神光顾者，美色可能不会增加幸福的程度，相反，可能会使不幸暗生。幸福与权势无关，权势的气场过于冷峻，会逼得幸福不敢近身。

谁劫持了你们的幸福呢？可能是放纵的欲望淹没了你们幸福的身影。谁绑架了你们的幸福呢？可能是愤怒的火山焚毁了你们幸福的翅膀。谁诱骗了你们的幸福离家出走呢？那是你们不知珍惜之心而导致幸福流离失所。

三

当你幼年与父母在一起，家庭是否幸福没法选择。你父母的家庭不幸就是你的家庭不幸。如果父母家庭不幸是一个磨盘，那么，对于幼年的你而言，就是一座山。然而，你成年后自己的家庭幸福可以提前选择。谨记不要跳入与父母同样的生活沼泽中。你们应宁缺毋滥，宁肯选择一人孤寂地唱歌，也不要选择两人在喧嚣中争吵。

谨记未来不要选择与你母亲一样性格的妻子，因为你是父亲的翻版。否则，你将来的家庭不幸可能会再重演。谨记选择标准中贤良要超过美色。将美艳作为配偶目标本身就是大忌。对美的追求是人之本性，然而，本性中埋藏着的劣质种子远超过优质种子。美艳可以增加你房屋的装饰，但是，这必须与你的气质一致，否则，只会导致

与命运互相冲击,使得幸福递减。

幸福者有着同样的行事模式。不幸者之间的行事模式也具有雷同之处,那就是对美色的追求超过对美德的追求。殊不知美色是花朵,能带来芬芳;美色也是滚木,会让你的幸福粉身碎骨。

对于那些屡遭不幸之蹄碾压者,应当对自己的命运报以更高的警醒。即使你们不是被上苍故意抛弃,但是,上苍幸福之露水不可能让每人均沾。即使幸福的星辰星星点点,但是,夜色天穹中还有更多暗黑之处。

无论如何应当争取幸福。这是因为,幸福不仅可以传染,而且可以继承。你不仅在为自己争夺幸福,而且在为后代争夺幸福。在这场战争中,睿智的人能够逆天改命;中智的人能够自保,或通过牺牲自己换取后代幸福;低智之人只是重蹈覆辙,你的子女可能会把悲剧再上演一遍。

四

不幸的人们啊,你们的不幸根植于性格深处。不是造物主不愿祝福你们,而是造物主也难以改变你们性格中的顽固之处。因此,如果要改变你们的命运,首先应改变你们的性格。上苍拯救你们,也是在你们自救的基础之上。

你们既可能成为烦恼的源泉,也可能成为幸福的渊薮。如果你们为一事烦恼,那么将可能会为事事烦恼。如果你们因一事感受到幸福,则事事都可能感受到幸福。

紧拥眼前的幸福吧,不要因为阳光不够温暖而不去沐浴,可能明日甚至连阳光也没有。不要因为眼前景色不够优美而视而不见,只有看到眼中的景色才是你们的享受。不要因为眼前生活平淡而不去珍惜,静水过后可能就是激流。不要以为身体健康是不值一提之事,

大病之巨石可能已悬挂在你们的头顶。

在幸福之时不要张狂，痛苦可能就住在幸福的隔壁。幸福在镜子的一面，翻到另外一面就是痛苦。在幸福阳光之下，不可避免会存在阴影。毫无节制的幸福等于召唤痛苦莅临。极度的放纵等于自己拆毁幸福的根基。

幸福藏在微末之中，幸福站立在万仞之上。花朵有花朵的幸福，山川有山川的幸福。之所以你们不幸福，是因为你们的能力不能匹配你们的野心，是因为你们的欲望之手不能达到天赋之巅。

幸福应当在知足中生存。你抱怨说没有好的鞋子，他连脚都没有。你抱怨说自己没有好的智力，他却是智障人士。你叹息说父母贫穷不能给你带来财产，他父母早夭，现在一人孤苦伶仃。

不幸的日子也不要忧郁，没有走不完的路，没有翻不过的山。即使春天再为遥远，也会如期而至。即使命运再为曲折，也会有转折之时。

如果你们没有幸福，则可以营造幸福。如果你们今生没有幸福，则可以为后代创造幸福。幸福有时不是坚忍和牺牲的结果吗？即使上苍再为慷慨，也不可能将光辉洒向每个沉睡和睡醒的人身上。

二十四、 论情欲之欢

一

随着智者为众人讲道的不断进展,听道者越来越多,讲道涉及的内容也越来越广泛。一位神情憔悴的情场浪子也从远方赶来向智者请教困惑已久的问题。他说:夫子,我原本对男女之爱深信不疑,但是,为何我找了数个女友之后,只是感觉到无数次的情欲之欢,却越来越感受不到男女之爱了呢?智者说:

你认为自己是在追逐爱情吗?虽然爱情与情欲相邻,但是,你追逐的只是情欲。因为情欲的迷雾笼罩了你的眼睛,你只是看到情欲,而没有看到其上的爱情真身。

即使情欲是爱情的催化剂,但是,爱情与情欲并不成正比。如果你过于滥情,过于追求感官之乐,即使享受过无数不同的性爱之欢,你也不能享受无数不同的爱情。爱情往往是纯粹的,如果掺杂过多的情欲杂质,那爱情还能纯粹吗?掺杂的不道德的情欲越多,这种情欲就只是野兽的欲望,而不是爱情。

这难道不是自然之律吗?禽兽往往滥交无数,你认为禽兽真有爱情吗?即使人类从野兽进化而来,即使情欲是人的本能,但是,在情欲之上不是还有道德律及星空一起闪烁吗?

过度的情欲是泛滥的洪水，一旦冲垮道德堤坝，不仅会毁坏纵欲者本人，而且还会伤及无辜。其实，在人身体内只是为情欲留下小溪的河道，如果你们引入滔天的洪水，就会淹没爱情，使爱情在情欲之水中窒息而亡。

你们难道不知道情欲的巨大力量吗？它可以轻易碾碎你们的理智。你们难道不知道情欲的重量吗？在冲动的血液岩浆混杂下，它甚至重于你们生命的重量。

情欲是一个神通广大的魔神，善于幻化成你们最想要的东西。只要你们深陷其中，就很难逃脱。即使你们骑上最快的马匹，情欲也能赶上你们的脚步。即使你们装备上最厉害的武器，也易于被情欲所俘获，从而成为情欲的奴仆。

在人性的树木之上，会衍生出数个不良的枝条，情欲则属于其中之一。如果你们能够认真修剪，那么，这根枝条将会生长出饱满的果实。如果你们纵容这根枝条疯长，则会长成超过人性本体的巨木，从而导致整体失重而有倾覆之虞。

二

人内心的空间是固定的，如果情欲的空间多了，道德的空间就少了。如果情欲无限膨胀，那么，将不会给道德留下任何空间。这将会把人重新驱赶回森林，过群交滥性的部落生活。即使尘世大厦内部情欲的动物蠢蠢欲动，但是，这座大厦道德之顶将这些动物本能压制在内部。

情欲是淤泥深厚的沼泽，你们只能在其中愈陷愈深。情欲是温柔的陷阱，无数人愿意陷入其中。情欲是无边的大海，只是由于在大风浪中扬帆的快感，你们甘冒沉没的风险。

你们见过被美色迷住心魂的世人，谁见过坐怀不乱者呢？你们

见过舍弃美景之人，谁见过舍弃美色者呢？你们见过在情场上左拥右抱者，谁见过为爱苦守空房者呢？你们见过舍弃道德者，谁见过热爱道德如同美色者呢？

你们听过因奸情而导致灭门灾祸的事吗？不道德的情欲是最为危险的行为，这会导致最危险的犯罪。这是因为，过度的情欲是一种毒瘾。你可能要与另外一个犯有毒瘾之人狭路相逢、拔刀相向。你们见过在干柴上玩弄烈火吗？即使你们的肉体能够获得快感，但是，这种火花不仅可以点燃肉体，也可以点燃你们的房屋。

情欲的恣睢是坠入魔道之始。那在权势宝座上端坐之人，你们不是从放纵情欲开始，从而跌入更加放纵的沸腾的开水中吗？那在书斋中安心治学的学者，你们不是因情欲魔鬼敲打你们的窗棂，从而被情欲引往歧路吗？那在人间行正道的君子，你们不是被情欲使者邀请，从而进入品行沦落之处吗？那在战场上不顾生死的战士，你们不是乘上情欲的快马之后，便将自己的头颅送到断头台上的吗？那在深山之中的隐居者，你们不是因为放纵自己的情欲之思，从而陷入修行的万劫不复之地吗？

三

在道德的栅栏内，情欲非但不是可耻的行为，反而是让人类繁衍的唯一河流。只有从这条河流出发，才能到达村庄和城市。如果没有情欲，无数的土地将成为荒原，无数的江河将成为鱼鳖独占的王国。如果没有情欲，村庄将成为野兽的家园，城市也将成为废墟。

不要否认情欲与爱情的密友关系。即使你们将爱情的模样描画得如同白玉般纯洁，这种白玉的内部可能就是由情欲构成的。即使你们将爱情临摹得如同雪花般晶莹，这雪花下面可能就是情欲的黑土。难道你们的爱情不是建立在情欲之上吗？只是不知道这种基石

是坚硬的地面还是松软的沙滩。难道你们爱情的波涛不是在情欲中舞蹈吗？难道你们的爱情不是依靠情欲的潮汐而涌动吗？否定情欲是爱情之门的人与否定食物是成长必备的人同样虚伪。

正常的情欲将会助长你们夫妻的感情，这可以消弭你们之间的家庭纷争，情欲的火焰可以逐渐消解内部的坚冰。你们不觉得情欲是夫妻的粘合剂吗？你们从互相试探，再互相磨合，从而使两位陌生者灵肉逐渐合二为一。

情欲是轻盈的翅膀，可以使你们夫妻之间同时展翅高飞。没有夫妻生活的婚姻如同没有生机的空房，只有日月来回穿梭，不见夫妻来回互动。没有情欲的婚姻如同一口濒临干枯的古井，即使是再为巨大的石头落下，都听不到水花的声音。

四

情欲既是现实之地，又是虚空之所。无论如何千姿百态，你们见过不枯萎的花朵吗？无论如何国色天香，你们见过不老的美人吗？无论如何仪态万种，你们见过不凋零的风情吗？情欲不过是暗中隐藏的剃刀而已，它会在不觉间切割你们的肌肉。情欲不过是芳香的毒药，它会在无声中腐蚀你们的骨头。情欲不过是邪恶的咒语而已，你们身中蛊术而不自知。情欲难道不是至咸的海水吗？你们越喝越是干渴。

权力与自伤比邻而居。财富是谋害的诱饵。美酒与麻木结成了同盟。愤怒是自焚之路。情欲是沉沦的伴侣。

不要相信情欲的音乐是为你们肉体的结合而响起，那其实在为你们催魂。不要轻信情欲旗帜挥舞是为你们伴舞，那其实将你们送往坟墓。不要因为大海上美丽女巫为你们唱情欲之歌而激动，这只是引诱你们入局。

如果你们是年青人，那情欲无疑是醉人的美酒，如果你们是老人，那情欲不过是可有可无的白水。如果你们是修行者，即使是天降美女，到头终究是一堆白骨。这是因为，情欲作为最难控制的利刃，会轻而易举斩断慧根。

你们可以将情欲作为果蔬而不能作为主食。你们可以将情欲作为娱情而不能作为主业。你们可以将情欲作为配乐而不能将其作为主奏音乐。在情欲山谷放纵的，必将在情欲山谷迷失。游戏情欲森林的，必将被情欲树木所淹没。无视情欲之海威力的，必将在海中溺亡。放纵于情欲大火的，必将被火焰所焚烧。

通往肉体的通道不一定是通往灵魂的通道。情欲难道不是漫天的乌云吗？这使得你们灵台不明。情欲不是河中翻滚的泥土吗？它使你们内心的河流浑浊。情欲不是你们清修宅院的窃贼吗？它使你们心神不宁。如果你们的内心失守，你们的家园也将会失守。

你们应通过静思来沉淀情欲的尘垢，你们应通过心灵的精进来使情欲退避三舍。只有情欲之念下沉，灵性的芳香才能上浮，从而进入更高一层的楼梯。在向上的道路中，跨越每一道台阶都非常关键，超越情欲之阶梯更是如此。

二十五、 论苦难

一

在围绕智者周围的听道者中,不同之人所问的问题也不尽相同。他们中间有贫穷者,有富裕者;有做官者,有经商者;有滥情者,有少妻者,这本是人间经常之事。此时有位屡经生活磨难的人站起来说:夫子,难道苦难也是一直认准一个人吗?为什么我诸事不利,被苦难几乎压垮了脊背,请你为我讲解一下如何看待苦难吧。智者说:

对于你的情况,我感同深受。苦难有时会聚焦于一个人,如同冻伤会聚焦你们最常被冻伤的身体部位。在狮子追逐猎物之时,它们不是更偏向挑选老弱残疾的猎物吗?这样他们更易于得手。羚羊吃草时也会选择柔软易食的青草。瘟疫或疾病在传染时,不也是喜欢选择老弱之人吗?这不仅是强者的癖好,也是弱者的通病。那屡遭苦难者不也是屡次展示身体最为软弱部位之人吗?

然而,苦难是一口铺满淤泥的枯井,如果你们不能用力爬出,那么,就会愈陷愈深,最终可能会被淤泥吞噬掉性命。苦难是布满尖刺的荆棘,你们越是恐惧疼痛,尖刺就会在你们体内停留越久。苦难是布满碎石的道路,你们越不敢行走,越会扎伤你们的双脚。

苦难是生活的向导。你们只有经历过苦难,在激流中泛舟时才

知道何处是险滩,才不会粉身碎骨。你们只有经历过苦难,在天空中展翅飞翔时才知道哪里有罡风,才不会被折断翅翼。你们只有经历过苦难,在沙漠中旅行时才知道哪里有清泉,才不会干渴而死。你们只有经历过苦难,在修行时才知道何处会发生魔障,才不会陷入心魔之中。

二

苦难是弱者的葬所,是强者的礼物。这就是一种先苦后甜的水果,如果你们不能忍受苦涩,就无法品尝甜处。你们见过没有经过苦涩就成熟的果实吗?你们也应通过苦难来催熟自己。

那克服战争恐惧的士兵不是最终成为将军了吗?尽管他的恐惧是天性生就。那苦读诗书的学子不是成为一代学界泰斗了吗?尽管吃苦不是本能。那从贫穷茅舍门槛跨过的不是成为身家巨富之人了吗?尽管道路艰苦。因此,如果你们不关闭希望之窗,就有可能走出苦难之门。

你们不要看平常林地里生长出的树木多么高大,这并不能代表它们能够抵抗暴风骤雨。你们不要认为静水中行驶的船只多么壮观,这不能说明它们能经受大海的惊涛骇浪的洗礼。你们不要以为厨房里的菜刀多么锐利,这并不能说明其能承受战场的检验。只有在苦难缝隙中长出的树木才最为结实,只有在苦难中航行过的船只才更耐风浪,只有在苦难里淬火的刀刃才最为锋利。你们的生命之水不是在暗礁碰撞中溅起浪花的吗?你们生命的灯塔不是在暗夜里才更加明亮吗?

苦难是你们的智慧源泉。你们在苦难中灵台可以更加清明,从而看到凡俗不易察觉之事。苦难是治疗你们心气激荡的药石,这可以使你们面对泰山崩于前而不动。苦难是磨砺你们心力的磨石,这

可以使你们身老而心不衰。苦难是修剪你们人性中不良枝条的剪刀,这可以使你们人性枝条不会旁逸斜出。苦难是修炼你们心性的火炉,这可以使你们的心性动静自如。

三

野火来了,即使干枯荒草再多,也不能独善其身。不是不痛,只是还没有烧到你们自己的手脚。不是你们愿意选择苦难,只是苦难会强行选择你们。

你们这些天生被苦难所青睐者,如果有光明你们会奔向暗黑吗?如果有欢乐你们会奔向苦难吗?趋光才是人的本性。不是你们自赴苦难之约,而是你们可能被苦难所挟持。不是你们爱好苦难,而是苦难可能把你们绑架。

你们的苦难是财富,同时也是沉重的负担。你们的苦难是获得,也是被遗弃。你们的苦难在闪光之时,也会泄露大片阴影。

你们这些被苦难剪刀修剪过的树木,还是那棵树木吗?你们这些被苦难所伤者,即使能够恢复,还是你们自己吗?即使苦难能使你们外部的盔甲更加坚固,这也会使你们柔软的内心结茧。你们可能不是不怕伤害,而是更善于隐藏自己。即使苦难能给你们的血肉注入钢铁的坚韧,也会给你们带来钢铁的冰冷。即使苦难能给你们的灵魂安放骨骼,也会给你们破损的肌肤洒上盐末。即使苦难会给你们折断的翅膀包扎,在深夜里这些暗伤还会疼痛不止。

你们这些被苦难狂流反复冲击的人,其实是逆天行事。你们廉价出卖了自己的少年时光换得果腹的食物,你们低价出卖自己的力气换得向上阶梯的砖瓦,你们无奈献出父母之爱换得蔽体之物。在别人眼中空气属于免费礼物,你们都需要购买。在别人眼中阳光属于无偿礼品,你们都要赊欠。你们每走一步都要花费别人数倍的心

血。在你们的经历中没有顺水行船之时，而是一直逆水拖舟。即使获得成功，世人都用艳羡的眼光为你们增色，但是，我知道你们内心的悲苦。

四

苦难不是洗涤灵性的清水吗？只有用苦难洗涤，你们的灵性才不容易堆积污垢。苦难不是使得你们耳清目明的灵药吗？只有苦难，才能使你们真正看清尘世的悲欣。苦难不是你们打开心锁的钥匙，只有你们经历了困难，才能知道万事皆不轻松。

你应试着与周围和解。如果少年时光背叛了你，你应当学会在以后的时光慢慢再生。如果生活欺骗了你，你可以在生活庞大身躯下放慢脚步屏气忍耐。如果你的父亲辜负了父爱之名，那也要努力与父亲和解，因为与父亲和解也是真正与自己和解。

你们要以心为火。真正能够引领你们从苦难中跋涉而出的是希望的火把。如果你们能够不断推开从山顶滚落而下的巨石，那支撑你们的不是希望的臂膀吗？如果你们能从最底层的地下努力上升到地面，支撑你们的不是希望的阳光吗？如果你们能从奔腾汹涌的激流中上岸，牵引你们的不是希望的纤绳吗？如果你们能在暗黑中摸索前行，引导你们的不是希望的启明星吗？只有保持一种向上的希望的心灵，你们的命运才有可能从苦难之海中浮起。只有你们的希望烛火还在燃烧，才可能战胜疾病、贫穷、孤独等苦难。

你们面对苦难巨兽不要一味退缩，退缩只会减少自己的空间，增加苦难的威力程度。你们面对困难刀刃时要松弛有度，在感受刀刃锋芒之时，也要设法保全自己的肉体和筋骨。你们面对苦难山峰之时需要用尽气力，只有翻过山顶才能到达平缓的谷地。

在苦难之中，你们不可失去自我。无论苦难的劲风如何强烈，你

们都应当把住船舵前行。无论风雪多么猛烈,你们都要牢牢守住门户。无论前途多么暗淡,你们都应抱住心中的炉火。

你们应知道,流血与痊愈都在同一张皮肤上存在,艰辛与收获都在同一块土地上衍生,苦难与欢乐比邻而居。

不要因为生活多艰难而叹息,不要因为命运多舛而悲伤,即使是圣贤也曾是苦难的祭祀品。苦难是上苍的铁锤,只有敲击掉碎屑,才能锤炼出真正的器具。苦难是一个尘世的巨大筛子,只有筛除掉干瘪的种子,才能获取饱满的粮食。苦难是上天给特殊才能者的礼物,只有睿智之人才能真正理解。对于这些人而言,苦难本来就是上苍考验他们的试金石。只有通过苦难检验,才能升上天空看到更高的风景,那时三山五岳都会供其驱使。

二十六、 论婚姻

一

即使智者不辞辛劳为大家讲授人生之道，但是，各种人生问题还是层出不穷地被听道者提出。此时，一位中年人从远处走过来说：夫子，难道婚姻之痛是上天注定的吗？即使我非常谨慎地在我能力范围内对婚姻进行了选择，然而，我发现自己最终还是选择了失望。请问如何看待婚姻呢？智者说：

婚姻是可以选择的，也是不能选择的。如果说婚姻是可以选择的话，那说明你们的因缘已经提前在前世的石头上雕刻了，你们只要遇到并在眼神中认出对方即可。如果说婚姻是不可选择的，在茫茫人海之中，你作为一叶孤舟，选择一个岛屿尚且困难，何况选择另外一叶孤舟呢？你选择了对方且对方也选择了你的概率有多大呢？

婚姻是一种盲目的选择，又是一种清醒的选择。你们看到谁在选择婚姻伴侣时不在美貌面前盲目呢？在更加优越的条件下，你们又看到谁选择等而次之的对方呢？

然而，爱情比婚姻更加盲目，婚姻比爱情更加清醒。在恋爱时，你们往往都喜欢在空中楼阁里居住。在婚姻中，你们将会坠入尘埃里呼吸。在恋爱时，你们的爱情纯粹如同水晶，在婚姻中你们的水晶

渗入了生活的血肉。在恋爱时,你们开始读诗。在婚姻中,你们开始阅读对方。在恋爱时,你们开始做梦,直到进入婚姻时才被唤醒。

二

你们中不是有很多人自从进入婚姻沙漠之后,就再也看不见爱情的绿色吗? 你们在婚姻中的跋涉不是仅被生命的本能所推动吗? 你们自从进入婚姻的城堡之后就难见城外的山水,你们在城堡内所有的徘徊不是为后代坚守吗? 在进入婚姻的荒野之后,你们中有很多人的非道德幻梦不就处于义务监护下,只是为了繁衍而披荆斩棘吗?

婚姻意味着牺牲。婚姻在很多时候难道不是交换吗? 互相交换自由,从而互相将对方束缚起来。婚姻在很多时候难道不是互相牺牲吗? 你们互相牺牲,以自己的骨骼为子女的房屋奠基。婚姻在很多时候不是互相麻醉吗? 你们互相麻醉,从而假装获得心灵的圆满。

婚姻本来就是试错的一种。但是,与你们擦肩而过的无数,与你们一见钟情的又有多少呢? 你们在狭窄的青春桥上盲目而行,即使你们彼此擦肩错过,但是,谁又有时间可以回头呢?

婚姻本来就是戏剧,两位主角及数位配角在戏台上来回表演。婚姻又不如戏剧。戏剧里的角色都是扮演,故事的结局可以转向。然而,如果婚姻的大幕拉上,谁又有勇气再次改换角色? 谁又有改变剧本内容的机会呢?

婚姻是一本不知结尾的大书,你们都知道开头,谁又能知道结尾呢? 你们曾见过几多郎才女貌者却不能善始善终,你们曾听过几多情投意合者却劳燕分飞。你们曾见过几多开始如鱼得水的婚姻最后却作鸟兽散。你们曾见过几多在富贵时郎情妾意,在大难时却各自飞去。你们曾见过多少在人前假装恩爱,在人后却貌合神离的婚姻。

如果爱情可以在对方心灵上栖居的话,你们中是不是有人只是

长期租借对方的肉体呢？如果爱情的土地上可以萌发青草的愿望，你们中是不是有人不是在婚姻的坟墓里窒息了呢？如果爱情只是送别桥头的话，那么婚姻则说明你们已经跳入了水中。

你们都向往以爱情为基石的婚姻，因为没有爱情的婚姻，就如同没有根须的树木，即使勉强不倒，也不能抵御风雨。然而，谁又能在飞转的轮盘中做出正确的对赌呢？

三

婚姻仍然具有可以赌博的资本。婚姻的迷人之处就是，在黄昏之时，可以问一下对方稀粥的热度。婚姻的迷人之处就是，在稚子学步之际父子一起蹒跚前行。婚姻的迷人之处就是，在病痛之时有人为你熬汤煎药。婚姻的迷人之处就是，在寒冷之时有人为你披上衣衫。

没有婚姻的人生难言完整。没有婚姻的天空就如同没有星月的夜晚，即使天空再为高远，也只能是一个人的天空。没有婚姻的土地如同不能生产庄稼的荒原，即使荒原再为辽阔，也只能是一个人的荒原。无论你们生命的树木多么枝繁叶茂，如果没有婚姻，就不能结出果实。无论你们天赋的容颜多么俊美，如果没有婚姻，就如同失去传承价值的瓷器。

婚姻是锁链，也是钥匙。在婚姻大门紧闭之后，你们不安的内心不是就被紧紧关闭了吗？在婚姻的大门关闭之后，婚姻不是为你们又打开了一扇通往另一个世界的大门吗？

婚姻既是在尘埃之中，又是在云端之上。婚姻难道不是从幻梦之中降落到尘埃的结果吗？在婚姻之中，诺言图画开始逐渐蒙尘，憧憬微笑逐渐变化成皱纹。婚姻难道不是一场拯救吗？它可以将你们从叛逆的浪子变成忠诚的丈夫，让你们从迷途重回家园。婚姻可以将你们失衡的身体变为平衡。婚姻可以将你们从游戏人间变为敬畏

人生。婚姻可以将你们从一株自私野草变成为家庭遮蔽风雨的大树。婚姻可以将你们从懵懂青年变成伟岸青山。婚姻可以将你们的心智由幼稚的猫宠变为独自捕猎的野兽。

在你们没有缔结婚姻之前,都是生长在相邻院落里的孤寂树木。有了婚姻之后,婚姻之手可以将你们的树枝连接起来,从而共同抵御风雨和孤寂。在没有婚姻之前,你们都是单独的个体。在互相发现彼此之后,才能互相扶持有力前行。在没有婚姻之前,你们都是一半的镜子。婚姻将你们合二为一,从而镜子才变得完整。在没有婚姻之前,你们都是在雪天迷失野外的小兽,只有婚姻才能让你们彼此偎依,互相取暖。

四

你们应当对婚姻保持平常心,如同春天原野长绿草,秋天树上落黄叶。你们无限追求完美婚姻的过程,也就是为自己打造精美锁链的过程。梦想的宫殿越是美轮美奂,现实越是枯燥暗淡。你们的双脚跳得越是高远,下坠的挫痛就越是明显。

婚姻的第一功能是使你们身体的树木生出枝条,让你们身体的庄稼结出种子,从而将你们不死的愿望延续下去。谁又能够真正长生,谁又能求道得道,从而踏入向上的云梯呢? 婚姻是不死的另外一种修行。你们的子孙后代是你们的变体,只要有他们存在,你们的生命就还在延续。如果你们的后代河流干涸,你们的生命也将断流。

你们看天上的白云,来来去去,散散合合。婚姻也是如此,哪有永恒的婚姻呢? 只有永恒的血缘。然而,如果你们想要维持血缘恒久,就应维护婚姻稳固。

你们认为城外的城堡一定比现在更为安宁吗? 自其实每一座城堡都暗含刀兵。你们以为山那边的山更为幽静吗? 自其实有山的地

方就不会缺少风声。你们认为水那边的岛屿就是仙境吗？那是因为你们没有看到雾气消散后岛屿的狰狞。

在内心危险之时不要慌乱，你们应当用双手稳住风中的灯火。你们能逃脱掉婚姻，能逃脱掉子女吗？你们可以逃脱掉肌肤，能逃脱掉血缘吗？你们可以逃脱掉枯燥的生活，能逃脱掉神圣的使命吗？你们不是在抛弃树叶，而是在抛弃果实。你们不是在抛弃子女，而是在抛弃自己。

如果你们是芝兰，你们的婚姻也将充满芬芳。如果你们是云雀，这也将会给你们的婚姻带来乐声。如果你们是归雁，也将把春天搬运回你们婚姻的家园。如果你们是巨大根须，必将会给婚姻之树不断地提供滋养。

得失难道都如平时表面所见吗？你们在此处获得，可能将在彼处失去。你们放弃了婚姻幻想，可能会得到长久停泊的坚实土地。你们放弃了杯水的解渴，可能会带来血脉之河的渊源流长。

二十七、 论阶层

一

　　智者在为众人讲道之时，除了智者本人的声音，周围寂静一片。此时，一个疲惫的声音从人群中传来：夫子，我出身极度贫寒，虽然我极其努力，但是，仍然效果不彰，可见跨越阶层非常困难。我目前仍在底层边缘徘徊。请问如何能够实现跨越阶层呢？智者说：

　　油与水在混同搅拌之后，是看不出油与水的分层的。在经过时间的沉淀后，就形成了油和水的分层吗？穷人与富人的祖先最初也是显示不出区别的，但是，基于努力、机遇甚至是投机能力等诸多方面的不同，在时间的容器内分层逐渐形成。

　　对于阶层，即使你们不承认它的存在，它却就在那里。即使你们看不见它，但是，却很难跨越过去。你们看不见它的高度，却能感受到它的威压。你们触摸不到它的温度，却仍然感受到这是一块巨大又冰冷的玄冰。

　　穷人跨越阶层的难度，要大于登上青天。这是因为，人世间的阶层都是固化的，每一个阶层都挤满了人群，同一阶层之间形成了一个坚固无比的固体。如果低位阶层者想硬性挤进这个群体，这不是挤压高位阶层者的空间吗？如果低位阶层者想努力实现阶层跨越，这

不就是从别人头顶上越过吗？如果低位阶层者想要向上跨越，那高位阶层者不是有坠落的风险吗？你们触动别人的利益，这不就是相当于抢夺别人生命的食粮吗？如果都跨越了阶层，那么这整个阶层大厦的基座就会缩减，这不就会损害整个阶层的稳定吗？

低位阶层者想要跨越阶层，相当于衣衫褴褛的乞丐在豪华宴会中蹭饭。低位阶层者想要的跨越，是无地贫农想要分他人世代先占的田地。你们想要的，正是他人所拒绝的。你们是狂风，他们就是壁垒。你们是船只，他们就是险滩。你们是火光，他们就是暴雨。你们想要获得的，正是他们可能所要失去的。你们认为利益及权势是无限的吗？在一个固定的容器内，确实存在着此消彼长的关系。

二

你们想要的阶层跨越，只不过是攀登到更高的阶层获得更多的利益而已。在夏天你们在高处种植庄稼，并不是为了听到更多的风声，而是为了不被涨潮的河水淹没。在秋天你们努力爬上高处的果树，不是为了欣赏风景，而是为了更容易摘到果实。

跨越阶层的过程不是你们的至暗时刻，在费尽千辛万苦后才发现自己仍然在原处徘徊才是。这也是整个阶层群体的至暗时刻，因为低位阶层者经过努力无法挤上满载的列车，从而可能会选择自暴自弃。对于高位阶层者而言，由于缺少下面阶层的压力，从而因没有动力可能选择放纵自己。

在跨越阶层的攀登中，如同低位阶层的后代与高位阶层的后代都参加跑步竞赛，高位阶层的后代都快到达终点了，低位阶层的后代才开始起跑。这就是跨越阶层的难度。即使低位阶层的后代与高位阶层的后代晚到达终点，低位阶层的后代完全不用自惭，因为高位阶层的后代跑道的绝大多数路程都是由其父辈接力替他们

完成的。

对于低位阶层者而言，你们需要从小鱼开始成长，要经过惊涛骇浪，要躲避捕猎，才能在万千风险中找到一条出路。对于高位阶层者而言，他们出生就是大鱼，他们不需要担忧风浪，也无需忧虑捕猎，只需在万千机会中选择其一即可。

跨越阶层者的光泽都是由苦难磨砺出来的。当高位阶层者在阳光下信马由缰之时，你们低位阶层者不是在陋室里忍耐寂寞吗？当高位阶层者在风中舞蹈之时，你们低位阶层者不是在磨石边磨刀吗？当高位阶层者饮茶赏月之时，你们低位阶层者不是在沙漠中跋涉寻找绿洲吗？在高位阶层者灯红酒绿之时，你们低位阶层者不是在胼手胝足劳作吗？

真正跨越阶层的人才是人中龙凤。你们是被造物主青睐之人，具有超乎常人的天赋。你们是上天选择之人，命运对你们特别垂青。你们有藤条般坚韧的性格，你们的身体有超乎寻常的适应周围的天性。你们跨越了阶层，就是跨越了自己。你们不仅跨越了阶层的高度，更是跨越了自卑的内心。你们跨越了阶层，不仅是跨越了自己的祖辈，也跨越了别人的祖辈。

三

在跨越阶层时，穷人不是一无所有在荒原上奔跑吗？伴随他们的只能是荒凉和贫瘠。在跨越阶层时，穷人不是在田里种植庄稼吗？没有土壤，即使种下希望的种子，也只能收获叹息。在跨越阶层时，穷人不是在日薄西山之时回家吗？没有灯光照耀，只能在不断试错中前行，却没有更多的试错机会。

穷人很难跨越阶层。这是因为你们先天缺少跨越的有利条件，并不一定是你们缺少跨越的天赋。当高位阶层之人在减肥之时，你

们还在挨饿。当高位阶层之人在冬日里因皮裘过厚而汗流浃背，你们却因衣衫单薄在寒风中瑟瑟发抖。当高位阶层之人已经下山之时，你们还在爬坡。当高位阶层之人在戒酒之时，你们还在寻找残酒。

我们所站立的地球表面上看是平的，实质上是不平的。既然每个人所站的位置都不是平的，那么，人与人之间怎么可能是平等的呢？不平等是存在的，如同你们处于地下，高位阶层之人处于地面。当你们努力升至地面之时，更好的际遇早已人去楼空。阶层是存在的，如同层层的高坝，当高位阶层之人在坝上观赏风景，你们却在坝下努力堆土做工。当你们堆积好大坝，水流已经经过数次高峰。

每一阶层都是由豪强把守，你们有通过的强力吗？每一阶层都险峻无比，你们的父母能够打造攀登的梯子吗？每一阶层都由金钱铸就，你们的父母能够支付通过的票券吗？每一阶层都由血汗凝结，你们有钢铁般的意志吗？

在阶层跨越中，高位阶层已经登上楼顶，你们才从底楼向上攀登。他们只要保持不坠落即可，你们想要跨越，则必须一直保持向上攀登的势头。

阶层跨越惊险无比。你们越是向上攀爬，就越是危险。阶层跨越之路铺满蒺藜，你们想要跨越，就需要有被扎伤的准备。阶层跨越之路险峻无比，你们想要跨越，就需要有坠落悬崖的心理准备。

阶层既是向上的梯子，又是向下的陷阱。如果能够攀登而上，则是助你们上升的梯子。如果坠落，则是引你们入魔的陷阱。

四

那不幸在阶层跨越时坠落之人，你们应将事情看得淡些，如同清风拂流水，明月照山岗。有千年屹立的山岳，谁见过千年不倒的阶层

呢？有万年长流的江河，谁见过万年仍然炽热的富贵呢？

那在世俗阶层跨越中的失败者，高位阶层之中没有你们的位置，你们却可以向着道德的高层攀登。你们不能实现世俗阶层跨越，并不代表你们在天穹阶层不能攀登。你们跨越尘世的阶层，可能要比登上天穹的阶层更难。尘世的阶层不是依靠修行能够获得，而天穹的阶层则可以通过修行实现。

你们执迷的，将会丢失，你们狂想的，将会消失。你们放弃的，也许会自然而成。你们念念不忘的可能是引你们入彀的魔掌，你们辗转不得的可能是应放弃之物。如果树枝掉在你们的头顶，你们不知警觉，那么可能整棵树身将碾压你们的躯体。如果蜡油滴在你们手掌而你们不知反省，其可能将点燃你们的房屋。万事不可过分执着，万事都需适可而止。如果阶层确实不可跨越，你们就在低处修行。如果高位阶层确实高不可攀，你们就在低处独自芬芳。

该来则来，该去则去。万事随流水，万事皆放下。

二十八、 论权力

一

在听智者讲道的人中，其他职业居多，政府官员却很少。此时，一个响亮的声音在人群中响起：夫子，我是一名官员。虽然我拥有权力，这能给我带来无数的便利，让我内心满足。但是，权力又充满诱惑及风险，让我内心惶恐不安。请问如何对待权力呢？智者说：

权力是人间不可缺少之物，如同空气和水。但是，权力却不是免费享有之物，无论谁在权力的掌管之下，都要付出相应的代价。

不仅你对权力不安，我亦对权力感觉到巨大的不安。权力是翅翼遮天蔽日的鹰鸮，只要获得合适的飓风，其就可以肆无忌惮地飞行。权力是一种威力无比的武器，只有睿智者才能够挥舞自如。然而，在这尘世之上，究竟有多少睿智者呢？特别是在服用权力烈酒之后，即使睿智者都不会清醒。

拥有权力如同服用毒品，使得多少才华横溢者深受其毒，从而陷入更为依赖权力的幻觉。权力如同沼泽，有多少身体强健者不能从其中安然走出，从而将自己的足迹永远停留在污浊之处。多少品行高洁之人不能免俗，从而在修行的最后关口因权力而走火入魔，彻底陷入无限坠落之境。然而，只要品尝了权力的滋味，谁又能抵御这种

诱惑？谁都会欲罢不能。

　　既然你能提出对权力感到不安，说明你的良知还在山川的中部，没有完全坠入山崖底部。特别在陷入权力狂欢后，谁不是勇气倍增，完全不管将走向何处。在权力迷恋者都在狂舞之时，你还能够专门前来听道，说明你还可以自救。只有自救者才可获得天救。

二

　　你们将权力握在手里，不就是深夜在悬崖边唱歌吗？你们拥有的权力越多，风险越是向你们集中。你们与权力相拥，不就是在与猛兽共舞吗？你们用权力涂墨，不就是与快刀游戏吗？

　　权力是人间最为锋利的刀刃，你们在舞弄权力时最易割伤自己。权力是尘世最为陡峭的悬崖，你们越向上攀登，就越是危险。

　　权力是欲望的加速器。你们拥有权力之后，欲望也会与之俱增。你们拥有权力之后，以前的房舍会变得狭窄，原配的妻子会变得丑陋，常穿的衣服也会变得陈旧。因此，要守住你们的欲望，就如同守住在内心豢养的猛虎，稍不注意，这头猛虎就会脱笼而出。

　　权力与风险比邻而居。那拥有权力之人看到的是美色，岂不知美色前面暗藏有陷阱。你们看到的是金钱，岂不知金钱背后隐藏着夺命的杀手。你们看到的是豪宅，岂不知豪宅就建立在坟墓的地基之上。无论是美色、金钱还是豪宅都是有代价的，这需要你们将权力涂抹成金币来予以兑换。

　　权力的诱惑超越天地万物。你们可以不敬畏鬼神，但是，一定会敬畏权力。你们可以不崇拜圣贤，但是一定会崇拜权力。你们可以对父母不守孝道，但是，一定会对权力温顺无比。你们可以与好友割袍断义，却一定不会与权力断绝关系。

　　权力可以使父子相残，可以使兄弟反目。权力可以导致你们交

换儿女，权力也可以让你们出卖妻子或者丈夫。

三

在尘世中，拥有权力者位于所有阶层之上。商人不过是权力的管家，士兵不过是权力的卫士，农民不过是权力的牛羊，工人不过是权力的工蜂。

权力可以使矮小者变得伟岸，权力可以使丑陋者变得英俊，权力可以使奴隶成为将军，权力也可以使乞丐成为王侯。

权力可以翻江倒海，将山岳变成平川，权力可以将沧海变成桑田，权力可以使沙漠变成绿洲，也可以使魔域变成人间。

权力可能是保护者，也可能是伤害者。权力可以将杀人者送入绞架，可以使伤害者被伤。权力可以使盗窃者用其自由来换取被盗窃的财产，也可以使强奸者用获得的短暂快感与长期监禁交换。权力是合法伤害世人的武器，它可以伤害你们的肌肤，可以将你们的自由关入牢笼。然而，在权力面前，只有它伤害你们是合法的，你们却没有被授予合法伤害或者还击的权力。

权力可以使得家国凋零，也可以使得家国重建。权力可以使得大地伏尸千里，也可以挽救苍生于水火。

在权力世界中，权力是人世最为耀眼的王冠。这既是祝福，又是诅咒。如果你们将权力视作为苍生谋福祉的工具，那么，权力在手将增加你们头顶的光辉。如果你们将权力视为谋取私利的私器，那么，这种私器将会使得诅咒启动。

权力既是一种必要的选择，又是一种无奈之举。如果没有公共权力的战车启动，那么，个人都拥有自己私欲的权力马车。在没有消除私欲冲动之前，私欲的马车就会无所顾忌，任意冲撞。权力是掌管公共鱼塘的渔夫首领，如果没有权力的存在，任何人受到私欲冲动都

会滥行捕捞,所有人将会无鱼可以食用。权力是公共的鞭子,如果没有公共权力的存在,那么,任何人都会无限损害公共秩序,最终将会导致公共秩序破坏殆尽。

权力巨手将世人从森林中挽救出来,指挥世人修建城市和村庄。如果没有权力存在,世人可能还将重新回到森林深处。权力使用者如同人间放牧之人,如果没有权力使用者,就如同草场的牛羊没人管理,这些牛羊的举止将陷于混乱,最后众人将共同成为迷途的牛羊。

四

权力作为人世有力的巨手,它将各种互不联系的人们组成一体,让不同地域的人们随着权力手势舞蹈。即使那些隐居者,也不能真正的超然世外。世人都是权力挥舞下的木偶。你们的面容有着权力涂抹的痕迹,你们的手脚需要与权力的指挥一致。你们的家园位置由权力分配,你们生活的选择也是在权力巨手掌心的选择。

你们这些拥有权力者,商人不是你们的兄弟,你们对职业的忠诚才是。金钱不是你们的父母,那高悬在头顶的法律才是。你们如果想要发财,就需要事先翻看刑法条文,凡是发财的方式都在其中规定。当然,所有发财的方式都走同一条单向通往监狱的道路。

如果你们拥有了权力,保护你们的不是权力,而是内心的警惕,这是你们职业生涯的最好保镖。如果你们拥有了权力,一直给予你们支持的不是上司,而是你们内心的反省。可能上司能够保证你们升迁,却不能保证你们不进入牢狱。可能你们的上司能够保证你们向上攀爬,却不能防止你们坠落入山谷。

权力应当设置界限,否则就会走向事物的反面。如果没有法律界碑的警示,那掌握权力者难道不会一直向着权力快感的高峰冲刺吗?这可能将导致其坠落悬崖而死。如果没有道德的镜子在天空高

悬着、警醒着,那掌握权力者难道不会在权力醉中迷并一直狂舞吗?这可能最终导致其力竭而亡。权力难道不是一座火山吗? 适当喷发可以取暖及带来沃土。

权力也是一种易腐烂的物品,如果权力行使者不用品行予以保鲜,如果权力行使者不用法律的冰箱予以冷冻,将会很快腐烂。

权力使用者的伟大在于适度运用权力,而不在于无度运用权力。适度运用权力的天空就有法律、道德与星辰同样闪耀,过度的权力就演变成横扫一切的飓风。

对于掌握权力公器之人,权力是人民寄存在你们那里的,不能因为寄存时间长就成为你们的私有之物。你们是使用权力鞭子的人,但是挥动鞭子的手柄却在人民手中。你们是展示权力锋利之人,却不是锻造权力利刃之人。你们应敬畏权力,而不是世人只要求敬畏权力。你们应尊重权力,而不应亵渎权力。尊重权力者也将被权力所尊重,亵渎权力者必将被权力所亵渎。

二十九、 论商人

一

　　在智者为众人讲道之际，几位商人提出了问题，他们说：夫子，虽然我们现在都身价不菲，但是，压力非常之大。我们到底是为何而活着？我们经商的意义又在哪里？请你讲一下商人及经商吧。智者说：

　　你们经商是在为自己装点门面，但是，真正的门面是仅可以通过财富装点的吗？你们经商是在为子孙积蓄财产，但是财产真的可以世代继承吗？能够世代继承的只有美德。在你们与子孙之间的纽带中，美德比财产更为珍贵。因为相比较财富而言，美德属于更为稀有之物。

　　你们所赚的财产真的属于自己吗？你们不过是替别人暂时保管罢了。你们可能是为权力保管，在权力运作不规范之时，你们的财产只是权力暂时寄存在你们那里而已。你们可能是为他人保管，你们生活节俭，不敢稍有松懈，其实在很多时候是为别人打工。你们听说过有万古的江山吗？即使江山的主人都可以轮换，你们仅是财产的主人为什么不可以被替代呢？那金钱之上写有你们的名字吗？

　　你们在商言商无可厚非。如果整个阶层的经济是一条大河，你

们就是一条条分支河流,整个阶层的经济河流有赖于你们汇入并将其注满。如果说商业是一棵大树,你们就是支撑这个行业的树根。你们因商谋利也是行业的本性,谁又能讥笑农民依靠土地获得庄稼?谁又能轻视手工业者依靠手艺获得报酬呢?

然而,你们应守住不断被大风狂吹的内心,如同守住底线的灯火。你们应在稳中求得财富,而不应通过不义的方式迅速获得巨额财产。迅速制作的食物味道难保可口,迅速获得的财富最难守住。迅速上升可以使得你们暂时愉悦,但这也暗含着迅速坠落的痛苦。

二

商人啊,你们是为整个阶层的经济拉车的黄牛,你们将货物从一方运输到另外一方。你们的土地就是那广袤无垠的国土,你们的农具就是穿梭的运输车辆及船只。你们是治疗经济疾病的医生,如果没有你们,经济的血脉将不会畅通,从而有导致整个阶层坍塌之虞。

你们是辛勤的采集财富花蜜的蜜蜂。无论哪里有花朵的芬芳,你们都是第一个知道。你们将花蜜从一方采集,送往另外一方酿蜜。你们中有数量众多的工蜂,只知道采蜜贡献给蜂巢,实际上自己所用无几。

你们是财富的保管人,你们兢兢业业,将收获的财产集聚起来。即使你们谨小慎微,也不知悬空的控制财产的巨手哪天将财产取走。

你们时时面对挑战,这种挑战不仅来自商业对手,也来自你们的内心。你们积累财富如同堆积危险的山丘,害怕破产的脚步一直如影随形。你们最初的积累都带着血汗,可能是你们自己的血汗,也可能是别人的血汗。

商人啊,我也清楚你们的悲欣。你们是富贵险中求的职业,可能

一夜暴富,也可能一夕倾家荡产。世人只都看到了你们生活的豪奢,却没人看到你们内心的焦灼。

你们也有天人交战之时:如果丧失底线则可获得不菲的财富,如果守信却可能颗粒无收。你们是在伦理火炉上被炙烤的群落,前进一步则风清月明,退后一步则漆黑无边。

世人只是看到你们在人前显贵,无人细察你们在人后流泪。世人只知道你们的豪宅香车,无人知道油灯在你们体内的煎熬。每一份礼物都会有它的代价,这些代价已经在职业前被标出,只有身临其境者才会清楚。

<h1 style="text-align:center">三</h1>

商人啊,即使金钱是你们辛苦所得,也勿用金钱显示你们的身价。即使豪宅再为阔大,你们也不能一夜轮换数个床位入睡。即使美食珍馐多如夏云,你们也不能一日数餐。你们显示豪奢不如显示节俭,显示霸气不如显示谦逊。你们显示张扬不如显示内敛,显示放纵不如显示保守。

财富再多,也不过是城堡的灰烬而已,在你们今世或有余温,不一定能为下代取暖。你们的表面上再为坚固,还不如一阵大风的力度。

你们应将来之不易的金钱用于必需之处。豪宅虽然能让你们的外表变得强大,却不一定能让你们的内心变得强大。锦绣衣服虽然让你们容颜焕发,却不能阻挡你们内心的衰弱。香车虽然让你们如沐春风,却不能使你们耳清目明。

你们为后世积累财富,不如为他们积累福报。你们让子女过豪奢的生活,这是让子女惩罚你们曾经的付出。你们对子女娇惯放纵,这是让子女提前对你们清算。你们的血汗价值难道只有豪宅可以代

表吗？你们的付出难道只能通过子女过上奢靡的生活来体现吗？财富如流水，美德如青山。流水匆匆，不知踪迹何处；青山巍巍，水过同样长存。

勿用失信的方式获得财产，这表面上是积累财产，实际上是在积累仇恨，这是用损失你们的德行作为代价的。财产缺失的伤痛可以治愈，而德行的疾病则属于硬伤，不易治愈。

勿用欺诈的方式获得财产，欺诈获得的财产与盗窃获得的财产并无二致，都难以长久。欺诈本身就被附加了诅咒，只要财产还在你们那里，诅咒就如影随形，如果财产不幸被继承，诅咒也将被继承。

不应赚不义之财，通过如此的方式获得的财产不会长久。你们认为以此建造豪宅的地基能够稳固吗？使用这种钱财购买的华服你们穿着心安吗？如此娶得娇妻你们认为容颜会终生鲜艳吗？

四

商人啊，你们认为依靠高大的院墙就可以保护财富吗？高大的院墙可以遮住善良之人的眼光，却不能挡住无良之人的攀越。你们认为依靠武装的保镖就可以守住财产吗？即使训练有素的士兵都不一定能守住坚固的城池，你们这种依靠武力的方法只能是幻化的泡影。你们认为结交权力就可以保证财富吗？权力是公用的权力，一旦和你们的财富结合，你们的财富就有可能变成公用的财富。

行公义可以保护你们的财富。如果知道你们的财富最终将会转移给他人，那么，你们为何不以公义的名义转移呢？即使你们可能丧失了部分财富，但是，却可以得到完整的公义。

财产属于尘世最具诱惑力的魔王。你们以人性与之较量，无疑魔障重重。因此，你们应修行。以修行之清水，洗去金钱之上的罪孽。以美德之光辉，为你们的商业增加光彩。

　　你们眼睛有疾难道不用看眼医吗？你们牙齿有疾难道不用看牙医吗？你们内心有疾却少有医生能治，只有通过修行来自我治疗。

　　修行可以保护你们的财富。如果你们在修行中得到诚信，诚信将是你们财富的真正的护卫，它或许不能保证你们的财产完全不受损失，却能够保证你们的财产的源源不绝。如果你们在修行中获得慷慨，且能够惠及邻人，这才是真正不可跨越的院墙，因为邻人会用警惕的眼睛帮助你们增加院墙的高度。如果你们在修习中获得善良，这是一种可以遗传的品行，你们不仅可以将财产遗留给后代，而且可以将善良的德行遗传给后代。

　　商人啊，财产和德行是你们身家的两个半球，缺少任何一个你们的生涯也不会完整。你们的德行和财产并不是敌手，而是两位至为亲近之人。

　　我相信你们的实际行为，而不相信你们的豪言。我相信你们的行善行为，而不相信你们的伪善面孔。你们应相信自己心中的良知，如同暗夜里高天上的星辰，即使光线微弱，但是，毕竟可见光明。如果你们的灵台没有完全泯灭，就不应取不义之财，就应走人间正道。

　　商人是世上最难的职业之一，因为你们管理着尘世的财富魔王，需要不时接受挑战，并且内心在挑战与诱惑之间激烈争斗。如果你们从商人门槛跨出，并完成超越，也是非同一般的成就。

三十、 论自私

一

只要时间还在继续,智者讲道的声音就不会停息。此时,在听道者中有人靠近智者说:夫子,我少时家境贫寒,现在,我虽然依靠自己的努力获得了一定的社会地位,也想通过修行获得在道德方面的精进,但是,我感觉到自私是我人生中的敌人,请问如何对待自私呢?智者说:

自私是兽的本性,也是人的本性。如果在夜色下除去人类文明的外衣,自私将会使得人性与兽性基本接近。只有在太阳的光辉照耀之下,人性中的自私成分才会稍有消减。但是,那阳光照射的力度到底如何?又有几人愿意接受阳光的洗礼呢?

你们中有多少人不是在自私中挣扎吗?特别是你这种家境贫寒之人,在你的四周,没有亲人强力的臂膀扶持,没有邻人提供梯子让你登上高处,没有大风托起你衰弱的翅翼。你的资源只有自己,你必须将任何不是机遇的机会变成机遇。如果不自私的话,你可能无法保护自己,你将是别人自私利爪下的猎物。

我能理解你的处境,但是,我却不能支持你的做法。你其实也是一条在逆流中成长起来的大鱼,你长成现在的身躯是因为占用了别

人的食物。

二

自私可以成小事，但是难成大事。你们看哪个伟大人物的骨骼是由自私构成的呢？你们看哪座伟大的建筑是由自私者建成的呢？你们看哪项重要事业的根基是建立在自私之上的呢？

自私可以占有现在，却不能保证未来。这是因为，自私是自绝水源的行为。自私可以暂时垄断一段水流，但是，这却不能带来源源不绝的流水，最终只能导致断流。

自私者是孤立的庭院，你们隔绝了别人的视线，别人就会堵塞你们的门户。自私只能建成自我的小型家庭，而不能与你们的邻人形成稳固的联盟。

无情的自私者没有朋友。即使你们的树荫再为庞大，也不会让他人乘凉。即使你们的宴席再为丰盛，也不愿意分别人一杯羹。即使你们的船只再为宏伟，也不会与别人共同乘坐。然而，你们不与他人分享绿荫之时，别人也不会为你们的大树浇水；你们不愿意与他人分享宴席之时，别人也不会允许你们分享他们的厨具；你们不愿意别人与你们同舟之时，别人也不会与你们共济。

无情的自私者没有亲情，即使血缘来自父母，父母都可能不是你们永远的亲人，只有利益才是你们永远的至亲。

无情的自私者的身影遮天蔽日，会遮住能够覆盖的一切。无情的自私者的双手是濒临溺亡者的双手，会抓住一切能够抓住的东西。

无情的自私者都是特殊的物种，即使其心脏外壁由肌肉构成，内里却是铁石的心肠。他人把鲜血都给自私者做酒了，自私者还会让他人用头颅做杯；他人把血肉都给自私者做食物了，自私者还会让他人做熟了再奉上；他人都奉献了自己的眼睛为自私者带来光明，自私

者还会强要他人的骨头做成拐杖,以方便其更好地行走。

三

在危难之时,如果你只有一杯水,不与他人分享,这不叫自私,这叫生存。如果你在宽裕时,霸占一桶水,却不允许饥渴者饮用,这叫自私。在危机之时,如果你有一张饼,不与他人分享,这叫自保。如果你有一叠饼,不与他人分享,这才叫自私。前一种尽管也是自私,但是,那是蜗牛触角,柔软而没有恶意。后一种的自私属于毒蝎的尖刺,邪恶且可以蜇伤他人。

那由于基本生存而自私的人,你们的自私是生存的代言人。没有自私不会将你们的血脉保存。那些在苦难之海中挣扎之人,你们的自私是本能的保护神,如不自私可能会死无葬身之地。在面临生死关头之时,是否采取自私的方式自保,不是由我决定,也不是由你们决定,而是由你们的本能决定。

在烈日炎炎的沙漠中跋涉,如果你们只有一杯水,难道不能独自享用吗?在怒海中泛舟,如果你们吃下自己仅有的一片食物,谁还能对你们斥责吗?即使你们不是圣人,只要不是野兽,这都是可以接受之事。

自私不仅是生存的根源,而且也是罪恶的源泉。生存与罪恶只是相隔了一道纸做的墙壁,自私的利刃轻而易举就可以刺穿。

如同对待金钱,追求金钱不是邪恶,过分追求金钱才是邪恶。自私也是如此,基于生存的自私不是罪恶,只有基于垄断的自私才是罪恶。

自私是一个可以变化的魔王,占有越多就更加膨胀,越是膨胀就需要更多的资源予以供养。无情的自私是人性中谋反的占山劫道者,任何人从你们面前经过,必须向你们交出买路的钱财。自私是无

序的山火,没人前去控制。当然,在烧尽其他树木之时,自私者自己也难以独善其身。

对于自私者而言,没有冲不垮的大坝,只要洪水滔滔不断。你们有如此多的欲望,最终将会导致你们内心的坍塌。你们积累的财物越多,站立在上面就越是危险。你们积累的资源越多,你们脊柱承受的压力就越大。你们自私的心理越强,受到心魔的攻击力度就越大,遭受的痛苦也就越大。

不要看自私者多么喧嚣,其实他们内心空虚。自私者占有的越多,就越是空虚,只能通过占有更多来弥补空虚。

四

人性中的疾病有多种,无情的自私是最严重的一种。这种疾病可以使自私者的手脚丧失感受亲情的能力,可以使自私者的眼睛丧失识别爱情纯洁面孔的能力,可以使自私者的耳朵丧失听取朋友忠言的能力。自私可以使自私者的内心极度冰冷,即使人间的至宝亲情和爱情都不能将其捂热。

自私这种疾病可以传染。如果你不善待伴侣,你的伴侣也会不善待你。自私这种疾病也可以继承。如果你不向自己的父母提供孝意,你的子女也会染上此病。

自私者认为凭借自私乌云可以笼罩一切,但是,这也会有界限,等自私者遇到更为邪恶的对手时就会自尝苦果。自私者认为凭借自私的利器可以独占所有,其实连自己都不能独占,最终也将被时间收走。

无情的自私者的鱼塘不会长久有鱼,这是因为其会竭泽而渔,这彻底断绝了鱼的繁衍。自私者的城堡不会长久,这是因为,自私者为了全部垄断本地资源,从而彻底切断了外面供给砖石的道路。

　　自私者的自私可以保全其生命，却不能保证生命的光泽。自私者的自私可以让其身躯健壮，却不能保证其灵魂的晶莹剔透。自私者的自私可以使其站得更高，却不能保证看得更远。

　　利他者是为众人携带薪火，自私者是为自己准备薪火。为他人准备薪火者会温暖他人，同时也会温暖自己，自私者只会独占热量，并可能由于火焰过于巨大而焚烧着自己。

　　自私者啊，无情的自私可以增强你们邪恶的力量，然而，即使你们力大无穷，又能耕种多少土地呢？即使你们可以占有无数山岳，在临终时能够占有多大的墓穴呢？即使你们可以占有无数财物，最终能够带走多少呢？你们最大的悲哀是应该反省时不知反省，到了不得不反省之时却没有时间反省。

　　自私者啊，你们应当知道，人的内心如同房间，如果私欲过于膨胀，将会挤压美德的空间。人的内心如同河流，如果自私洪流过于汹涌，将会颠覆美德之舟。

　　行正义不空虚，行公义不惶恐。自私者啊，你们的内心成为自私的居所，这是你们空虚及惶恐的原因。只有你们将他人视为自己，你们才不会空虚，因为你们身前总是站着另外一个自己。只有你们将他人视为自己，你们才不会惶恐，因为总是有人在暗黑中与你们同行。

三十一、 论愤怒

一

在智者讲道之时，一位年轻气盛的青年站起来说：夫子，我本来是性格耿直之人，在别人可以忍耐之时，我往往容易冲动，经常对不平之事没有忍耐心理，也经常会爆发愤怒，然而，这实际上对我本人的效果并不好。请问如何对待愤怒呢？智者说：

年青人，你会愤怒说明你还有支持愤怒火焰的木柴。如果你到了老年之时，气血已亏，即使想要愤怒也没有支持愤怒的燃烧物了。你的愤怒说明你还有正直之心或者抗争之意，当你的愤怒逐渐成为冷漠或者逆来顺受之时，这亦说明正直之心已经泯灭，抗争之心已死，你已成为泯然众人中的一员。

愤怒是催动你的船只风帆的动力之一，这可以使你在逆流中不会屈服。通过用愤怒之火点燃你自己，这可以增加你的力量。愤怒是支持你翅翼飞翔的推力，即使遇到罡风，愤怒可以为你提供额外的动力。愤怒是你在遇到强大敌人之时的帮手，它可以促使你筋骨坚韧，让你的血液快速流通，从而战胜平时不可战胜的敌人。

你表面上看不出怒火的形状，更看不出它的具体结构。怒火是因耻辱、欺压而生，憎恨是其根基，心火是其木柴，放纵是鼓动其狂风

大作的翅翼。你在平时看不到愤怒之火何在,它是一棵生长在人性深处的大树。这棵大树遇到压制就会摇动,遇到砍伐就会怒吼,遇到不平就会发声。

<h2 style="text-align:center">二</h2>

愤怒如同野火,一旦点燃就无法控制。情绪的狂风越大,愤怒越是火焰冲天。愤怒是没有节制的大火,在燃烧别人的同时,也会烧到自己。愤怒是一把两面开刃的刀剑,确实可能对他人造成威慑,然而,也容易伤害到愤怒者自身。如果愤怒者不能战胜愤怒,就不能真正战胜对手。

愤怒是无所不在的魔王,其可以依附在任何人身上。愤怒不分贤愚,只是在贤人身上造成的后果轻若鸿毛,在愚昧者身上会留下更大的痕迹。愤怒是愤怒者无脑却忠诚的朋友,他只会支持愤怒喷发,却不会关心如何收拾愤怒的后果。

愤怒者,愤怒之下,寸草不生。你只是关注如何用怒火烧焦对手,却忘记给即将枯萎的小草提供一点浇灌之水。你只是鼓动愤怒的雷霆劈死对方,却忘记给双方留一个共处的躲避走廊。你只是想用愤怒的快刀斩杀对方,却忘记了自己的生命也不能复生。

无论如何,愤怒的烈焰比刺骨的阴风要好。因为愤怒是刚烈的,而阴风是阴险的。如果可以二选其一,我宁肯选择愤怒之火,也不要选择阴险之风。愤怒伤人于明处,尚好提防。阴风伤人于无形,更难防备。用怒火来发泄情绪之人往往都是耿直之人,还是可以交往。用阴风暗箭在背后伤人者,则内心更为可怕,不可与之结交。

如果可以选择,我宁肯当面向对手喷出愤怒的火焰,也不要在背后发出愤怒的雷鸣。当面愤怒还能震慑对方,背后愤怒只是伤害自己。

愤怒与后悔相伴，用油泼火能灭火吗？在多数时候，刚烈者易折，柔软者则易存。愤怒在疯狂时可以给愤怒者带来无穷气力，在低落时却会让愤怒者精疲力尽。

你内心的野兽带着愤怒而来，如果可以控制，那么，愤怒只是火山间歇喷发，发泄情绪。如果你不能控制这匹野兽，愤怒只是会单向伤害自己，而让你的敌人得利。因此，愤怒是敌人派来的杀手。愤怒也是对手派来的巫师，他会说服你发怒，从而完成雇主交代的任务。愤怒可能是阴险的卧底，在你发作时，它就会代表对手向你进攻。愤怒是一位不良的老师，明明是对方的错误，却教你惩罚自己。

三

世人啊，你们只是看到愤怒者愤怒时的失态，却没有看到他被欺压时的耻辱。你们只是看到愤怒者愤怒时的放肆，却没有看到他因背后暗箭所遭受的伤痛。你们只是明哲保身之人，其实也是阴险者的沉默帮凶。

世人啊，物质上你们已经衣食无虑了，但是，你们的精神还在嗷嗷待哺。你们表面上博览群书，实际上你们的精神还一无所知。你们最大的矛盾是言行不一，你们最大的尴尬是表里不一。

愤怒者啊，你不要幻想用愤怒换来友人，即使你能震慑对手，但是，你的怒火也吓退了邻人。你在喷射怒火之时不是拉近了与邻人之间的距离，而是孤立了自己。愤怒难道能给你安慰吗？在愤怒之后你只能陷入更深的不安。

愤怒者啊，你听到对手内心的冷笑了吗？如同黑夜林鸮的尖叫。你听到旁观者置身事外的讥笑了吗？他们只是一群无聊的看客。如果说愤怒有价值的话，那就是在愤怒的眼里看见了世人的无聊，在愤怒之耳里听到了众多看客的沉默。你能用怒火识别世人，却难以给

他们任何提升。你能用怒火警告潜在的帮凶，却不能给你自己带来帮手。

你需要警醒，你持续怒火的火炉燃烧，就会炼出刀剑的形状。你疯狂的情绪乌云，就会带来暴雨的杀机。且不要将威慑演变成杀戮，也不要将发泄演变成刀兵。

四

真正的愤怒在于将自己炼成真金，而不是将自己燃烧成灰烬。真正的愤怒是让自己在愤怒中飞升，而不是在愤怒中坠落。愤怒亦是修行应跨过的门槛，跨过就是普陀山，跨不过就是火焰山。跨过去就是成道的东海，跨不过就是坠落魔域的死海。

愤怒者啊，愤怒不能显示你的强大，却能暴露你的弱小。你的强大是在愤怒中的节制，你的弱小是在愤怒中的放纵。愤怒不一定是你强力的武器，却可能是你最易受伤的软肋。

愤怒的愿望往往与结果相反。你凶狠的愤怒之鹰难以与温顺的鸽子共处。愤怒的长矛也往往不能刺到猎物，这是因为猎物会惊吓而走。

你应当在竹林静坐，用竹叶上的露水浇灭疯狂的火焰。你应当到溪边行走，用清水洗去内心的勃勃杀机。

尘世之中有诸多无妄之灾，尘世之中有无数不明之火。希望这火是煅烧之火，不是引入魔镜之火。希望你能从怒火中得到提纯，而不希望你在魔火中自焚。

愤怒既是磨练，又是再生。如果你不能经受怒火煅烧，那将可能成为其烈焰巨嘴下的猎物。如果你能够在愤怒中保持心旌不动，将可能站在火焰之上飞升。

不同之人皆有不同之魔障。有人因色生魔，有人因财生魔，有人

因权成魔。你则是陷入了怒火的魔障。破解不同魔障皆有法门,然而,你自己就是破解的根基。魔由心生,魔由你自身而起。你起则魔起,你熄则魔熄。你将愤怒的雷霆祭起,雷霆却可能震伤你自己。你将愤怒的大石扔到天空,有可能砸到你自己。你怒火之魔越是庞大,越可能会反噬你自己。在人性的房间里,你愤怒占的空间越大,理智的空间就越小。愤怒难与智慧共处,愤怒的成分增加,智慧的成分自然就会减少。

如果想要熄灭愤怒之火,你应收敛自己遮天的翅翼,你应暂停漫天的大风,你应静落在尘埃。你想要熄灭怒火,就应缩减自己的身形。你自己变小,怒火才随之变小。你应降低自己的欲望,欲望降低,怒火的火焰也会降低。你要熄灭怒火,应视对手为无物,如此怒火就没有了方向。你应视自己为无物,如此怒火就会失去火种。

三十二、 论执念

一

在智者讲道之时,一位面容憔悴眼神却闪现出炽热光芒的中年男子在悄然旁听,后来他走向智者说:夫子,我是一个通过自身努力获得一定成功之人,但是,我越是向上攀登就越辛苦,内心火焰燃烧着促使我再向前行,然而,越向前行就越是孤独。我在亲情方面缺失,就在爱情中寻找。我在爱情之路上历经曲折,就把注意力放到职场之上。然而,这种无尽的感觉永远没有尽头。请问这是不是执念呢? 如果是的话,又该如何对待执念呢? 智者说:

你这是心魔作祟,道高一尺,魔高一丈。魔道相争之时,你以身体作为战场,因此有限的灵肉备受折磨。执念难道不是心魔吗? 你以为可以控制住心,但是,实际上心却在控制着你,而心不就是心魔的替身吗? 你认为自己是心的操纵者,实际上却被心所绑架。

如同你不能用一种毒药去解另外一种毒药之毒。你不能把少年时亲情未满之欲望,用爱情之欲望来弥补。你们不可用一种执念去解另一种执念。即使这可以暂时让你呼吸,却不是最终的破解之道。两种执念还会联合起来,最终可能会让你窒息。

你一现身我就感觉惺惺相惜,你不就是多年前的我吗? 你走过

的道路我多年前曾经走过,你的悲欣就是我多年前的悲欣,你的忧郁就是我多年前经历过的忧郁,你的叹息就是我多年前的叹息,你的绝望我多年之前也曾经历。我们都曾经被内心的执念所绑架,都曾以为凭借自身之力可以改变上天之力。

我只是侥幸在道中寻找到了正确的道路,你仍然在道的歧路中徘徊迷途。我们来自同一条道路,又相逢在另外一条道路。然而,道路来自远方,又通往远方,如果你不能在房屋之上再加一层阁楼,就不能在执念之中看清方向。

二

执念一起,万念皆消。你内心的空间是固定的,执念越多,其他念想就越少。

执念是一种自残之念。你认为是在为自己建造宫殿吗?那是在为自己打造监狱。只不过现实中的监狱是有形的实体,你建造的监狱是无形的抽象。然而,是尘世中的监狱虽然戒备森严,也有机会逃脱。即使不能逃脱,刑期结束也会让你脱困。在你为自己打造的执念监狱中,则可能终生无法逃脱。

世人在执念中无法逃脱者多如过江之鲫。那白发苍苍的老人,在旧梦中还会依恋旧时的情人。那位高权重者即使银铐入狱,还想着东山再起之时。那家财万贯却身患绝症之人,还是想着寻找重新发财的时机。那宠爱子女而被子女所害的父母,即使是死去之前,还向法官求情再给不孝的子女一个机会。那因赌博而倾家荡产者,即使卖儿卖女,仍然想着扳回赌局的可能。

你将自己陷入无底的欲望轮回之中。执念是一个不断转动的磨盘,你反抗得愈加激烈,越是被磨得粉碎。执念是有弹性的绳索,你越是挣扎,它勒得越紧。你即使可以暂时阻挡从高坡落下的滚动圆

木,但是,圆木还是会再次落下。

执念是对镜而坐的迟暮美人。无论如何涂抹,只能暂时遮掩皱纹,却并不能推回光阴的车轮。你所做的努力,只是拖延时间,并不能让时间停滞。

执念是水中的轻舟,你的身体越向下压越会上浮。执念是春天的青草,越是抑制越会萌生。执念是顽劣之徒,越是训斥越是暴露本性。

三

执念可以助你从平地做起,使你平步青云。执念让你获得了额外的力气,也让你作出了额外的牺牲。当别人在纵情唱歌之时,你却在田地里独自耕种。当别人在纵马狂欢之时,你却在草地里独自养马。当别人在花前月下之时,你却在寒窗下苦读。当别人绿荫下歇凉之时,你却在烈日下的荒漠独自奔走。

执念可以助你登上山顶,却不告诉你如何下山。执念可以为你提供不断向上的台阶,但是,却不告诉你走下台阶之法。执念是助你登上高楼后抽走的梯子,只是让你登高,却不把你放下。执念是一条从上空垂下的绳索,只是将你悬起,却不管把你放在何处。

你真的是自己命运的主人吗?世人都是如此认为,都认为自己是命运的主宰,其实却是命运的仆人。你认为凭借一己之力可以横跨沧海,其实却陷入海市蜃楼。你认为所欲的一切得不到是不够努力,其实你的所欲本来就不是你应有之物。那爱情中的真情都是尘世珍贵之物,你可以在想象中描画,实际上谁又见过爱情本人?那绝世才华本来就世所罕见,上苍不会将这种天赋轻易赠与。执念本来就是追求镜花一般的存在,被执念所限之人,就深陷求不得之苦。执念本就是建立在水月之中,在执念中迷途之人,就落入放不下之苦。

执念本就是隐入幻境的情人，在执念中被围之人，就执迷于爱不得之苦。

执念一起，你的心将无法寻找安处。在陷入执念之时，越是想得到的越是咫尺千里，越是厌恶的却形影不离。越是干渴越是远离清泉，越是溺亡越是不能呼吸。越是不安越是无人相伴，越是烦躁越是被置于轰鸣的雷霆之中。

终其一生，你都是在与自己搏斗。你可以攀越万仞之山，却迈不过自身的门槛。纵使你才华绝世，却不一定能够走出自己的执念。这是因为，执念对有才华之人特别偏爱，越是才华横溢，执念越强，心魔也就越重。

四

他人看你是神情自若，但是，我知道你是在做困兽犹斗。他人认为你终日勤奋，张网捉虫，我却知道你正在作茧自缚。他人看你在修炼内功，我却知你已走火入魔。他人看你是撒网的渔夫，我看你却是落入渔网中的游鱼，越是挣扎，就越难解脱。

我知道你在逆天行事，努力改变自己的宿命。但是，道不至则魔不破，道不明则魔不消。我是讲道者，但是，我所讲的道只是传授给有缘之人。我是降雨者，但是，我的雨只能降给愿意被滋润之人。我不能按着你的头在溪中饮水，也不能强牵着你在田地里耕种。我只能为你稳住马缰，却不能扶你下马。

你应放过执念之物，放下执念之物就是放过你自己。你应放过自己，你放过自己也即放下自己。即使你的生命之树再为繁盛，终归有落叶之时。即使你奔跑得再远，最终都要转回。即使你登的尘世之山再高，也有下山之时。即使豪华的夜宴也会散场，即使是繁华的人生也必将谢幕。即使你位极王侯，也不过是一抔黄土。即使你才

华绝顶,只不过是一缕烟尘。

你不可妄自掌握从天垂地的鞭子。你不是牧羊者,而是被放牧的牛羊;你不是渔夫,而是游鱼;你不是技艺巧夺天工的手艺大师,而是作品。

你不应妄自贪天之功,也不应妄自猜测上天之意。你应将自己降落在尘埃,你本是农夫的一粒种子。即使造物主的灵洒在你的身上,你也只是一粒能够发芽的种子。你只是天地之间一棵脆弱的芦苇,一阵狂风就会把你折断。你只是一个蹒跚学步的幼儿,只是一块石子就可以将你羁绊。你只是一只人间的凡鸟,即使披上羽衣,也不能飞上天穹。

你应宽恕自己,如果不属于你的情缘,不是你人品不行,而是缘去如水流。如果不归于你的基业,不是你的天赋不足,而是运去如山倒。

你是魔障的根基,拯救你应从根基做起。如果你在执念的喧嚣之中,应向寂静寻找原因。如果你在执念的炙烤之中,应向清凉寻求原因。如果你在执念的下游,应当向上游寻求原因。你自身是解脱执念之源。你是种子,也是果实。你将自己悬起,也应将自己放下。你给执念的猛虎系上铃铛,也只有你自己去解开。

那陷入执念者,往往无法自己摆脱执念,除非你灵台长出开悟之花,除非你脚下生出慧根。我不能直接将你从执迷之网中解缚,但是,我可以给你断网的利刃。我不能送你灵台开放之花,却可以借给你甘露之水。我不能赠送你智慧之根,却可以送你生根之土。

人性中诸性皆苦,执念最苦。你们有多少偏执,就有多少执念。你们有多少执念,就有多少怨念。你们放下多少怨念,就会有多少自在。

三十三、 论孝道

一

智者所讲的问题涉及到僧道儒等各种内容,也涉及到西方宗教之内容。此时,一位中年男子站起提出一个东方国家比较传统的问题,他问道:夫子,我少时父母不和,家中纷争不断,几乎很少感受到亲情之爱。由于家境贫穷,不得不年纪很小就外出自谋生计,很少得到家庭的观护。在我能自立门户之后,父母年事已高,我也是尽力资助他们。然而,邻人还是指手画脚,说我孝道做得不好。请问什么是孝道呢?智者说:

孝道有心甘情愿之孝道,也有勉强而为之孝道。但是,即使是勉强而为,只要能够达到目的,仍算能满足孝道之义。

你的房舍院墙旁边的邻人并不一定与你的内心邻近。邻人往往是距离你的内心最远的一个群体。这是因为,攀比是世人的心理之疾,而邻人之间则是最易攀比的对象。如果你的院墙过高则遮住他们窥探的目光。你的院墙低矮,就会怕你爬过去盗窃他们的钱财。如果你的树木繁茂,他们会说吸收他们家树木的养分。如果你的树木凋零,他们会说这令他们家的环境冷情。你们表面上可能只是相隔一道院墙,实际上可能隔着万丈的沟壑。

　　唱歌的很多，做事的很少。骑马的很多，养马的很少。放风筝的很多，制作风筝的很少。你们邻人难道不是那唱歌之人吗？你们邻人难道不是那骑马之人吗？你们邻人难道不是那放风筝之人吗？

　　我知道你可能对信奉孝道心有不甘，然而，孝道不仅是由你自己之心决定，这也是由众人之心决定。有时你可以听从内心的安排，有时你却不得不听众人之心的安排。

二

　　父母对你之爱既是绝对的，又不是绝对的。父母之爱是本能，然而，这也会与他们爱自己的本能冲突。你父母爱你的程度，也是看他们爱你的本能与他们爱自己本能的对比程度。如果他们爱你之情超过爱自己之情，那么，父母之爱就纯粹如水晶。如果他们爱自己的本能超过对子女之爱，那么，父母之爱也就可能成为早春之冰层，孩子经过冰面时就容易陷入水中。

　　尘世之森林过于浓密，你不知其中生长着什么树木，也不知其中生活着什么鸟兽。你们看见过父母溺爱子女，而子女不知反哺者。然而，你们想必也见过父母不疼爱子女，子女却对父母行孝道者。你们可能见过子女不行孝道而父母替其虚饰者，也可能见过子女对父母行孝道，而父母却不满者。这就是命之奇诡之处，命之深坑只是让你跳入，而不让你解释或选择。

　　孝道不是绝对天经地义的。如果父母没有为你提供茅舍，你也无须为他们提供大宅。如果父母没有为你提供基本温饱的菜蔬，你也无须为他们提供盛宴。如果父母没有为你提供遮住身体的衣服，你也不必为他们提供华服。

　　孝道是一种相互之爱。你们孝敬父母是内心奉献，父母也应以爱相呼应。如果将金钱作为孝道的礼品送给父母，父母也应感激，并

翻看这些金钱背后所凝结的血汗。如果你不能将厚重礼物送给父母，父母也应理解你的漂泊艰辛。你将瓜果作为孝道送给父母，父母也不应嫌弃礼物太轻。无论礼物的轻重，其中的孝道重量都是一样。

三

　　父母爱之光照耀在你们身上是自然之光，如同是太阳就会将温暖洒下，如同是雨水就能浇灌干渴的土地。子女对父母之爱属于社会之光，这是将父母太阳之光在多年后反照回去。父母对你的爱越多，你享受的阳光越多，你就应该反照得越多。

　　孝道就是一种反馈。如果你能看到父亲努力在暴雨中护住你柔弱的肉身，你应当反馈。如果你看到白发的母亲在灯下为你缝补衣服，你应反馈。如果你看到你在患病时，父亲恨不得疾病生在自己身上，你应反馈。如果你知道母亲为了襁褓之中哭啼的你彻夜不宁，你应当反馈。父母哺育你是自然之爱，你反馈父母是文明之光，而孝道则是文明的具体发光体。

　　孝道就是让父母心安。即使你不能完全满足孝道，也不应赧然。你的父母在对你含辛茹苦抚养之时，他们也获得了心安。即使你无法登上孝道高处的台阶，你只要能够使父母安慰之心登上高处，也算是满足了父母心安的需求。

　　孝道可以对等，也可以超过对等。如果父母只是勉强让你温饱，却没有精神关怀，那么，你让他们衣食无虑即可，也可以不提供精神上的关怀。这是因为，即使是母子之间也不是完全压倒一切的单方回报，即使父子之间也不存在绝对的无私。你的父亲没有给你精神抚慰，你获得不了精神温暖，就无法在他年老之时反馈回去。你的父亲没有给你爱的光，你就很难将爱反照回去。没有不浇水就存活的植物。你的父母种植下种子，浇灌以爱的清水，就会长出爱的果实。

如果你的父母没有浇灌爱的清水，他们就无法享受爱的果实。

孝道不是表演。如果母子之间在邻人面前表演那还是孝道吗？这只是角色扮演。如果你只是为了别人的眼光而行孝还叫孝道吗？这只是做戏。如果你只是为了满足父母的基本要求而行孝道，这只是最初级的孝道。

四

你来自的路线不明，只有一条清晰可见，那就是你的父母。你归去的道路模糊，只有一条可以看清，那就是你的父母。修行法门众多，如果你无法选择，那就将孝道作为第一级台阶。

你应使孝道站立在地面之上。如果你只是会可怜老年的乞讨者，而不关心父母，无论你做多好的慈善，都难脱虚伪的面罩。

孝道后面深藏着良知，这是别人认识你的窗户。如果你对父母没有良知，没人会相信你的良知会外溢给别人。孝道是你良知的最佳回报，你只要孝道增加一点，就能在品行方面获得很多。如果你对父母完全没有孝道，即使你房屋外面装饰得多么显赫，内里的良知却只是漆黑一片。

即使你的孝道冬眠，那在大雪中为你铺路的父爱可以唤醒你的孝道，那在大风中为你护住灯火的母爱可以唤醒你的孝道。即使羔羊都会感恩母羊喂乳，即使乌鸦都会以反哺的方式体现孝道。尘世之人已经从森林中走出，却不可重现忘记孝道的迷途。孝道难道不是给你弥补的机会吗？否则，你将因失去回报父母之爱的机会而终生内心不安。

孝道是一条看不见的绳索，却不能否认它的坚韧。即使是祖孙相隔数代，都可以通过孝道连在一起。孝道是一面镜子，可以在你们的血缘之间互相对照。孝道是一种可以遗传的基因，你对父母孝道

缺失,你的子女可能也会如此。

让父母心安是将他们的内心置于最好的归处。即使你能提供珍馐佳肴,父母又能享受多少数量? 即使你能提供豪宅,父母又能居住多少时光? 即使你提供的华服再为光彩,还不如让父母心安。

在你的父母眼里,你永远是当年奔跑的孩子。只是奔跑得太远,有时目光难以企及。只是希望你们将孝道的心形树叶寄回,以安慰他们。

如果你不把孝道的花束系在母亲的鬓角,让她再度年青,她走着走着就会丢失了,会让你后悔终身。如果你不把孝道的灯火照亮母亲的皱纹,她将很快被黑夜所吞噬,留下你独自对抗暗黑。如果你不把孝道的土壤送给父母,等到父母的根断了,你也将成为无根的植物。如果你不把孝道的水珠洒向母亲枯萎的荷叶,如果暴雨再次来了,将无人保护你不被淋湿。

三十四、 论尊严

一

在智者讲道之时，不少听道者都向他问有关尊严的问题。有人认为尊严与衣食无关，是否有尊严也无伤大雅，并不是太大的问题，有人则认为尊严是非常重要之事，于是大家一起向智者寻求解答。智者说：

尊严对于一部分人不成问题，这是因为，他们不是以尊严作为食物之人。尊严既不构成他们的血肉，又不构成他们的骨骼，然而，对于另外一些人而言，尊严则是不可或缺。尊严就是他们的食物，没有尊严就无法生存。尊严就是他们的清水，没有尊严就会干渴而死。尊严就是他们的空气，没有尊严就会窒息而亡。

对于世人而言，不是你们选择的尊严，而是尊严选择的你们。有人就是天生不爱尊严之人。有人则天生就被赋予热爱尊严。

毕竟尘世之人的灵性有限，即使你们有双脚走路，我也希望你们能长出翅翼。即使你们用双手抓握，我也希望你们能获得额外的巨手支持。即使你们是血肉之躯，我也希望你们能平添金刚的力气。即使你们是肉骨凡胎，我也希望你们能获得额外的灵气。这一切都可以求助于尊严，尊严是你们人性的骨头，尊严是你们人性的坚硬内核。

二

尊严是由钢铁制成的刀剑。虽然刚硬，却更容易折断。卑下是柳条制作的玩偶，虽然柔软，却能保全自己。然而，如果能选择，我宁愿你们是钢铁制作的刀剑，却不愿意你们是柳条的玩偶；我宁愿你们选择尊严，也不要选择出卖尊严获得的权势；我宁愿你们选择尊严，也不愿意你们选择用尊严交换的财富。

尊严可以使瘦弱者力量倍增，尊严可以使贫穷者获得额外的资产，尊严可以使流浪者获得家园，尊严可以使年老者青春重返，尊严可以使矮小者变得伟岸，尊严可以使丑陋者获得荣光。

尊严来自实力。警察只要有警察的权力，无论穿什么服装，都会带有尊严的威慑力。医生只要医道高明，即使没穿医生的衣服，他们照样有尊严的实力。你们见过艺人扮演帝王，然而，你们见过他们有真正成为帝王的吗？

一只狮子可以战胜一群牛羊，即使它们有利爪尖牙，其力量源泉却来自尊严。无论多么庞大的牛羊群都不能战胜狮子，这是因为上苍剥夺了它们的尊严。

尊严是别人主动给予的，而不是自己跪求的。你们见过乞丐能够在他人门前乞讨来剩饭，你们见到过他们乞讨到尊严了吗？你们见过兀鹫能够在狮子嘴里求得一些残羹，你们见过它们求到尊严了吗？

金钱可以买来尊贵，却买不来尊严。即使你们有亿万身家，也不一定买得起尊严的脊柱。即使你们身家巨富，也不一定支付得起尊严的内核。

你们不应将尊严用于交换。你们能用金钱交换自己的脊柱吗？你们能用金钱交换自己的灵魂吗？你们能用金钱来交换自己的人性

之核吗？如果金钱可以代表一切，这个世界就不应存在。如果金钱能够购买一切，这个世界就接近于毁灭。

恭顺不能换来尊严。真正勇者的尊严是依靠战斗获得的，而不是依靠温顺成就的。你们以为恭顺可以换到对方的恭顺，却只能换来轻视。你们认为自己的顺从可以使得对方高看，却只能被对方看低。

尊严是值得你们可以为之一战的东西。敌人可以从你们的尸体上跨过，但是，却不能从你们身上跨过。敌人可以毁坏你们的头颅，却不能在你们的尊严上跳舞。

三

没有尊严之人属于尘世低等之人，将没有上升到苍穹的机会。这是因为，这些人天生缺乏飞升的基因。他们天生具有佝偻的脊柱，却没有冷峻的骨头。他们天生具有沉重的肉体，却缺乏向上的灵气。

尊严与权势无关，权势不一定带来真正的尊严。这是因为拥有权势者还会遇到更有权势之人。权势与金钱无关，金钱不一定带来真正的尊严。这是因为，金钱还会面对威压金钱之人。

贫穷者不一定尊严贫乏，知识广博者不一定尊严广阔。贫穷者的尊严可以由知识支撑，而知识广博者的尊严却可能因没有贫穷支撑，更会变得尊严扫地。

即使你们身家不菲，如果没有尊严，则这种金钱也不能为你们带来高贵。即使你们权势火焰旺盛，如果只是在下层面前趾高气扬，而在上层面前没有尊严，那么，即使你们可以用卑下换来地位，却换不来尊严。即使你们的面孔是微笑的，内心却是枯寂的。即使你们的身形是健壮的，内心却是患有疾病的。即使你们在人前耀武扬威，然而，在夜深人静之时，你们的内心也只能蜷缩在黑暗之处疗伤。

　　没有尊严的生活即使表面光明,实际却也暗无天日。没有尊严的酒宴即使丰盛也食之无味。没有尊严的获赠即使获得也是失去。没有尊严的爱情即使拥有也会后患无穷。

　　有什么样的主人,就有什么样的奴才。没有尊严的主人是不会有尊严的奴才的。你们看奴才的尊严缺失,就可以知道主人的面目。因为主人还有更高位阶的主人。

　　不要以为丧失尊严者更为温顺,他可以对你没有尊严,也可以对别人没有尊严。丧失尊严者可能只是为了保全自己。如果这些人发迹之后,其会将丧失尊严之痛完全反馈给你。因此,你不应将他人的尊严完全踩于脚下,这将会种植下萌发仇恨的种子。

　　丧失尊严者最不可结交,他们连尊严都可以出卖,当然也可以出卖你们。出卖尊严者不可重用,他们都可以将尊严用来交换,将来必定也可以用你们作为筹码进行交换。尊严是检验人品的试金石,对于丧失尊严之人,你们还能希望他正直吗? 对于丧失尊严之人,你们还能希望他具有道德的自律吗? 丧失尊严之人都不尊重自己,难道还会真正尊重你们吗?

　　你们看见过彻底丧失尊严者成就过伟业吗? 即使小有所成,这也是将自己尊严自唾其面的结果。你们见过丧失尊严的野兽成为王者了吗? 尊严消失,它们就丧失了争霸的勇气。你们见过丧失尊严的游鱼称霸大海了吗? 它们只能隐藏在岛礁的暗处谋生。

四

　　自敬者天敬之。只有你的内心有了尊严,能够尊重自己,上天才可以给你尊严生长的土地。只有在你的内心种下尊严的种子,上苍才可以让你的种子发芽。

　　自尊者他尊。你只有维护自己的尊严,尊严才能维护你。你只

有把自己看作是主人，别人才不把你看作是奴仆。只有你能控制住自己的头颅，别人才把它当作头颅。

尊严是你们入选的门槛。没有人性之尊严，就没有灵魂之高洁，也就没有入选的资格。尊严是筛选的筛子，将筛出道德干瘪者，将剔除美德枯干者。因为这些人丧失了正直人性滋生的水分。

尊严是上天赋予的人性顶峰，只有少数人才可以傲然站立于其上。因此，并不是任何人都能享受尊严的荣光。

如果你们想要飞行，就应先长出干净的羽毛。如果你们想要登高，就应先长出适合攀爬的骨骼。如果你们想要跨越，就应先长出健壮的腿脚。

你们不需要华丽的服装，自尊就是你们最华丽的服装。你们不需要宏大的庄园，自尊就是你们最好的门面。你们不需要盛大的仪式，尊严是展示你们最好的威仪。

无尊严则无翅翼，无尊严则无长力，无尊严则无灵气。

我希望你们眼睛里盛满江河，不希望江河里飘荡着你们无数的眼睛。我希望你们耳朵里荡起天风，而不希望天风中到处飞舞着你们的耳朵。我希望你们胸腔里充满尊严，而不希望你们的尊严充满虚空。

三十五、 论子女

一

围聚智者听道的人除了他的门徒外,其他就是慕名而来之人。智者的儿子已是少年,也从远方的城市赶来看他,此时他站起来说:父亲,你一生都是为他人讲道,却很少为家人讲道。那么,请问你对子女有何看法呢? 智者说:

有人为自己而活,有人为他人而活。有人为自己的家庭着想,有人为他人的家庭着想。有人为今生而活,有人为来世而活。有人今生终生都不能点燃,有人通过点燃今生的灯火来照亮来世。

没有两个完全相同的人,也没有两条完全相同的道路。尽管你是我的儿子,我们也只是两条长期相交相逢的道路,而对于其他人而言,则是偶然相逢,是否陌路,未为可知。没有人可以完全复制他人。即使你有我的血脉,也没有我的经历。即使你有我的经历,也没有我的经验。即使你与我长的面目相似,我们的思想却不是相同。

在座各位听道之人,你们都有父母。我对自己的儿子所言,也是对你们所言,他是我的血缘后裔,你们可能是我的道之后裔。

子女是父母保存在人间库房里的种子,因为父母将不能再次生根发芽,就需要种子将长生的希望延续下去。子女是父母撒在河流

里的鱼卵,即使要经历狂风巨浪的洗礼,但是,父母的不老愿望还是希望借助子女延长。子女是父母维护不老传说的希望,只要血脉延续,父母就可以永远不死。

世人都想长生,一种是在血脉中长生,一种是在道中长生。在血脉中长生需要依靠后代延续,在道中长生则需要在道中开悟。

二

如同信仰中出现了奇迹,你出现在我的庭院。

相信已为父母者都有如此的感觉,当面对幼年子女之时,在子女微笑时整个世界的花朵全都开了,在子女哭泣时整个世界都暗了。子女的小小身子有着巨大的吸引力,可以吸引父母全部的目光。

你是偶然落到我家庭院的种子,有雨水正巧降临。你的眉目让我似曾相识,你的小小身体让我无限欣喜。但是,你不完全是我的,如同我不完全是你的一样。你将走你自己的道路,我不希望你重复我当年的道路。

你的善良闪现着光辉,让星月无光。你的稚趣洋溢着泉水,让枯燥的环境趣味横生。你的笑容是上苍赐予的瑰宝,任何金钱都不能交换。你稚嫩的歌声压倒尘世一切的声音,让雷霆黯然失色。

血脉是世上直接相连的河流,即使千年以后,从鱼在河流中跃起的姿势,就知道彼此的气味,也知道彼此的形状。父子是这条河流中最近的上下游流水,即使上游逐渐干涸,也会努力把水流到下游。我当年千辛万苦,将整个家庭连根拔起,从清贫农村移植到繁华城市。我当时心底忐忑,并不知这是对是错。世上许多事本无对错,只要方向正确,就能抵达终点。

即使你面孔逐渐成熟,但是,我希望你的心灵一直保持纯真。即使你的肉体逐渐成熟,但是,我希望你的灵魂一直保持纯洁。

我对你没有过多的要求，如同当年你的祖父对我所做的那样。我只想你从一棵稚嫩小树长成健壮大树。至于高度如何，这是我能要求的吗？你的高度取决于清水浇灌根须的程度，取决于灵洒在你树冠的多少。

三

你从一条小鱼长成大鱼，需要面临周围各种鱼的竞争，需要面对惊涛骇浪，需要防备不被其他大鱼吞噬，需要在波浪滔天时心境澄明，保持定力，其中的难度我自然深知。

在激流中泛舟，即使你只剩下断桨，也应拼命击水，而不是中途放弃。在峻岭中攀登，即使你只剩下一只鞋子，也要坚持向上，而不是中途下山。在沙漠中跋涉，即使你的水壶中只剩下一滴水珠，也要一直向前，而不是中途返回。只有经历苦难后才能在内心找到安宁，只有在困苦之中才能发现力量。

我的内心希望你静依在家庭的港湾，我的思想却希望你盘旋在天穹之上。我不愿给你打造豪华的羽衣，却愿意给你指引向上的道路。我不能为你建造豪华的宫殿，即使再为豪华，如果你的能力不足，也不能保卫。我不能给你亿万身家，即使富可敌国，没有德行，也不能守住。

虽然我知道苦难能够锻炼心性，但是，我却不能让你选择我的道路。谁又能心甘情愿选择苦难呢？众人都是被苦难所选择。苦难可以锻炼你的坚韧，苦难却并非人人所遇。你与我不同，我是独力与苦难抗争，你却有我在关键之时为你升起灯火。

不要做与德行不相配之事，骏马虽快，你要能驾驭。刀剑虽利，你要能挥舞。否则，你就会摔下马鞍，刀剑就会伤到你自己。

你需要把道德作为资本，而不要因道德负债。道德资本积累不

易,负债却容易。

我希望你掌握德行,却不希望你占有财富。即使你拥有巨额财富,你能被羡慕,却不一定被尊重。

所有的危险都是思想上的危险,然而,当你思想枯萎,你的肉体也会慢慢干枯。即使思想是一把双刃剑,我还是希望你能佩戴这把宝剑,以便在关键之时保护自己。

四

我只能给你提供灯塔的方向,却不能给你指出具体的道路。我只能给你送去制造火炉的泥坯,却不能为你提供火炉。我只能为你提供制造梯子的材料,却不能为你提供梯子。

我只能赠送你马鞍,却不能一直牵马送你同行。我只能送你船帆,却不能与你同舟。你是你自己的主人,我也不是你的随从。

人世充满风险,也洒满光辉。我只能在狂风时努力为你扶住树干,在暴雨时为你遮住狂飙,在干旱时为你引来溪水,在缺少养分时为你带来肥料。

你继承我的德行比继承财富重要,你继承我的能力比继承学问重要。德行可以终生受益,财富却如过眼烟云。能力可以使你动静自如,学问只能使你枯守书斋。

你应行公义,公义之路虽然可能路途曲折,却是唯一正路。你不可行不义之事,不义之路虽然表面迅捷,但是,永远难以到达终点。

你应与人为善。世事难料,波涛汹涌,我不能护佑你一生,而善良之美德可以护佑你终生。善良是最好的铠甲,但是,关键之时你也要掌握勇敢之武器。如果善良不能保护你,那么,你可以用勇敢维护自己的尊严。

如果能够选择,你不可选择权势,而是要选择知识。权势太盛,

容易伤到自己。知识则和缓如泉水，可以慢慢浇灌自己。如果能够选择，你不可选择诡谲多变之政治风雷，而是要选择智慧。选择政治风雷可能飞翔九天，选择智慧可以让你心安无比。

我也有疲倦之时，在我疲倦之时，希望你在我疲倦的躯体里长出绿叶。我也有落叶之时，在我落叶之时，希望你能在我的落叶里长出青草。

我也希望我的担心皆是多余，上苍让你降临到我的庭院，一定为你配备了相应的能力。上天让你降落到人世，一定为你配备了自保的武器。你也无需过多担心，有黑暗，就会有光明来平衡。有心魔，就会有道来平衡。你无需感到孤独。你的血脉中有我，我的血脉中有你。我们一起生长，让彼此皆感安宁。

万事谁能先定，万事唯有前行。你尽行正道，莫问前程即可。

三十六、 论仇恨

一

在智者讲道之时，一位中年学者站起身来郁闷地对智者说：夫子，我是一个领域的学者，几经辛苦，终于在行业中有所成就。但是，本行业有一位同行，虽然我和她并不熟悉，只是点首之交，但是，只是因为一点利益，她就屡次三番刁难于我。现在愤怒已经冲到我的头颅，仇恨已经积满了我的胸膛。请问如何对待仇恨呢？智者说：

仇恨产生都有其源头所在，如同你看见火光，无论多么跳跃，都是由光源发出。这种光源可以是职业利益，也可以是权势利益。然而，职业利益可以与权势利益相转化。你与她的职业利益竞争，就可能影响了她的权势利益。

你不要以为只是一点利益。利益具有魔力，对一些人来说就是鸿毛，对其他人来说就是泰山。如果她真是有能力之人，再大的利益也轻若鸿毛，因为她还是有能力创造利益。如果她是道德高尚之人，再大的利益也可以忽略不计，因为道德的光辉会照亮她的内心。如果她是无能之人，利益在她眼里就可能重如泰山。如果她是道德低下之人，没有道德之光的照耀，她也会把利益放大无数倍。

你不要以是否熟悉来看待对方，应当以利益为轴来考虑对方。

即使你与她再熟悉,也不如利益和她熟悉。利益与她须臾不离。即使你与她亲近,也不如利益与她亲近。此类人为了利益甚至可以放弃至为亲近之人,何况你呢?

你的才能显示了她的无能,这等于小偷被当场揭露而发现了罪证。她能不憎恨你吗?你本来确实没有得罪于她,但是,你的错就在于你比她高大,这使她显得矮小,这就是她憎恨而陷害你的理由。你仇恨她属于对等,她仇恨你则属于随机,无论是谁触犯了她的利益,都是她的仇人。对于道德侏儒,任何比她更高的人都是坏人,都值得仇恨。这成为她活着的动机,并且她用这种仇恨鞭策自己,否则就不能保持生活的平衡。

不要以为你不熟悉她就不会憎恨你,你的成就超过她,她就会把你作为对手而仇恨你。只有对手才会仇恨对手,你对她的仇恨就是她对你仇恨的反照。她是因为竞争妒忌而产生对你的仇恨,你是因为无端被陷害而产生对她的仇恨。因此,你的仇恨站在了道义的更高之处。

即使她通过背后陷害你而暂时得到精神缓解,但是,却同时得到了一条更为坚韧的绳索,这将她捆得更紧,更难得到解脱。

二

仇恨是一种不断燃烧的煤炭,在你没有将其浇灭之前都是如此。仇恨是漫天遍地的乌云,在仇恨没有变成雨水之前都是如此。仇恨是深埋于地下的火山,在平静的表面下集聚着力量,无论是否冲破岩层都是如此。

仇恨是一个善于变化的魔王,它会成为你心中想要的形象。仇恨魔王可以变成水的形式,仇恨之水无孔不入。如果你内心的大坝不够坚固,它最终将会使你的内心坍塌。仇恨还会化作你想象的盟

友,在你旁边煽风点火。然而,等到你邀请它出面之时,却又消失得无影无踪。

仇恨既是动力,又是伤害。如果你将仇恨的火焰适当引导,这就可以成为锻造你自身纯度的火炉。如果你没有控制仇恨火焰的能力,它将会烧毁你的生涯。不仅会毁掉你的房屋,也可能会毁掉你的地基。

愤怒是发泄仇恨的烟囱,但是,你在喷出浓烟之时,也同时污染了自己。仇恨是喷发的火山,不仅能够烤焦对方,也会灼伤自己的胸膛。如果不加控制,在火山灰埋葬了对方的同时,也可能把自己埋葬。仇恨是用愤怒熔炼的刀剑,仇恨越大,愤怒就越大,熔炼出的刀剑就越容易伤人。刀剑锋利可以伤害别人,也容易伤害自己。仇恨可能会让对方恐惧,然而,你也并不一定能得到心安。

三

君子不可怕,小人最可怕。这是因为君子具有宽容之品行,而小人具有阴险之特性。然而,如果君子只是将仇恨化作荒漠甘泉,一味宽容小人,这虽符合君子之修行,却会放纵更多小人出现。

即使再为仇恨,你也不应和毒蛇直接对峙。因为如你的成就者毕竟稀少,而毒蛇则众多。你应防止与毒蛇两败俱伤。

你也不应畏惧。对于你的敌手而言,如果她在背后设下陷阱,这正说明了她的心虚。只有卑鄙者才会心虚,品行高洁者的内心则从来都是坦荡。你可以用率真的性情去揭穿她虚伪的面罩。如此不仅是为自己,也可以使众人警醒,防止被此类阴险之人再度蒙蔽。

仇恨再大也应有边际,仇恨应有法之界碑,仇恨应有德之界墙,仇恨应有理智之边界。你可以在法内的田地里处理仇恨,却不能在法外的水域里使仇恨发泄。你可以在道德内解决仇恨,却不能挑战

道德之底限。你可以在理智的边界内处置仇恨,却不能超越理智的界限。如果你不能用智慧的火把照亮仇恨之道路,那么,将会在疯狂中越走越远,直到失去控制。

四

对方是作为仇恨根源的淤泥,你可以在其上生长出花朵,也可以用它制造出火药。如果你能够在仇恨的淤泥里生长出花朵,那么,你的灵台也能长出花朵。如果你用仇恨制造火药,你的灵性也将被污染。仇恨无边无际,如何把握可以体现你的智慧,也可以提升你的智慧。

对于挑起仇恨者而言,你是易燃的柴草,她却是到处摇晃的火把。如果你本身潮湿,她也不能将你引燃。如果她是纯净的流水,再怎么流淌也与你无关。

你迈不过仇恨的门槛,就迈不过自己。人间的最高门槛莫过于财色。你与她是竞争对手,阻碍了她的财源和名利,因此,她绝对难以跨越自己的门槛。如果她不能迈过,你应首先迈过。如果你不能迈过这道门槛,就永远如她一样都是门槛面前的侏儒。如果你迈不过门槛,永远也别想进入门内。

仇恨的种子是由你的对手在你的内心中种下,然而,却是你在给这些种子浇水施肥,使得其蓬勃长大。

你应知道,仇恨对方同时也是伤害自己。仇恨对方也就是轻视自己,是将自己降格为与对方德行同等的程度。即使你不能比她攀登得更高,然而,却不能让仇恨带动你比她坠落得更深。

在仇恨的火焰上升时,你可以前往淙淙溪流之处,借此浇灭自己的无名之火。你可以隐入青青翠竹深处,这里是让仇恨变淡之处。你可以前往江海之中,天高云阔,让一蓑烟雨浸湿你尘俗的烟火。

　　仇恨是难以越过的高山吗？只是你陷入了山中罢了。仇恨是难以横跨的沧海吗？只是你人在海中央而已。如果你不能放下，成为局中之人，将永远陷入仇恨的迷谷之中。如果你的仇恨过于沉重，以沉重的身体将无法渡过苦海。如果你的仇恨所占的空间过大，将会失去修心的空间。表面看你是在努力控制仇恨，但是，如果你进入仇恨之后，就可能被仇恨所控制，从而成为仇恨的奴隶。

　　人生真是苦旅。人性诸苦，贪嗔痴孽海无边，你却必须得穿越。即使障碍重重，你必须得放下。心火不灭，仇恨不息。执念无边，仇恨无际。不破执念，不入涅槃。不宽恕仇恨，你也不得安宁。不超度仇恨，你也无法永生。

三十七、 论善良

一

在智者讲道之时，一位年轻人站起来提出一个问题，他说：夫子，我有一个善良的朋友，为人天性淳厚，但是，他却英年早逝。我本人也是善良之人，却经常受到不公正的对待。为什么善良之人不长寿？为什么善良之人更容易遇到不平之事？这让我很难理解。请问善良有用吗？我们应该如何看待善良呢？智者说：

善良不是灾难，它是上苍额外赐予你们的礼物。当然，这些礼物可能会有额外的负担。任何获得都会有它的代价，只是你们不一定在当时能看到价格的表单。

你朋友的善良不是他患病的原因，却是他更早获得祝福的原因。如果不是善良给他的福报，他可能还要在尘世受苦。正是由于他的善良，上苍让他早证大道，早离苦海。上苍扫去他尘世的尘埃，给他穿上天穹闪光的服装。

你的善良并不是你的负担，而是对你的考验。并不是每个人都能获得善良的祝福，也不是每个人都能被选择。你被选择也应接受更多的验证，如同铁石必须在炉中才能炼出钢铁，刀剑必须经过淬火才能锋利一样。

二

善良是天下无敌的武器。即使善良者柔软,却不易于受到攻击。即使被攻击,也不能使其受到过大的伤害。因为善良有反弹力,善良也有感化力。相反,邪恶者虽然强硬,但是易碎,也容易受到攻击。如果你们保持善良之心,这可以将善良之光给予他人,他人也会将善良之光反射给你们。

善良是通用的货币。美貌是有期限的,善良的适用时间则是终生的,甚至是隔世也能用以兑换的。你们在今生积累的善良美德,你们的子女也可以将这些无形财产兑换成现实的财产。美貌则是有保鲜期的。即使是风情万种,也有落幕之时。即使是风华绝代,也有成明日黄花之时。你们有见过不老的容颜吗?你们有见过不褪色的颜色吗?相反,正如美好的东西易于毁坏一样,越是美丽的瓷器越难以保存,越是美貌越是易于衰老。

美貌只是你们敲开门户的手指,而善良则是可以登堂入室的保证。美貌是一时的悦目花朵,善良则是四季常开之花。善良永不凋谢,而美貌则有时间之界碑,越过这个界碑,就会衰败。

善良是尘世的一种仙药,它可以使腿脚残疾者健步如飞,它可以使耳聋者听得到林间的鸟鸣,它可以使眼盲者看见整个世界的活力。善良可以使五音不全者唱出美妙的歌曲,这是从灵魂深处发出的声音。善良也可以使冻僵之人复苏,善良可以使死去之人复活。

善良是一种对外开放的心胸。善良者的胸膛是开放的,任何人都可以走进去做客。善良者的心胸是透明的,任何人都能把它作为镜子对照自己。善良者的花朵是绽开的,任何人都可以在其中采蜜。

善良是你们的最好袍服,即使是衣衫褴褛,善良也可以自带光辉。善良是你们最好的宅院。他人的宅院都是固定的僵死之物,你

们的宅院可以随身携带，可以随时用其遮挡风雨。善良是最好的基因，如果你们为后代遗传财富，后代可能无法自保，但如果你们遗传善良则可以保护后代。

善良可以使面貌丑陋者迷人，善良可以使低矮者变得高大。善良可以使地底之人升到地面，善良可以使人世的底层跃居人世的高层。

只有被善良所照耀的人，才是黑夜中自带灯火之人。即使旷野暗黑，但是，你们的善良也会使四周灯火通明。

善良者不知恐惧，因为你们心里没有魔鬼。善良者不知卑微，因为善良使你们脊柱坚实。

三

善良是一种易于被污染的清水。那从小获得善良祝福之人，随着年龄增长，善良却逐渐退隐。因此，成熟世故是善良的大敌。善良不仅是低年龄者的优势，也更易于在低阶层发生。这是因为，特别是在资源有限的情况下，你们获得的财富，往往是以善良为代价交换得来。你们获得的权势，也可能是出卖善良的结果。因为在尘世的光滑阶层向上攀登，你们必须充分利用心机，而这样则可能会污染你们善良的心性。

毕竟人性土地的空间不是没有限制的，你们种植一种植物，就会限制另外一种植物的生长。你们种植高粱，就会遮住甘薯的阳光。你们种植玉米，就会与大豆竞争养分。你们种植尔虞我诈之心机，那么，善良将可能会被淹没，从而被不良人性所淘汰。

狡诈是挖空的大坝，善良则是坚实的根基。对于狡诈之人，表面上其巍峨如山，其实已经中空。狡诈之人欺骗成了习惯，他在欺骗别人的同时，也会欺骗自己。他在使别人成为受害者的同时，自己也会

成为受害者。对于人格伟大者而言,你们的根基建立在善良之上,你们只管向上堆积石块建筑大坝即可,不用考虑底座的坚固程度。即使你们是慢的也是快速的,即使你们是遥远的也是近的。即使你们是愚笨的也是聪明的。

你们不要相信伪善的呼喊口号者,而是要相信沉默者。你们不要相信喜欢高歌者,而是要相信行动者。善良者往往都是沉默的泥土,不管别人口号多么响亮,自己只是默默种植庄稼。善良者是沙漠的骆驼,不管别人如何高唱,自己只是携带货物横跨沙海。你们不应相信纸张上的涂抹者,而是要相信事实的验证者。不管在纸张上画的房屋如何豪华,也不能够居住。即使善良者只建造方寸的茅舍,也可以供人们躲避风雨。

善良是有才能的表现,而狡诈则是无能的体现。善良者即使不用心机也能登上高峰,而狡诈者费尽心机也不一定能达到目标。这是狡诈者采取狡诈手段的原因,同时,这也验证了他们的无能。

善良者并不是不知道狡诈及邪恶,只是由于其本性不愿揭露。你们认为白昼不知道有黑夜吗? 善良者不是去斥责黑夜,而是用自己的光明对比黑夜之黑。你们认为善良者不知石岸里面就是淤泥吗? 善良者不是去痛批淤泥,而是用自己的坚实证明淤泥的沦陷。善良者对邪恶者不会采取鞭笞的方法使其肉体痛苦,而是用行动感化邪恶者的灵魂。

不要用善良来兑换金钱,这是因为,善良是不能被污染的,污染以后就很难再恢复清澈。不要用善良来交换权势,这是因为,善良是不可再生的,如果善良者得到权势,善良可能就会一去不复返了。

四

人性诸多,世人多面。善良者建造坚固的房屋,狡诈者只是建造

暂时容身的建筑。善良者建造的房屋可以居住，而狡诈者建造的房屋却是海市蜃楼。善良者修建长远的道路，狡诈者修建短期的浮桥。即使长远的道路费时费力，但是，只要建成，就可以一片坦途。即使浮桥能快速搭建，上面却隐藏着无尽的风险。

善良者是用善良的砖石建造来世的建筑，狡诈者是用狡诈的迷雾建造今生的蜗居。即使有强大的风暴，也很难摧毁善良者的砖石建筑。然而，如果狂风巨飙来了，瞬间就可以把狡诈者的迷雾吹散。

善良者的墓志铭是用巨石雕刻的，狡诈者的墓志铭是用腐木雕刻的。善良者的墓志铭雕刻虽然困难，却能恒久。狡诈者的墓志铭雕刻虽然迅速，腐朽也迅速。

在所有的修行之中，善良乃最初基石，它可以通往一切道路。如果没有善良，则一切道路不通。如同邪派武功，修炼越快，越会走火入魔。善良是人性到神性的必经之路，没有近路可以绕过。在所有的修行路径之中，善良是你们度过劫难的庇佑之地，否则，你们将会万劫不复。

修行之路有千条，然而，都是从善良出发时。如果你们的修行之路不能完成，可能只是无法迈过善良这道最初的基石。如果没有善良，即使你们表面上登得高了，也是低了。即使你们走得远了，也是近了。即使你们走得迅捷了，也是缓慢了。没有善良，你们得重新再走过一遍。

凡是与善良者为邻的人有福了，因为他们可以享受隔壁延伸的绿荫。凡是与善良者为友的人有福了，因为他们可以把善良者当作镜子，从而发现自己脸上的灰尘。凡是与善良者共同泛舟的人有福了。即使落水，他们也不会溺水。凡是与善良者同处旷野的人有福了。即使周围陷入暗黑，他们也会感受到安宁。

三十八、 论生存

一

在智者讲道之时，一位中年人站起来说：夫子，我由于出身微寒，为了生存做过一些违心之事，也说过一些违心之话。我后来进行了反思，对此感觉到深深的后悔，请问如何对待因生存做过的这些事情呢？智者说：

生存是最难以回避之事。无论我们做何种事情，其目的都是为了生存，这是推动我们基本活动的永远动力。如果生存动力不在，尘世也将不在。尘世最早都是围绕生存而建。城市是生存的高级形式，农村是生存的低级形式，其都建立在生存的地基之上。

我对你的做法深有感触，也对此深深叹息，这就是人间无奈之事。特别对于因为贫寒而做出的违心之事，或者因生存而做出的违规之举。只要没有挑战道德律及法的底线，都是可以在月光下行走的行为。即使不能得到日光的祝福，但是，在普遍的黑夜中，这些也都能获得月光的许可。

你对自己因生存所做的违心之事进行反思，你因反思而感到后悔，这本身就可以说明你的灵性没有泯灭，只是尘世的尘埃漫天遍地将你的灵性遮盖而已；只是由于人间的迷雾过于浓厚，淹没了你灵

性的身影而已；只是群山的迷谷过于幽深，使你的灵性暂时迷途而已。只要你能够反省，就能洗去身上的尘埃。只要你能反思，就能冲破迷雾。只要你能够再度清醒，就能找到走出迷谷之道。

二

我对你走过的生存之路深表同情。我知道你当年是如何在田地里耕种，黄牛都休息你还是不能休息。因为黄牛当时的价格远高于你。我知道你在寒冬如何对着油灯苦读，有人怜惜灯油却没人怜惜你，因为灯油需要金钱购买，你却不用。我知道你当时饥饿时对着炊烟充饥。炊烟是饭食的隐喻，你却是饥饿的隐喻。我知道当年你尝尽人情寒雪，却无人为你加上一件冬衣。

众人都知道你的表面风光，我却知道你的内心暗淡。众人都知道你身穿华服，但是没人见过你冬日身穿单衣。众人都知道你才华横溢，但是，没人知道你如何通过绝地求生的方式获得知识。

你是逆流中的游鱼，如果你正常游动，瘦弱的身躯将会如同狂风折断的芦苇。你是暴雨中的逆行者，如果你循规蹈矩，将成为雷电之下的祭祀之物。你是沙漠之中的跋涉者，本能赋予你可以获取周围的一切水源，否则，你就会干渴而死。你是冰山之上的攀登者，天性赋予你可以采取任何取暖的方法，否则，你就会成为冰山永久的邻居。你是冰封的河上的捕鱼者，本能强迫你捕获一切可以得到的鱼，无论大小，否则，你就会变成水中的骷髅。

无论多么焦渴的旱天你都经历过，与在阳光下的沐浴者不同，你知道阳光鞭子的重量。无论多么诡谲多变的风雨你都经历过，与在豪宅中欣赏风雨者不同，你知道每一次风雨的真切含义。无论多么炎凉的世态你都品尝过，与只在纸张上的涂抹者不同，你知道炎凉的真正温度。

我知道你在无数次浇水施肥后等待花开的心情，我看到过你无数次横穿沧海期盼陆地的眼光。我感受到你在贫乏土地上等待召唤的焦渴，我也看见你独自一人对抗大风的苍凉。

三

无论多么高尚的事业都是建立在生存基石之上的。离开这个本能，尘世的巨轮将不会转动，巨轮下将会躺着无数的生灵。离开这个本能，整个阶层的大厦都会不复存在。

生存是尘世中最为重要的法则，其他法则都位居于其下。你认为那高出尘世的道德律能超越一切吗？那只能说是在解决生存需求之后。在人类蒙昧时期，丛林中是不存在道德律的，最大的定律是生存律。生存律是道德律之母，解决了生存的食粮之后，才会有道德律的冉冉上升。

生存是本能之根，善良是灵性之根。在尘世中最为基础的生存本能没有满足之前，要求世人满足天穹中灵性的要求，这本身就是无根的浮萍。

为了基本生存而获得是无罪的。在你的生存降到濒危边缘时更是如此。你从别人那里拿走一点食物，那是生存。然而，如果你过多地拿走别人的食物，那就是盗窃。

如果不能熬过生存挑战，就没有机会反思。如果没有机会反思，也就没有机会觉醒。只有你在喂养自己的肉身之后，才能有机会喂养自己的灵魂。

你因生存而努力，努力却不是只为了生存。你不应沉迷于生存的迷恋，还要在梦的深处觉醒。你取得了生存所需的奶酪，也要取得灵魂需求的智慧。如果你拥有了生存的稻米，也要看稻米田地之上的天穹。你满足了口欲之后，也应满足心之欲。你满足了胃部的基

本的感官,也应满足头颅的思想。

在满足基本的生存条件之后,你应将道德律重新悬挂到天空。上苍再次给你机会,并不是让你再次浪费机会。你应将自己获得的荣光,反射到那尚还处于漆黑中的人身上。

你在保存自己的种子之后,也应将火种传递给他人。你将自己的火种点燃之后,也应引燃他人的火种。你应在上岸之后,也应牵引别人一起上岸。

四

在面临生存还是死亡的选择之时,你选择死亡,可以证明你的高尚。但是,如果你选择生存,谁都没有资格指责你的卑下。如果你不采取曲折的方式生存,就无法保全自己,那么,也将无法在今后的道路上温暖他人。

每一项的付出都会有代价,上天把你降临到这个世上,并不是为了羞辱你。如果你感受到羞辱的话,那只是为了生存的代价,这也是上天提前标好的价格。真正的羞辱是你爬上了生存的堤坝,还不想教人学会游水。真正的羞辱是你登上了生存的彼岸,却忘记了此岸。真正的羞辱是你拿到了生存的火把,而没有向他人传递。真正的羞辱是你点燃了自己的生存之火后,却熄灭了其他处于更为黑暗之中的灯火。

你应在不做乞丐后要学会施舍。你应在越过贫穷的壁垒后学会慈善。你应该在获得鱼之后,转增他人大饼。你应在获得火光之后,向他人转赠温暖。你应在别人赠你灌溉的水源之后,转赠他人炎炎烈日之下的绿荫。在狂风暴雨中你应在自己的根须获得支持而不倒后,向你的邻人伸出扶助的根须。

在暗夜里,如果只有你自己发光,无论多么耀眼,周围还是漆黑。

在大风中，如果只有你自己对抗狂飙，无论有多少力气，都可能会被连根拔起。在暴雪中，如果只有你一人前行，无论多么熟悉道路，也将会迷途。在旷野中，如果只有你一人站立，无论勇气如何惊人，都会感觉到孤独。

你应在万马奔腾时找到蹄声所在，你应在光线明亮时知悉光源所在。众生皆苦，上苍把你拔擢而出，就是让你拯救众生。如果不是如此，你将会重新沦陷。众生皆为干渴，上苍给你洒下雨水，不是让你独自得到滋润，你应将甘露撒给他人，否则，你也将再次干渴。你不应独占上苍的恩宠，你自己占有一片天空之后，也应为他人保留一片天空。如果你不能给予他人河流，至少给予他人一滴水珠。如果你不能给予他人一片草场，至少给予他人一根青草。

你可选择的道路只有两条，你可以从夜色中出发，然后到达光明，或者你进入光明之后再重新坠入夜色。前一条道路是从生存到飞升，后一条道路是从飞升再坠落回生存。

三十九、 论希望

一

　　正当智者讲完一个问题，这时一位面容清癯的中年人士站起来说：夫子，我听你讲道很长时间，你的很多回答都让我茅塞顿开。因此，我专门向你请教自己的困惑。我历经坎坷，感觉自己的获得从来不是轻而易举之事。即使在别人是举手之劳之事，在我这里也变得异常艰难。我感觉上苍既不想让我完全失望，也不想让我完全绝望。这更让我迷惑不已。我到底是有希望？还是没有希望呢？既然希望是那么重要的一个问题，请你为我们讲解一下希望吧。智者说：

　　希望其实是一种预兆。这种预兆给你以信心，防止你在到达终点之前突然陷入绝望的沼泽。即使厄运不幸降临到你的身上，如果同时也给予你希望，这意味着一种弥补或者平衡，这说明你没有被抛弃。

　　在关键之时给你希望，并让你沿着希望之路前行。即使这条道路十分曲折。然而，这也是一种好的启示。如果上苍想要你彻底沦落的话，就不会给你任何希望了。

　　每一次预示都有其深刻的含义。如果雷霆中想让你保留，你将

不是被烤焦的枯木，就一定会长出绿叶。如果暴雪中想让你保留，你将不是冻僵的野兽，就一定为你留下御寒的炉火。如果狂风中想让你保留，你将不是风中的败草，就一定为你留下安全之处的房屋。

二

希望是埋藏在冬天荒草以下的小小青草，其他人不知道，但是草根知道。希望是居住在早春柳枝内室的绿芽，其他人不知道，柳枝知道。希望是冬眠的青蛙的微弱呼吸，其他人不知道，青蛙知道。希望是久病之人逐渐恢复的气力，其他人不知道，病人知道。

希望是冬夜里疲惫旅人心中的火柴，只要火柴能够点燃，旅人就不会恐慌。希望是遥远之处家园的灯火，只要灯火不熄，旅人就还能回家。希望是旷野中忠诚的友人，只要有希望，就不是一个人独自荒凉。希望是沙漠商人的旅伴，只要有希望，就不会孤行。希望是濒临死亡者的心火，无论这点火苗多么微弱，只要能够闪烁，人的生命还将会跳动。希望是坟墓下埋藏的精魂，只要精魂能够被灵洒过，还会复生。

希望是经历漫漫长夜后东方天际发出的第一缕阳光。希望是饥饿欲死时闻到的第一丝饭香。希望是产房外焦虑等待的父亲听到的第一声啼哭。希望是贫困中母亲听到儿子的第一次读书声。

希望是沙漠旅人远方甘泉的召唤。希望是溺水者远方陆地的吸引。希望是眼盲者外面世界光明的敲门之声。希望是耳聋者百鸟争鸣的呼召。

希望难道不是俘虏心中自由的影子吗？只要有希望，即使关押了俘虏的身体，他们的精神还可以自由。如果没有希望，即使他们的身体被释放，精神也将会被囚禁。希望难道不是乞丐的财富吗？如果没有希望，乞丐将会终生乞讨。只要希望还在，乞丐就不会在乞讨

之路上永远流浪。希望难道不是病人健康的号角吗？如果没有希望，病人可能会被疾病的苦海淹没。只有希望，才能帮助他们上岸。希望难道不是贫穷者的庄稼吗？如果没有希望，贫穷者可能提前被贫穷扼住喉咙致死。只有希望，才能使他们等待下一年的收成。

希望是尘世上最高的一座圣山上点燃的圣火。它昼夜不停燃烧，即使最强劲的天风都不能将它吹灭。希望是天穹之上闪烁的启明星，即使是再为暗黑的夜晚，都可以为你们指示方向。

希望是怜悯，是上苍从天而降的甘霖。上苍给你们赐予希望，这说明你们仍然是被希望之光选择之人。即使你们暂时遭遇厄运之灾，但是，你们最大的危险不是房顶的瓦片落下，而是房屋的希望支柱坍塌。

三

如果你们陷入绝望的无底深渊，不是希望之火熄灭了，而是你们的心火熄灭了。如果你们的心火熄灭了，即使最闪耀的圣火也不能照亮你们内心的黑暗。

如果你们不被绝望坍塌大厦的断壁残垣所压垮，就是希望给你们留下了逃生的窗口。然而，有时不是希望的骨骼不够坚硬，而是打击的力度过于强大；不是希望的火苗过于微弱，而是绝望的力量超过了人力所能抵御的范围。如果你们的骨头只能承受树枝砸下的重量，你们就不能抵御大厦倒塌的掩埋。如果你们只能承受泥土短暂的封闭，你们的头颅就不能承受深埋于淤泥之下的窒息。如果你们只能承受湖泊风浪的冲刷，就难以抵抗怒海的惊天骇浪。

在绝望的雨点不断敲打你们的屋顶之时，你们要学会反击。但是，在绝望的雷霆震动天地之时，你们却要学会忍耐。你们的生命在天地狂飙之下只是易断的芦苇。你们的生命在天火之中只是易燃的

枯草。你们应当内心祈祷，没有过不去的风雨，没有永远震动不息的雷霆。

你们见过完全遮住阳光的乌云吗？即使乌云遮天蔽日，这不过是希望暂时被遮蔽罢了。你们见过从来没有星月的暗夜吗？即使星月暂时隐退，这是希望暂时退席罢了。你们见过永远淹没陆地的海水吗？即使海水涨潮时波浪滔天，但是，这只是希望临时出走而已。你们见过从来不轮回成白天的黑夜吗？这只是希望也在休息，终究也会有苏醒之时。

在希望冬眠之时你们要学会忍耐。没有一个冬天之河不可跨越，没有一个春天的青草不能萌生。

喜悦是忧郁的前沿，欢乐是痛苦的隔壁。安慰就在恐惧的边缘，幸运就在厄运的临近。你们都如此接近了，没有什么理由再放弃。

只要再跨过一步就可以到达终点。你们只要在料峭的春寒里再等待一刻，就可以看见春暖花开了。你们只要在冰冻的河流里再等待一刻，就百舸争流了。你们只要在枯木旁边再等待一刻，就绿意盎然了。你们只要在干涸的河床再等待一刻，就水声潺潺了。你们在希望的道路上如果一直向前，成功还会远吗？

四

希望与智力无关。低智力可能有低智力的希望，高智力却可能丧失了希望。希望与财富无关，贫穷者的希望可能不愿熄灭，豪富者却可能丧失了希望的斗志。希望与权势无关，无权者可能希望意志强烈，权势者可能希望意志微弱。

希望与你们的求生本能有关，求生本能越强，希望的火绒就越易于点燃。希望与你们的生存意志有关，生存意志越强，希望就越易于生长。希望与你们生长希望的土壤有关，无土壤不能种植种子。希

望与你们希望的种子有关,种子越是结实,希望的果实越是饱满。希望与你们种下的希望之因有关,种下的希望之因越是深厚,结出的希望之果越是甜美。

如果天降不幸,不幸不是最大的悲哀,绝望才是你们最大的悲哀。如果你们命运多舛,命运的阴影不是最大的阴影,你们失去对命运的抗争才是最大的阴影。

只是你们需要保持肉体康健,肉体康健是希望的支柱,而希望又是灵魂的支柱。你们无需恐惧,希望所在之处,恐惧不在。你们无需孤独,只要希望之光照耀,你们将不会孤独。

你是上苍选择的种子,只是暂时不能发芽而已。你是灵光照耀的大树,只是让你暂时不能开花而已。如果你把灾难当做是考验,你就会有希望。如果你把命运的不幸作为筛选,你就会有希望。

我不是你的希望,我只是希望的召唤者。我不能给你漫漫长路的骤马,只能给你赖以扶持的希望拐杖。我不能给你未来,只能给你点燃未来的灯火。有灯火就会燃烧,只要燃烧就会带来希望。

我不能呼风唤雨,但是,我可以召唤希望。心可以被拯救的人才能得救。自救者天救,自救者永得救。只有你们抱有希望,希望才会来援救你们,你们自己才是希望的根。如果你们努力生长,就能长出树木。你们才是希望的因,如果你们顺流而下,就可以看见希望的果。

四十、 论恐惧

一

参加智者的讲坛有诸多职业人士,但是,其奔向智者的目的却是一致的,都是为寻求道的真义,解决内心的困惑。此时,一位听道者站起说:夫子,虽然我经历颇为坎坷,但是,仍算职业中的佼佼者。但是,为什么我总是不安,并对未来抱有恐惧呢? 请给我讲一下恐惧吧。智者说:

你的坎坷经历可能会帮助你克服恐惧,但是,这种恐惧很多时候却是你的坎坷所孕育的果实。即使二者相距遥远,仍然可以看出其中的端倪。

你在世俗中的成就并不一定是帮助你克服恐惧的拐杖,却有可能是增加你残疾的原因。你的恐惧不仅来自于想要的不能获得,而且来自于已经获得的可能失去。

恐惧是埋藏在人性深处的种子。即使你表面安宁,看不出迹象,然而,恐惧却真实地居住在你的内心,并且在你心中留下阴影。如同秋雁在平静河面掠过,即使稍纵即逝,却会给你内心以暗示。如同飞鸿掠过天空,即使看不到痕迹,然而,这种痕迹实际却镶嵌于你的内心。

尘世中恐惧树林结果甚多，只要成为林中人，就无人能够避免。众人结出恐惧的果实是必然，果实的形状和颜色却不一定相同。

即使恐惧是人性的大敌，对于恐惧，你却不应消极躲避。恐惧如影随形，你越是害怕恐惧，它越是离你更近。你何必害怕恐惧呢？无论是否害怕，恐惧就在那里，就融于你的生命和生活之中。你并不是为了躲避恐惧而来到这个世界的。恐惧是一个他能看见你，你却难以看见对方的敌人。你无法祈求躲避，只能抵御。

二

你的恐惧是对未知的恐惧。未知的死亡，未知的疾病，未知的职业生涯，以及未知的人性陷阱，无不让你深感恐惧。

最大的恐惧无非是对死亡的恐惧。这是因为，自从世人出生以后，就踏入了无边的苦海之旅。这是一条可短可长的单向旅程。即使你努力保持静止不动，时间却带你极速下坠。即使你努力伸手，也无法抓住任何可以抓握之物。这比梦境中的下落更为现实，能够毁灭你于不觉之中。这是对时间的恐惧，而时间是死亡的使者，它会强制带着你走完全程。无论时间长短，生死都是最难以跨越的天堑。即使是最为睿智之人，都很难安然横渡生死苦海。

对疾病打击力度的未知，是恐惧的一种重要面目。疾病是附随在人生之树上的天然伤疤。即使有医生的医治，却只能修改疾病的形状，不能修改疾病最终的方向。疾病是一种携带人的身体向下坠落的邪恶力量，很难用人力去彻底挽回。

对未知的职业生涯的恐惧，也是导致你内心不安的重要因素。特别是你出身于艰辛之中，步步维艰，没有任何多余的试错机会。毁掉你的职业生涯易于毁掉一片秋天黄叶。你的职业表面上可能光鲜，其实没有多少能承受外界风雨打击的硬度。

你的不良人性是上天为你设置的恐惧陷阱，贪、怒、忧、色，人性诸苦与你终身相伴，然而，这些都是人性的魔鬼，它们带来的恐惧就在于诱使你入局，你却浑然不知。

三

你的恐惧之树种植于无法把控的未来之中。命运的每次暗示，你都不知道是祸是福。即使它面带微笑，却可能背后暗藏杀机。你不知命运的杀手躲藏在哪个阴暗之处正准备对你袭击。可能它面目凶狠，却只为磨练你的意志。这种未知的恐惧会无限延伸它的时空，从而使你深陷于恐惧的追缉之中。

你的命运种子种植在不安的土地之中，即使你能够千辛万苦钻出土地生根发芽，曾经历过的无边暗黑的是你恐惧的根须。你的命运果实必将会坠落到无边的黑暗之中，你未来的命运是你恐惧的末梢。

你的人生开启于没有父母保护的危险之地，你能不恐惧吗？你刚从一个恐惧的深渊爬出，瞬间又跌入另外一个未知的深渊，你能不恐惧吗？你不知道命运是在考验你还是在戏弄你，你能不恐惧吗？你的未来都处于变幻莫测之中，你能不恐惧吗？恐惧不仅把你囚禁在黑暗之中，还让你丧失了对光明的期待，你能不恐惧吗？

恐惧是无助者的恐惧。在你幼年之时独自被锁在暗夜的空房之中，你心中能不遗留恐惧吗？在青年之时你孤苦一人面对诡谲多变的尘世，你能不恐惧吗？你一生独自在心路的沙漠跋涉，无人在困境时提供你一滴清水，你能不恐惧吗？你一生看尽人间世态炎凉而爱之光辉却极少照耀，你能不恐惧吗？你的一生都在不可知的命运激流中沉浮，你能不恐惧吗？

你不应恐惧鬼神。你如果相信鬼神，就无需恐惧鬼神。如果你

心中没有鬼神，那更无需恐惧。在尘世之中，你可以恐惧人，也不应恐惧鬼神。人对你的威胁要远远大于鬼神对你的威胁。

四

我只是恐惧的震慑之钟，而不是根治恐惧的医生。我只能给你带来人性之光，让你去走克服恐惧之路。你的恐惧实际来自对自己的恐惧。你的恐惧不是存在于你的脑海吗？如果恐惧将你的内心绑架，你将成为它的奴隶。如果你的内心不会屈服，恐惧将会空手而归。如果你的内心足够强大，在战胜自己的同时也将征服恐惧。只有你战胜恐惧，恐惧才会落荒而逃。

恐惧是人心中最敏感的琴弦，稍微有一点风声就会拨动。恐惧是隐藏在人性中的魔障，来自其他不良人性。它们之间互相配合，企图一起将你驱赶进绝境。然而，无论何时，爱、希望及善良都是你战胜恐惧的忠实盟友。即使恐惧的黑暗无边无际，爱、希望及善良都是最值得信赖的护卫。

你应借助希望来克服恐惧。希望是上苍赐给世人的羽衣，有了希望，即使没有翅膀也能飞翔。如果你的人性沉重，在尘世中孤独难行，希望是尘世之上的大风，可以为你吹荡去恐惧的暗尘。如果你有希望，即使你被人性恶之尘埃掩埋，希望也会使你爬出。即使你被疾病的淤泥所深陷，希望的臂膀也可以将你从淤泥中牵引出来。有了希望，即使生死苦海都可以横渡。有了希望，即使是死者都可以在墓地里重生。

爱可以使恐惧退避三舍。作为贪婪、嫉妒、愤怒等诸多人性之恶的补偿，爱是上苍特别赋予人类的解药，以此作为人性的平衡剂。即使你深陷重病之中，爱的药剂可以缓解你的疼痛。即使你濒临死亡，如果有爱的臂膀拥抱，你将会获得安宁。即使你深陷死海之中，爱的

船只也会努力再送你一程。

善良是你修行的根基，也是你克服恐惧的忠诚友人。你之所以恐惧，不是担心自己的人性恶行被惩罚吗？无论恐惧什么时候来临，善良都会点燃火把，将安宁送到你的心中。善良者不知恐惧。善良者内心一片空明，没有为恐惧留下藏身之地。你的邪恶欲望越多，就会发现最终旷野中只剩下你孤独一人。只有你人性之恶下沉，善良人性上升，你才不会一个人在恐惧之路上独行。没有善良护佑，你越是努力驱赶恐惧，实际上却是在吸引恐惧来临。

无欲者无恐惧。恐惧是附随欲望生长的树木。欲望越多，恐惧也越大。你有无限人性之苦，就会为自己设计无限的陷阱。你表面上是为自己建造宫殿，实际上是为自己建造牢笼。你表面上是为自己设计华服，实际上却是作茧自缚。

如果你自己发光，就无需害怕恐惧。爱、希望及善良都是让你发光的光源。如果你放弃了发光，也不会害怕恐惧。你已经一无所有了，还有什么可以惧怕的呢？一抔黄土不会恐惧另外一抔黄土。

四十一、 论忧郁

众人在智者讲道声音中越来越投入，此时，一个以文化为职业的人提出关于忧郁的问题。此人站起说：夫子，虽然我自己并没有忧郁，但是，在我们这个文化知识圈子里，越是纯净的文学写作者越容易忧郁，越是时髦或者流行的写作者却越是精神正常。请问这是不是违背了正常之道？我们又该如何对待忧郁呢？智者说：

疾病并不都是黑色的，忧郁就是白色的疼痛。疾病并不都是可以谴责的，忧郁疼痛中就含有歌唱的种子。即使这种歌唱是悲哀的，但是，悲哀的歌声也会打动世人，悲哀的种子也能结出纯粹的果实，悲哀的树木也能给人以忧郁的清凉。

忧郁是贵族之患，它代表了高贵的精神。忧郁者的忧郁不是因为自己的希望破灭，而是忧郁别人的希望不生长。

忧郁者的忧郁不是疯狂，忧郁者的沉默不是代表没有话语。忧郁者不是不知将被尘世所伤，只是因为，如果如此安排，他们必将如此选择。

二

忧郁者的面孔是湿漉漉的花朵，就开在雨后的僻静草丛之上。忧郁者的歌声是湿漉漉的，其就飘扬在老街的风声中。忧郁者的衣

服是湿漉漉的,其衣袖飘飘在晨曦的露水之中。忧郁者的眼睛是湿漉漉的,其就停泊在人类的苦难之中。

　　忧郁者是以梦为马之人,其骑行的疆域就是无限的国土。忧郁者没有家园,他们一生都在寻觅家园。之所以忧郁者永不停息,这是因为他们的家园的漂流也不停息。忧郁者是以阳光为灶火之人,他们的食物需要靠阳光来煮熟。只要阳光移动,他们也会终生追随。当然,他们收集这些太阳的火把,不仅是为了点燃自己,也是为了点燃世人。忧郁者是以月光为烛之人,忧郁者即使在夜里也不会固定栖息。因为他们知道,如果他们停止了脚步,那时间将会把他们更快地挪移。他们的时间不多,而世人没有被月光浸湿的却很多。忧郁者采集月光之后泪水就流淌下来,更多的人将会被淋湿。

　　忧郁者是尘世中的流浪者,他们为了纯洁世人而甘愿被放逐。忧郁者是被月光漂白的一群人,越往高处越能听见他们敲击月亮边缘的声音。忧郁者的脚步从来不掺杂匆忙,尘世中的喧嚣不能在他们的脚下生根。

　　诗人是忧郁的,诗人是因为世人而被忧郁缠绕的人。如果没有诗人给尘世带来纯情,世界将不值得留恋,只是一地的烟火而已。如果没有诗人给世界带来寂静,世界将不值得惋惜,因为世界就成为一个狂欢的场地。如果没有诗人给世界带来知识之美,这个世界将不值得居住,因为世界将成为一片不毛之地。

　　忧郁者昼夜都无遮无拦,世人只是在夜里卸下伪装。世人是虚伪久了忘记了真实,忧郁者是真实久了忘记了虚伪。

　　忧郁者是大水中的巨石,不论波涛如何翻滚,他们都是以同样的方式静卧。忧郁者是人群之中的树木,无论世人眼光如何,他们都保持同样的站立姿势。

　　忧郁者被道路所选择,也走自己所选择的道路。无论世人如何徘徊,忧郁者都知道自己的方向。无论世人如何讥笑,忧郁者一直前行。

忧郁者站立在人群之中如同站立于旷野。忧郁者处于人间如同处于荒漠。忧郁者不是被旷野改变的人，他们的使命是要改变旷野。忧郁者不是为荒漠所改造的人，他们的任务是改造荒漠。

三

忧郁者不应被尘世所排斥，忧郁者是尘世中最为纯洁的一群人。忧郁者心中不会藏有心机，而是将自己的透明内心展示给周围的人群。忧郁者的眼没有被金钱污染，纯净如深山中的淙淙泉水。忧郁者并不是没有微笑，忧郁者的微笑深藏在内心之中。

世人不应讥笑忧郁者，他们还没有获得忧郁的资格。世人不应用异样眼光看待忧郁者，是世人的异样，而不是忧郁者的异样。

忧郁者不是看不懂你们的讥笑，而是不屑于和你们讥笑的藤萝进行纠缠。忧郁者不是不懂你们的世情，只是他们不愿意让世情淤泥沾染自己。

如果你们能为洁净世界带来清风，你们就有资格讥笑忧郁者。如果你们能为自己带来隔世的荣光，那你们就可以嘲笑忧郁者。

忧郁者是上方信息的启示者，他们的心弦可以更为敏锐地感知来自上方的敲击。如同早春河里的鸭子更能感知水暖，如同敏感的动物更能感知地震的先兆。而世人由于陷于人性的各种陷阱，已经丧失了这些感官。如果危险到来，不是忧郁者没有警示世人，而是世人置若罔闻。

忧郁者在更高的别处建造了自己的村庄。世人能看到他们的脚步，却听不到他们的声音。世人能看到他们的篱笆，却看不到他们的庭院。世人能看到他们的灶台，却看不到他们是为谁制作晚餐。

忧郁者啊，你们咳出的鲜血都染成花朵了，你们呼出的气息都制成凉风了。但是，你们不是赏花者，而是养花者。你们不是乘凉者，

而是造风者。

世人啊,你们为忧郁者点燃一点烛火,将会得到满天电光。你们为忧郁者送上一滴水珠,将会得到一泓清泉。你们为忧郁者送上一枚树叶遮挡风雨,将会得到树林如伞的庇护。

四

恐惧者是为自己而恐惧,忧郁者是为他人而抑郁。恐惧者或者为过去而恐惧,或者为未来而恐惧,都是围绕本人建巢。抑郁者则是为现在而抑郁,是围绕他人建造居所。

忧郁者的忧郁日子必将过去,你们所付出的潮湿必将换得晴朗的天空。凡是被忧郁所浸湿的人,都是被灵所祝福之人,会被拔擢于天穹之上。

我知道你们是代表什么而来,你们带来了上方的启示。只有你们能够听懂上方的声音,世人由于过于喧嚣已经无法听懂更为纯净的语言。

由于你们是世人中被挑选之人,因此,你们的行为必定不会和世人雷同。你们的忧郁是为了保留欢愉的秘密,你们的潮湿是为了保护干燥的秘密。

你们这些忧郁的使者,是自甘生活于流浪的部落。这可避免尘世的烟火熏染。你们这些忧郁的草木,甘于居住在村庄之外,是为了防止被尘土污染。你们这些尘世中的忧郁者,自愿生活在城市以外,是为了防止被城市所玷污。

每份付出皆有其回报。即使世人无法明白,我明白这其中的计算。凡是下游的流水皆是来自上游的积累,我明白这其中的因果。

抑郁者知道他们道路的最终方向。被灵所浸湿的种子将会发芽,被万物土壤所拥抱的抑郁者将会再生。被尘世树木所掩盖者,也

将会重回他们的窠臼。

　　牺牲自己内心的,内心深处的青草必将茂盛。牺牲面目的,面目的镜子必将光可照人。牺牲手脚的,必将获得翅翼。牺牲耳朵的,必将听到无限声音。牺牲眼睛的,必将获得无限光明。

四十二、 论农夫

一

在听智者讲道的众人当中，大多数都是衣冠楚楚者。此时，几位衣衫褴褛的农民从村庄及田地里赶过来，他们一起向智者诉苦说：夫子，我们劳碌一生，从子宫到坟墓之间一直都在劳作，却仍然贫苦不堪。那么，我们到底是为谁辛苦，为谁劳碌呢？你讲过对其他职业的看法，现在请你讲一下如何看待农民吧。智者说：

农民是尘世中最为辛苦的蜜蜂。你们终日劳作，追赶着季节。你们在春天的土地上进行春耕，并播下希望的种子。在夏天的期待中浇水除草，使希望的种子迈过从希望到现实的艰苦路程，直到秋天才将这些种子的后代养育长大，并小心翼翼地将它们送往各地嗷嗷待哺人的口中。

你们终身采蜜，经历了百花的盛开，但是，你们自己始终没有盛开过。你们终日采蜜，却不是享有花蜜之人。你们拿采蜜所得全部去建造蜂巢，以及喂养其他的蜜蜂。

你们是整个家园的守卫者，不仅守卫着土地，而且守卫着劳动的美德。你们不仅守卫着土地的坚实，而且守卫着家园的平安，从而防止整个家园陷入危险之中，防止整个阶层的道德堕落。

二

农民啊,在尘世间,整个世界不都是你们喂养的吗?整个世界都围绕你们而生长。你们喂养了农村,农村因你们而长大。即使农村到处都是你们的树木,但是,你们家中的梁柱却属于最为纤弱的那类。即使到处都是你们生产的粮食,你们的食物却是最差的那种。即便到处都是你们的土地,你们却只能在最为贫瘠之处耕种。

你们喂养了城市。即使城市中人位于更高的阶层之上,但是,这是建立在你们身体上的结果。他们居住的宫殿,不是以你们的骨架为屋梁建成的吗?他们宫殿的灰泥不是你们的血肉混合的吗?他们的华服不是你们辛苦种植的桑麻精心编织的吗?

整个大厦的建造都有赖于你们完成。你们并不需要感恩大厦顶部的任何一个部分。整座大厦的任何部位都应感恩你们。尘世中任何大厦拥有你们都是莫大的福气。

你们的头发如同乱草,但是,你们的内心却如青草。你们的面孔被泥垢所沾染,但是,你们的内心却没有被沾染。你们的衣衫褴褛,但是,你们内心的礼仪却是异常干净。

一个人真正的纯洁不是看身上是否有泥垢,而是看心中是否有泥垢。真正的整洁不是看外表是否整洁,而是看灵魂是否整洁。一个人真正的伟大不是看身躯是否伟岸,而是看行动是否伟大。你们看见哪一个阶层做出过如此多的付出?你们看见过哪一个族群将自己的收获全部献出?

农民有无数的庄稼做伴,必将不会孤独。世人啊,你们有什么呢?只有空旷大厦的人,必将淹没于孤独之中。农民有干净的草木为邻,世人啊,你们有什么呢?你们的灵肉将陷落于无边的娱乐之中。

世人啊，农民是你们真正的衣食父母。如果你们真的有喉咙，应该把最为优美的歌唱给他们听。如果你们灵魂真的可以舞蹈，应该把最动人的舞蹈献给他们。

三

世人啊，无论你们住在多高的塔顶之上，都不应轻视你们的衣食父母。即使再为遥远的河流，毕竟有其发源之处。再长的因果链条，在上游也能发现最初的原因的足迹。你们在血统渊源上，不是流淌着农民的血液吗？在河流的源头上，你们不是农民开掘的河流所滋养的子女吗？你们的尊严不是农民尊严所遗传的吗？在终端意义上，你们不是吃着农民的乳汁发育的吗？你们多占的，都是农民失去的。你们的气力长在农民的脚跟之处。你们是站立在更高之处的果子，然而，你们的养分来自树木的根部。

世人啊，你们不应盲目相信自己的光辉，你们的光辉只是劳动者的光辉的反照而已。你们不应溢美自己的礼仪，你们的礼仪只是建立在劳动者的礼仪基石之上而已。你们不应炫美自己的光洁面孔，你们的面孔不也是用农民的汗水洗净的吗？

农民啊，高位的世人没有资格在你们面前炫耀。谁见过尘埃在舞蹈时嘲笑太阳呢？即使他们的舞蹈再为优美，不就是矫饰的劳动姿势吗？他们的俊美面目来自你们的奶酪，他们的强健骨骼来自你们的牛羊。他们的飘飘长发来自你们的谷物，他们的纤细腰肢来自你们的青绿蔬菜。

世人没有资格轻视你们，如同没有资格轻视自己的乳母。如果他们见过农民披星戴月劳作就不应轻视，如果他们看见农民胼手胝足辛劳就不应轻视，如果他们看见农民将血液为高位者做酒就不应轻视，如果他们看见农民用汗水为高位者做茶就不应轻视。

农民啊，不要理会那些见到你们掩鼻而走之人，你们种植的稻谷里面不是还有稗子吗？你们是上苍的筛子筛选过的种子，他们不过是尘世之网中缠住的飞蛾而已。

不要在意嘲笑你们谈吐粗俗之人，云雀之中不是还会混杂乌鸦吗？你们的话语是最为真实的话语。爱就是爱，恨就是恨，从来不会加以虚饰。

不要理会那些嘲笑你们出身低微之人，他们可能已经忘记，他们的祖先的根都深埋在你们这里。他们对你们的嘲笑是一面镜子，正好暴露了他们自己的卑微。

低微不在于出身，而在于生长。你们能生长多少谷物，你们的身躯就伟岸多少。高尚不在于门第的豪华，而是在于内心的繁华。即使他们豪华的门第也有赖于你们支撑。如果你们拆去砖瓦，他们的门第也会坍塌。

那翩翩起舞者能为世人种植庄稼吗？那引吭高歌者能为世人带来粮食吗？那滔滔不绝者能为世人带来时蔬吗？那长篇大论者能为世人带来奶酪吗？

那些面无表情的高位者才是真正的道德残疾之人，你们为他们当作拐杖，他们却不知感激。你们为他们做牛马，他们却熟视无睹。

世人啊，你们的幸运在于有这么一个自甘为泥土的阶层。你们可以在上边种植花木，你们可以在上面唱歌舞蹈，你们可以在上面建造宫殿。如果农民不复存在，整个阶层也将不复存在。

四

农民啊，如果付出没有回报，那就是违背了人之道。如果你们的呼喊在山峰之中得不到回声，那就是违背了天之道。即使是再为微弱的声音，终究也会上传到天穹之处。

由于你们站的位置过低，因此，你们的声音难以向上传递。我就是你们向上传递声音的使者。你们不识文字，因此，虽然有口却只能无言，我就是你们在尘世的代表，我将把你们的话语传达给天穹。

世人啊，如果你们不能对农民感恩，说明你们内心已经彻底坠入了暗黑之中，再熊熊燃烧的大火也不能将你们温暖，再闪耀的星月也不能防止你们迷途。如果你们不能对农民感恩，再高声的呼喊也不能将你们唤醒，因为你们就是耳聋之人，你们就是装睡之人。

感恩是弥合阶层缝隙的灰泥。没有感恩，即使各个阶层近在咫尺，也会相距千里。即使表面上固若金汤，实际上也是千疮百孔。

在田地里生长的人，将会最早获得生机。因为他们手脚的触须直通大地。在高山打柴之人，必将获得登高捷径。以粮食哺育众人的人，必将是最先被灵洒过之人。

那在喧哗市声中沉迷之人，因为他们的耳朵过于喧嚣，从而无法辨别真正的声音。那只是听见一种声音的农民，必将是最早听到天穹召唤之人。

世人啊，你们只需弯腰，就能接近地气。只有你们接近地气，才能真正恢复生机。

能够感恩者，必将被恩泽照耀。能够弯腰者，必将被露水之灵浸湿。

四十三、 论慈善

一

在智者讲道之时，一位听道者踌躇再三才最终站起来说：夫子，我是一个家境平常之人，做的也是非常平常之事。我经常在自己能力所及范围内做一点数额较小的慈善。因此，我本来不打算说这么小的事情，然而，我也想替做慈善者向你请教，请问如何做慈善呢？智者说：

你不必因做慈善奉献太小而惭愧，应当惭愧的是那些从不做慈善之人。即使针尖再细，也能穿透纸张。即使慈善再小，也能照亮世人的内心。

如果你家境一般去做小的慈善，这并不比家境巨富之人做大的慈善更低。慈善比的不是体量，而是真诚。即使你行慈善如细雨，这也能滋润到世人的心中。

你行慈善不用考虑别人是否看见，在天穹之上，无论善行和恶行都有眼睛注视。你是在发自内心地行慈善之事，这与清水从山泉中汩汩而出并无差异。你是真诚做慈善之事，这与上天落下雨水有何区别？你的善行不仅能够滋润接受慈善者，也能够滋润那些从不做慈善的干旱的世人。你的善行本来就超越于金钱之上，善行是不能

用金钱来予以衡量的。

如果你能够对亲人关照，那也是慈善之举。你对他人的关照，就是将慈善的的范围扩大。因此，你亲人的范围也将扩大。

你可能无法成为伟大之人，但是，却可以做伟大之事。慈善就是普通人所能做的伟大之事。

二

你们做慈善不必在意别人的眼光。你们做慈善难道是表演吗？你们做慈善不是给别人看的，而是给自己看的。只要你们内心看到，只要内心有暖流涌动，就说明你们的内心没有完全冰冻。

你们的欲念如同一条汹涌奔腾的河流，你们的慈善则如河流的堤岸。它是你们的道德标志，可以说明你们的私人欲念仍在河中流淌，还没有溃堤。

慈善是长途跋涉的干渴者的水源，慈善是饥饿难忍的贫穷者的粮食，慈善是暴风雪中行人的火炉，慈善是炎炎烈日下路人的绿荫，慈善是滔滔洪水中溺水者的船只，慈善是熊熊烈火中被困者的暴雨。那些奉献善行之人，你们解他人于危难之中，救他人于水火之中。你们的德行超越风雪之上，你们的善行漂浮于洪水之上。

慈善是一项太阳的事业，它可以使你们的其他事业发光。慈善者的光会照耀到尘世，自己也会享受反射的温暖。慈善是一盏暗夜的灯火，在照亮别人之时，同样也可以照亮自己的前行之路。在你们在使别人匮乏的生活发光之时，同样也使自己发光。你们以慈善对待他人，也将获得他人的慈善对待。

慈善是一座高尚的塑像。这个塑像不是由自己塑造，而是由他人塑成。慈善是一种高尚的外表，胜于世上任何华美的装饰。

在慈善中，你们资助的不仅是他人，也是自己。这可以让你们的

内心变得更加饱满，可以让你们的灵魂变得更加充盈。

你们行善能使接受慈善者快乐，你们不也是获得了快乐吗？你们行慈善使接受慈善者获得祝福，你们不也是获得祝福了吗？你们是慈善的种子，在接受慈善者那里开出花朵，你们及众人不都可以闻到芳香了吗？你们些许的善行，就可能帮到他人摆脱困境，这难道不快乐吗？

慈善是你们一切正面行为的向导，吝啬则是一切负面行为的前驱。如果你们能为陌生人做慈善之事，那么，对自己的至亲做善行或者尽孝道则成为不言而喻之事，你们对自己的友人提携帮助也是顺理成章之事。相反，如果你们对陌生人刻薄，对自己亲友也不可能好到哪里去。因为慈善是一种心理习惯，吝啬也是如此。

慈善是你们声名最好的宣传。你们付出一点，就可以收获很多。不论是表面上声名的增加，还是内心声名的积累，都是值得赞扬之事。

大张旗鼓做慈善之人也是高尚的，如同低调者做慈善一样。因为慈善的根长在善的土壤之上，无论枝蔓如何弯曲，都会结出善的果实。

三

世人啊，即使你们的权势再为显赫，有慈善的威仪显赫吗？即使你们的武力再为惊人，能如同慈善般征服人心吗？即使你们的生活再为豪奢，能比慈善更能打动众人的心吗？即使你们才高八斗，但是，你们如果不懂慈善，你们的学问实际上只是为一人而活的学问。等到你们死去以后，学问也将死去。

慈善并不是从你们蛋糕里分出了一小块，而是为你们增加了一大块。慈善并不是分割了你们的奶酪，而是为你们的奶酪增加了

分量。

慈善不会减损你们的财富，而是会保护你们的财富。因为财富本来只是你们一家的，因行慈善而让众多人受惠，这些人就会成为保护你们财富的力量。

不是说凶恶之人做慈善一定就是伪善，即使是恶人也有善心闪光的时刻。慈善即使不能使他们从罪恶中摆脱，却可以冲淡他们的恶之本色。

救狼者从来没有获得过狼的尊重，无论救狼者多么温顺。如果你们做慈善，也要有遇到狼的心理预期。但是，你们做慈善不仅是为了狼，也是为了自己。即使狼最后从天性的泥沼里无法自拔，你们自己从泥沼里却可以上岸。

勿以慈善数目小而不为，这说明人心的冰山已经融化了一角。勿以慈善奉献少而惭愧，再少的慈善也彰显高贵。慈善的大门远比富豪的豪宅大门壮观，慈善的外观远比精心制造的衣服华美。慈善远比长篇大论者更有说服力量。慈善远比滔滔不绝者更善辩。慈善是夸夸其谈者最好的对照，也是对他们最好的嘲弄。

四

世人啊，江河都将流入大海，万物都将回到家园。你们的财物最终也将回到财物的海洋。金钱只是你们手中的过客而已，即使你们的院墙再过高大，住宅再为舒适，财物也不会永远在其中栖息。你们的住宅只是金钱的一个驿站而已。

财富不一定能传给后代，但是，慈善一定能传给后代。即使是隔世，后代也会享受前辈慈善的荫凉。

行慈善并不是为了回报。你们看种植百年才能成材的树木之人，他们是为了自己乘凉吗？你们看在绝壁上凿路之人，一定是为了

自己行走方便吗？如果还有为未知之事做奉献之人，慈善者就是其中之一的部落。那不为价格而作画的画家不是如此吗？他们生时作品可能几乎无人问津，而死后作品却门庭若市。这些画家是为后世做慈善之人，只不过他们的慈善就是画作中的艺术。那不为报酬而写作的作家不是如此吗？没人知道他们为何写作。他们的写作更像是赌博。其实，他们是用思想向世人行慈善之人。世上毕竟有不为金钱而存在的职业，这也是世界最终没有消亡的原因，这也是世界依然运转的原因，这也是人之所以有价值的原因所在。

真正的慈善者是上天选派到人间经商的商人，因此，他们愿意将获得的利润分给众人。真正的慈善者是上苍所委派的农民，因此，他们愿意将粮食喂养他人。真正的行善者是上苍所留下的渔翁，他们愿意将捕获得来的鱼与众人分享。真正的慈善者是上苍选择的猎人，他们愿意将捕获来的野兽分给众人。因为商品是众人的，土地是众人的，河流是众人的，山川及森林也是众人的。如果商人、农民、渔夫及猎人本来就获得的比众人更多，那么，他们也愿意将多得的部分奉献给众人。

并不是说慈善就是慈悲，然而，从慈善却可以开始踏上慈悲之路。在修行道路上难关重重，每次克服都是精进。在修行的道路上台阶层层，每走上一层都是进步。而慈善就是克服恶性之路，慈善就是善行打造的台阶。

四十四、 论娱乐

一

　　智者讲道的地方虽然偏僻,然而,仍然吸引了外地人源源不断地赶来,其中就有正在求学的学子。此时,一位年青学子站起来说:夫子,虽然我处在求学时期,但是,我对娱乐具有深深的爱好,甚至沉迷于其中,请问如何对待娱乐呢? 智者说:

　　娱乐主要是为年青人而种植的植物,它枝叶茂盛,上面有着炫目的色彩。但是,年青人却不一定知道如何享用娱乐。老年人可能知道如何享用娱乐,却不再年青。得到的不如得不到的懂得欣赏,会欣赏的却又可能得不到娱乐的感觉。这就是人生的矛盾,然而,人生不就是在矛盾互动之中延续下去的吗? 如果万事俱知,生活也会寡淡无味。

　　你耽于娱乐并不是你一个人之错。这是你的本性决定。享乐乃人之本性。与本性做争斗,能够全身而退者又有几人? 与娱乐不同,受苦则属于逆天性而为之行为。即使我说得舌灿莲花,可能还不如你的本性缄默不言。

　　你能向我请教,说明你还有对娱乐的警醒之心。这是你内心的觉醒,是灵性之钟在你的头颅敲响。否则,即使最为轰鸣的雷霆也不

能将你惊醒。如果你的内心没有觉醒，只是沉溺于本能之中而毫无节制，娱乐将成为你人性的一大不治之症。

二

因为世人的生活过于辛苦，孤老病死、忧怒痛痴，皆是难以迈过的巨大台阶，因此，上苍就将娱乐赠予人间，以便使世人有片刻的欢愉。

娱乐是舒缓你们精神的药剂。在适度的娱乐中，你们疲惫的手脚可以在娱乐的温泉里获得放松，你们沉重的大脑可以在娱乐的树枝之上栖息，你们悲哀的情绪可以在娱乐的火炉之中融化，你们枯燥的生活可以在娱乐中获得色泽的变化。

娱乐是生活树木上的叶子，这可以使你们的生活绿意盎然。娱乐是你们生活房屋的装饰，有了娱乐，你们暗淡的房屋开始有了不同的色调。娱乐是你们生活餐饮中的调料，有了娱乐，你们的生活就有了更多的味道。娱乐是你们的美容之物，有了娱乐，你们的面容就会更加润泽。

在娱乐的空幻王国里，你们可以与英雄并驾齐行，你们的幻梦借助英雄之梦飞升。你们可以与帝王博弈江山，你们的幻想借助娱乐的虚拟翅翼再生。你们可以与风华绝代的丽人情意绵绵，你们的爱情幻象攀附在这棵想象的藤树上衍生。

娱乐是冲击你们内心的激流，可以防止你们陷入迟钝的淤泥之中。娱乐是不断响起的敲门之声，这可以避免你们智力困于闭塞的城堡之中。娱乐是不断激起你们灵感火焰的油点，这可以防止你们双脚固定在呆滞的土地之中。

日子比沙子更为细密，娱乐可以使日子开在更为灿烂之处。日子比岩石更加坚硬，娱乐的树条摇曳，这可以使日子更加多姿。日子

比长期在大海中行船更为漫长，娱乐可以帮助你们消灭枯燥的日子。日子比粗粝粮食更难消化，娱乐可以帮助你们更好地消化日子。

即使你们再为努力，也不能一直攀登在漫长的山路上，也需要娱乐的驿站供你们休憩。即使你们船只的雄心再为高远，也不可能一直飘荡在骇浪惊涛中，你们需要娱乐的岛屿停泊。

娱乐是你们幻想中的精神家园。在其中，你们卑微的魂灵可能会获得提升，你们本来普通的面孔可能会变得美貌异常，你们本来沉重的肉体可能会飞翔，你们贫乏的生活具有了多变的色彩，你们枯竭的才智可能如有神助。

三

然而，即使梦境再为美妙，也会有醒来之时。你们见过娱乐中的英雄真的救苍生于水火吗？你们相信娱乐中的情痴真的对爱情忠贞不渝吗？你们听说娱乐中的神仙真能长生不老吗？你们见过娱乐中的帝王现实中真的能指点江山吗？他们只是穿了英雄的铠甲而已，他们只是被描画了情痴的面目而已，他们只是假借了神仙的法衣而已，他们只是盗用了帝王的仪仗而已。

娱乐能暂时治疗你们空想不得之疾病，却也有加重你们幻觉疾病的可能。娱乐可以暂时使你们摆脱孤独，然而，却可能使你们陷入更孤独的境地。

那被你们所崇拜的娱乐偶像，可能还没有达到你们的境界，你们却去崇拜，这本身就是自我放弃。其实，你们也不是崇拜这些偶像，而是崇拜他们的皮囊，崇拜笼罩在他们身上的幻影而已。

你们中的痴迷至深者，为娱乐而生，也将为娱乐而死。难道你们只是因为娱乐来到人间，完成娱乐任务就离开吗？

你们不应崇拜娱乐偶像。你们看到的俊男美女皆是戴着面具的

傀儡。你们看到他们外表俊美，内里却可能是空洞的。你们看到她们外貌娇艳欲滴，生活却可能是干枯的。你们看见他们外在表演高尚，其实也可能是卑下的。你们将他们作为生活的向导，他们自己的生活之路却可能都是盲目的。

你们应当坐在台上欣赏，而不应匍匐在地下膜拜。你们应当是娱乐的主人，而不应做娱乐的奴隶。你们的感官应当能控制娱乐的马缰，而不应被娱乐所控制。你们不应深陷于娱乐的深渊，而是应在岸边遥望。你们就是你们自己，娱乐不应是你们的偶像。你们不应幻想进入娱乐的深宅大院之内，成为其中的一员，但是可以作为客人偶尔拜访。

四

如同你们从远方奔我而来，必定有其原因。世人奔向娱乐也必定有他的原因，闪电从天穹奔向大地有其原因，星月从四方集中到天空也有其原因。如果没有吸引，就没有相交。如果没有原因，就不会有结果。然而，有的吸引是太阳对周围星球的吸引，有的吸引则是女巫在大海中的鬼魅般歌唱。有的吸引使你们升腾于天穹，有的吸引使你们陷身于泥沼。

我给你们的讲道，虽然不能使你们迅速获得提高，但是，却能给你们悠长的体会。我的讲道不会损害你们的身心。然而，如果娱乐过度，则不仅会麻醉你们的身体，还将绑架你们的内心。

你们可以在娱乐中获得快乐，这是你们应得的礼物。然而，这种快乐应是使你们灵肉升腾的快乐。如果只是使你们的肉体获得升腾，而将灵魂抛弃在一边，这不是快乐，而是将痛苦麻醉后的感觉，是将孤独催眠后的感觉。

你们应将娱乐看作是努力后获得的奖赏，而不应看作是对生活

无奈后的自我放弃。你们应把娱乐当作使耳朵敏锐的铃声，却不能将娱乐作为治疗你们耳朵的医药。

上苍将娱乐之镜赐予你们，你们应翻到发光的一面，即使更多的人有翻到阴暗一面的冲动。上苍将娱乐作为冬日的温暖赐予你们，你们应当将其作为抚慰，而不是将其作为诱惑。上苍将娱乐赐予你们，是为了你们的行为更加高洁，而不是使你们更加卑微。你们不能只是感官在娱乐中吃饱，灵魂却在娱乐中无比饥饿。

你们不能代替娱乐偶像，娱乐偶像也不能代替你们。你们有追求娱乐之权，但是，即使是最令人赏心悦目的娱乐，也不值得你们用思想去交换。即使是最打动你们的娱乐，也不能用心去作为购买的代价。即使是再为感人的娱乐，也不值得用灵魂去膜拜。

你们对娱乐偶像顶礼膜拜的同时，将压缩自己作为人的存在。你们的卑微是一种习惯，内心强健也是一种习惯。你们会把对娱乐偶像的卑下，延展到你们生活中更广阔的空间。一事卑下，则事事卑下。一事高洁，则事事高洁。

娱乐既不是最大的罪恶，也不是最大的愉悦。娱乐只是处于二者之间。娱乐是否罪恶取决于你们，而不是取决于娱乐。娱乐是否愉悦也取决于你们，而不是取决于娱乐。

四十五、 论写作

一

　　智者讲道中涉及到音乐、画道等内容，但是，尚未涉及到文字写作方面的内容。此时一位身形瘦削的中年人站起来说：夫子，我是一位写作者，是以文字为生的人。但是，我的收入微薄，只勉强可以谋生。相比较而言，许多才智不如我的人却收入丰厚，过着更为滋润的生活。那么，请问你认为写作有价值吗？我们应如何看待写作呢？智者说：

　　如果你是一位真正的写作者，我认为你已经知道了问题的答案，你只是让我肯定你的做法而已。如果你不是真正的写作者，你也不需要我的回答。

　　那真正的写作者不是为金钱而生的，因为他们选择的这个职业对金钱具有天生的排斥性，金钱也天生排斥他们。如果获得了充裕的金钱，写作的精髓就可能不存在了，这是一项专门为甘于清贫之人设置的职业。

　　如果你不是真正的写作者，在写作中没有获得比金钱更为美好之物，你就可以放弃这个职业。毕竟人生中有趣的事情很多，你没有必要将自己放逐于写作的荒漠，也没有必要将自己捆绑在写作的牛车上。

二

你们的写作是一项神圣的职业,你们也是上苍专门选择的族群。既然你们被赋予特殊的使命,因此,就应接受更多的检验。你们应当接受生活之磨盘的研磨,如此你们的作品才会变得坚韧。你们必须接受上苍筛子的反复筛选,如此你们的作品才会变得精细。你们从事这种别人可能避之不及的职业,没有人强迫你们,这是你们内心强迫自己如此。这是宿命为你们预先打造好的道路。

一张白纸没有意义,是写作人给予这张白纸以意义。白纸一般的生活也没有色彩,是写作人的描画,让其出现了光与色泽。写作者如果不写作也没有价值,是写作让其获得了存在的价值。这其中的因果,并不能完全用严密的逻辑予以解释。

你们用苦难之笔,从而使世人欢愉。你们用残缺之笔,从而使世界完整。你们用青蝇之眼,从而使宇宙可观。

如果没有你们,那遥远的历史之轮的痕迹将无人看见。如果没有你们,那至真的善意将无人传播。如果没有你们,那至爱的情意将永远在无人处开放。如果没有你们,那不可测的命运将无人记载。

写作是窥测天意的职业,写作者将上苍对世人的祝福提前预告,写作者将上苍的惩罚提前透露。写作者是从天穹盗火到尘世的人物。他们为了点亮周围,宁愿自己被贫困惩罚,宁愿让疾病寄养在自己的身心之上。

沉迷于写作是你们的一种疾病,只有写作才可能缓解这种疾病,然而,如此却可能导致越病越严重。沉迷于写作的人头顶总是悬挂着利刃,只有写作才能使这把利刃的威胁减弱,但是,这种威胁却可能永远都是威胁。沉迷于写作的人如同背负沉重的铁的包袱,只有写作才能减负,然而,这件包袱却永远难以解脱。

　　写作者啊，你们写作难道不是自我治疗的方式吗？你们的苦难需要通过文字让众人看见。你们孤独的痛苦需要通过文字发散。你们爱情的伤痕需要用文字来抚平。在你们职业陷入低谷时，是文字让你们一直再多走几步，从而找到通往高坡之路。你们与文字彻夜长谈，文字是唯一能够抚慰你们的友人。在你们内心挣扎陷入心魔之时，只有文字才不畏世俗眼光赶来将你们拯救。

　　写作可以为真心写作者提供一条前行道路，即使这条道路看不到尽头，然而，这毕竟远胜于无路。

　　你们在写作之时，既可以认识别人，又可以认识自己。你们的写作既可以纯净别人，又可以纯净自己。你们的写作既可以拯救别人，又可以拯救自己。你们的写作既可以给自己留下痕迹，也给你们的大脑掠过的事物留下痕迹。

三

　　写作者啊，你们的写作如同赌博，如果不能流传下去，你们写得再多也没有价值，只是数量的累加而已。然而，如果你们不写，就一定流传不下去。

　　你们从事文学等类似的写作应有天赋。即使天赋有大有小，但是，这却是你们在文字田地耕耘的种子。没有种子，无论你们多么勤奋，都不会发芽及结出果实。天赋是你们点燃自己的火。如果没有火，无论你们多么干燥，都不会点燃。说书艺人说了一生的英雄，却成不了英雄。绘画师傅画了一生的图画，也成不了艺术家。评论人一生都在评论写作大家的优缺，但是，其却成不了写作大家。

　　即使是处于最为优秀的写作者之列，能流传下来一本书就不错了，就属于上苍对写作者的厚爱，其他都是为了赚钱或者谋生。因此，写作者的绝大多数作品都是无用之功，除了谋生之外没有其他价

值。或者说绝大多数写作者做的都是无用功。这就是写作者的
宿命。

文字是一种自然流出的东西，你们越是向一个方向努力，越是达
不到那个方向。

一气呵成的作品是你们的树木结出的果子，虽然你们可能不知
道是什么时候埋下的树木种子。然而，没有悬空生长的植物，任何花
木都是有根的。这些作品既是你们现在的作品，又是你们过去的作
品。作品有时只是停留在门后，你们只要轻轻推门，就可以将其引领
出来。然而，作品有时却在天涯之外，任凭千呼万唤，却始终不愿
出现。

你们写作不可追求功利。如果你们对待笔下的文字功利，文字
也会对待你们功利。即使你们身家巨富，但是，并不能够买来才气。
即使你们权势滔天，这并不能带来才思。与住在巨富家的深宅大院
相比，珍贵的文字更愿意栖息在树叶凋零的树枝之上。真正的写作
者不应将写作作为牟利的工具，而是应该将其作为雕刻人间面目的
文字之刀。打磨这把刻刀最好的磨石是苦难，过度安逸只能让其逐
渐变钝。如果你们写作只是为了金钱，那么，你们就会成为金钱的奴
仆。你们受雇于金钱，写出来的文字就是金钱的声音。如果你们的
写作只是针对权势，你们就会变成权势的附庸。你们依附于权势，写
出来的文字就是权势的文字，你们只是握笔的傀儡而已。

四

世人延续不死的希望有两种方式，一种是你们的孩子，这是你们
的血脉延续，在你们后代面目里印上你们的面孔，在你们后代的影子
里重叠你们的影子。另外一种是依靠写作，让你们的思想在作品里
延续，让你们的魂灵在作品里再生。

　　食物是延续世人肉身的必需之物。作品是延续世人思想的必需之物。无论这两根柱子哪根折断，世界将不会完整。缺少粮食，世人的肉体将会陷入饥馑。缺少作品，世人的灵魂将会枯萎。

　　缺少写作人的伟大作品滋养，即使世人营养充足也是瘦削的，即使身体强壮也是干瘪的。食物让世人获得了存在的根基，写作人的作品则让这种存在具有了意义。

　　世人啊，如果你们要膜拜，就应膜拜那用血来写作的真正的写作者，他们从写作开始就放弃了自己，他们不是为了自己而活。你们崇拜就应崇拜那用心来写作的真正的写作者。他们的作品不是用手书写，而是用心之耕牛，牵引着沉重的犁铧在人心里留下沟壑。

　　写作者为世人在寒雪中提供火炉，世人就不应使其冻死在旷野。写作者为世人在炎热中提供了绿荫，世人就不应使其热死在荒漠。世人拥抱写作人如同房梁一样的笔，即使寒冷也是温暖的，即使干渴也是有生机的，即使枯燥也是有色彩的，即使苦难也是可忍耐的。

　　写作是一种态度，是一种抗争。这是对抗孤独、平息愤怒、澄明心境的一种最好方法。

　　只有写作，才使写作者懂得。只有懂得，写作者才会智慧。只有智慧，写作者才会慈悲。只有写作者慈悲，世人才会沐浴在慈悲的光辉之中。

四十六、 论智慧

一

即使智者讲道声名远扬，一位自视甚高的年轻人最初也没有被吸引，只是到了后来他遇到挫折，才从远方专程赶来向智者求教。年轻人说：夫子，我感觉自己才智超群，但是，我的职业生涯及生活并不与我的智力相配。我在职业及生活中屡屡碰壁，这说明我还是缺少智慧，请问你如何看待智慧呢？智者说：

你有智力，但是，并不能说明你有智慧。智慧是上苍赐予尘世的至为重要的珍宝。本来只是被深藏于天穹之上，只是上苍看见世人愚钝，于是心生怜悯之意，才将智慧之宝降临到尘世。

智慧只有少数人才会拥有。毕竟智慧不是通过平常的道路可以抵达，能够抵达智慧大门之人都超过常人。拥有智慧之人，必定是上苍精选之人。这是天穹至高主宰亲自授予的至宝。持有智慧者，就超越世人阶层，从而成为接近天意之人。

智力只是拥有智慧的最低门槛，从智力到智慧有多级台阶需要越过。智慧不能强求，但是，也不能不求。如果强求，说明你不知道智慧的灵性。如果不求，说明你自愿放弃了拥有智慧的资格。

二

智力如同蜡烛，但是，仅凭蜡烛不能照明。智慧如同点燃的蜡烛，没有燃烧的蜡烛不能为处于黑暗中的世人照亮道路。只有蜡烛点燃，智慧之光才能将黑暗照亮。智力如同灯塔。然而，在暗夜的大海中，仅有灯塔，却不能保证航行者能够获得警醒，从而可以避开暗滩及礁石。只有灯塔中的智慧灯光点燃，才能成为警醒船夫的标识。智力如同一把钝刀，但是，却不能保证这把刀的锋利，只有智慧为这把刀开刃，这把刀的含义才能完整，才会具有杀伤力。

智慧是尘世中最为低调奢华的宝石，拥有智慧之人，即使他不发言，你们也会感受到他的话语。即使他遮住光芒，你们也会沐浴在阳光之中。即使他不行走，你们也会在道路上发现他的足迹。即使他蒙着头罩，你们也可以感受到智慧的力量。

智慧是尘世中最为昂贵之物，即使你用尽尘世的金钱，也不能够购买。智慧是尘世最能守住底线之物，即使强力无限，却不能越过这个底线。智慧是至为坚韧之美，其最能抵抗时间的反复敲打。

智慧是整个人类世界的门面。如果没有智慧，再为豪华的住宅都是虚饰的，再为华美的服饰都是简陋的，再为光辉的荣光都是暗淡的，再为美丽的容貌都是肤浅的。智慧也是整个人类世界的尊严所在。如果你们只有军功，而没有智慧，这将演变成野兽之间的争斗。如果你们只有财产而没有智慧，将会变成庸俗的看守财富的奴仆。如果你们只有才华而没有智慧，则将会变成卖弄学识的学究。如果你们只有年龄而没有智慧，则将长成与庸碌世人一样的面目。如果你们只有经验而没有智慧，则将成为夸夸其谈的世故之徒。

在智慧之光普照下，即使是冥界，也会变成天穹。在智慧之光沐浴之下，即使是死亡也会再现生机。智慧是不老的魂灵，是能够克服

衰老的勇士。

如果没有智慧，即使你们有双脚，也不会走得长远。如果有了智慧，即使没有翅翼，也会自由。如果没有智慧，即使你们建造了宫殿，也是愚蠢的废墟。如果有了智慧，就可以使这座废墟再次成为智慧的宫殿。如果没有智慧，你们可能将成为厄运的奴仆。如果有了智慧，你们将可能成为控制厄运的强者。

智慧也是命运的赐予，智慧之人并不是强求智慧。你们认为能强求天上落雨吗？你们认为能强求春天降临吗？之所以智慧之人身上有智慧之水流过，是因为他们站在智慧各条河流交汇的中心。

智慧者就是在白云簇拥之下捻指看众生的微笑隐者。智慧就是悬挂在朝阳之中，阳光穿透时的露水的晶莹。智慧者就是任凭惊涛骇浪，智慧之人在小舟中的闲庭信步。智慧就是即使风云诡谲多变，智慧之人仍然在茅舍凭窗弹琴。智慧就是无论山崩地裂，智慧之人仍然面不改色。智慧是智慧之人即使遇到厄运，却会从中看到祝福的端倪。智慧就是在云雾缭绕中看到岩石，智慧就是在歌舞升平中看到危机。

智慧是看破尘世之老僧，无论心魔变幻成何种模样引诱，都无法动摇他的心旌。这是因为，无论幻象如何变化，都是心之变化。心若不变，万物幻境则不变。智慧就是修行得道者端坐在众山之上，怜悯地看山下的众生为生计熙攘来往。智慧就是高于众生之上，却甘愿潜行于尘埃之中，在众生的呼吸中呼吸。

三

你们有知识，但是，这并不能说明你们获得了智慧。知识可从书中直接获得，智慧却不能从书中直接获得。知识之山峰依靠勤奋终可攀越。智慧之奥妙，并不是仅依靠勤奋可以破解。

　　你们有精明，但是，这也不能说明你们获得了智慧。精明是假扮成智慧的伪装者，如果见到智慧的真身，就会显现出庸俗的面容。

　　智慧之人都是通过上苍之筛子细密地筛选过。你们认为一般人都可以在旷野中作为驱赶羊群的牧羊人吗？你们认为世人都可以在江湖中作渔夫吗？你们认为世人都可以作为宣扬真言的传道者吗？

　　即使智慧者拥有复杂经历，但是，这并不能说他自身复杂。即使智慧者曾深陷淤泥之中，这并不能说其如同淤泥般稠滞。智慧者是将纯粹留给世人，自己甘受复杂的缠绕。智慧者是将透明留给世人，自己甘受淤泥稠滞之苦。

　　智慧之人都是通过苦难石磨反复研磨之人，只有自甘坠入苦难之魔域，才能知晓世人苦难的症结所在。只有智慧之人，才能从欢歌宴舞中清醒过来，开悟欢愉的短暂。只有智慧之人，才能看穿世界的幻象，并从幻象中找到实在。只有智慧之人，才能从时间的狂流中屹立不倒，并从狂流中看到了永驻。

　　智慧之人是懂道之人，道无边无际，智慧之人也无边无际。尘世之人如同流沙飞扬，而智慧之手遮天盖地，将这些世人从风沙的边缘收留下来。

四

　　智慧是流经砂石及泥土的激流沉淀后的清水。没有砂石的磨砺，就不见智慧的润泽。没有泥土的浑浊，就没有澄清的通透。智慧是命运多舛后的淡然。没有多舛的命运，就不能将无智慧者筛选出去，也不能将有智慧者予以拔擢而出。智慧可以从平常事中看到，然而，在困境之中更可显示智慧的身形。磨难是智慧的前辈，不幸是智慧的益友。

　　智慧是上苍给予尘世最好的礼物。这是因为，尘世之中痛苦、愚

昧、疯狂、魔障难关重重。智慧是心之良药,可以使世人从痛苦中复
苏。智慧是当头棒喝,可以将世人从愚昧中唤醒。智慧是安宁之水,
可以使世人从疯狂中冷下来。如果没有智慧,世人将只能在低层次
世界中生存。

如果没有智慧之光普照,你们尽管在白日也是黑暗的,你们尽管
衣着鲜明也是暗淡的,你们尽管滔滔不绝也是无用的,你们即使在尘
世的中心也是无关紧要的。

如果你们的田地没有水源,就会逐渐荒芜。如果你们的身体没
有摄入食物,将会变得瘦削。如果你们的思想没有智慧,将会变得
枯竭。

智慧是上苍对世人内心的抚慰。借助智慧之眼睛,世人将会看
到更多的变化。借助智慧之翅翼,世人将会飞跃到尘埃之上。借助
智慧之声音,世人将会从梦魇中苏醒。智慧也是防止整个世界坠入
魔道的警醒钟声。

所有优良的人性都可以建基于智慧。如果具有智慧之根,则会
结出道德的种子。如果从智慧之根出发,则可以抵达至善之地。如
果智慧之根可以在你们头颅开花,你们额头就会长出另外的眼睛,则
会看到完全不同的大千世界。

四十七、 论信仰

一

智者在薄暮中讲道,夕照将他的头发染得越发斑白。此时,一位衣着华丽之人提出一个问题,他说:夫子,我在没有金钱时就感觉到迷茫,在我有了金钱后这种迷茫感觉也并未减少。我以为这是缺少娱乐的原因,然而,即使我享受了最为热闹的娱乐,仍然没有改变我的迷茫。这难道是与我缺少真正的信仰有关吗?请问如何对待信仰呢?智者说:

金钱曾经是你的信仰,然而,金钱的信仰只是一种暂时强心的信仰,这种感觉过去以后,你的信仰也就会消失。娱乐也曾经是你的一种信仰,但是,这种信仰是麻醉的信仰,等到麻醉过去,你的信仰还是会失去。

你之所以会迷茫,因为你的信仰是一种虚假的信仰,是用利益来建构的,是以感官来作为基石的。因此,这样的建筑是不能经受风雨敲打的。

你之所以未能完全迷失,这说明在黎明前的黝黑中,你的内心仍悬挂着一口钟。即使暂时没能敲响,但是,只要敲动,就将会驱赶你内心的无边黑暗。

二

针石之药剂只能医治肉体苦痛。信仰是另一种药剂，这可以医治灵魂空洞之病。

信仰是一种盐，这不仅使你们的平凡生活有了不同的味道，而且可以使你们的思想有了更高的盐度。

那甘于在沙漠中跋涉的人，即使缺少水源仍然前行，支持他们前行的只有信仰。那在怒海中的行舟者，即使波浪滔天他们仍然扬帆，这是因为他们内心信仰的岛屿就在前方。那在高山峻岭中的隐居者，即使没有友邻作伴，他们仍然不觉孤独，因为信仰就是他们最能交流的友邻。那在病床上岌岌可危的病人，即使病入膏肓，却仍然坚持，因为信仰的光辉还在普照着他们。

信仰不是可有可无之物，它是你们必需的食粮。信仰可以使羸弱者获得力气，可以使强健者获得精神。信仰可以使盲目者获得光明，可以使明目者获得远方。信仰可以使卑下者具有尊严，使贫穷者获得荣光。信仰可以使世人具有超越凡人之力。如果你们有信仰，即使是耳聋，也能听见召唤的声音。

你们奔向信仰如同羊羔奔向母羊，你们围聚信仰如同羊群围聚牧羊人。你们流向信仰如同河流聚集大海，你们落向信仰如同雨水齐聚大地。你们是稚弱的羔羊，信仰的母羊来了，就会给予你们拯救生命的奶水。你们是迷途之羊，只有信仰，才能给你们指明方向。你们是无路可去的流浪河流，只有信仰，你们才不会再流浪。你们是干渴的土地，信仰的雨水来了，你们将重新获得滋润。

勇气不能保持你们一直战斗，信仰却能。信仰等于在你们身边有个能在一起共甘苦的统帅。你们再锐利的刀剑都不如信仰锐利。这是你们在危机之时可以依赖的武器。

信仰是心中永远的泉源,你们拥有后就不会再干渴。信仰是永远的岛屿,在你们心中生长后,即使激流险滩重重,你们也会永远内心安全。

信仰的堡垒最为坚固,无论多么强大的武力都难以攻陷。信仰的绿洲最为持久,无论多么炎热的太阳都不能使之荒芜。

三

无论你们的住宅人群如何众多,都不一定能摆脱孤独之苦。无论你们的衣着如何华丽,都不一定能摆脱空虚之苦。无论你们的权力如何强势,都不一定能摆脱虚饰之假。

即使你们的肉体强健,如果没有骨骼,也不能直立行走。即使你们身体强健,如果没有信仰,也不能保证你们的精神能够站立。

真正的信仰能够使你们长久愉悦,而不是暂时的狂欢。即使一种虚幻的信仰猛药能够暂时消除你们的内心疾病,然而,这只是短暂的安慰,并不是适合你们的药剂。

你们的信仰应当以善为基础,这是信仰最明显的标识。信仰是思想的蛋壳破裂后孵育而出的产物,无论如何变化,善都是信仰的最基本颜色。

信仰就是寒冷中的温暖。你们看见灯笼中的蜡烛了吗?即使你们不能感受到它的温度,不也是感觉到温暖了吗?你们看见夜行的灯塔了吗?即使灯塔不能让你们取暖,但是,不也是能够使你们的内心火热吗?

信仰就是炎热中的清凉。你们在沙漠远行时看见遥远的绿荫了吗?即使你们不能在树荫下歇凉,却能感觉到清凉。你们在内心狂躁之时看见那经书了吗?即使经书不能给你们强力支撑,你们不也是感受到有力的抚慰了吗?

信仰就是危难中的拯救。如果没有信仰,如同将经历永夜。如

果没有信仰,你们一生都将行走在生活的荒漠中。如果你们没有信仰,将会永远居住在冬天,感受不到信仰春天的阳光。

那从万千繁华中脱身而去者,如果没有信仰,就没有自由离去、自由生长的力量。那从世情之网中化蝶者,如果没有信仰给予的翅翼,将必定不会离网而飞翔。

如果没有信仰,你们便不知畏惧。你们敢于做超越信仰底线的一切事情,不怕内心发出的任何警告,直到冒险建造起的大厦墙壁断裂时才知道后悔。

你们的肉体居住在一个殿堂,需要用食粮供养。你们的灵魂居住在隔壁,需要信仰来予以支持。如果没有信仰,即使你们的肉体和灵魂住在同一个大殿,也会彼此互不相识。

你们的空虚不是缺少金钱,而是没有信仰充满心脏。你们孤独不是因为少人,而是没有信仰为你们作伴。

即使你们因需求寻找信仰,但是,如果你们选择信仰并被信仰选择后,就不应改变信仰。即使信仰是因需求产生,却不能永远依靠需求。

真正的信仰是互相吸引的。如果你们内心排斥,那就不要强行去信仰,这说明这种信仰的鞋子并不适合你们的脚行走。

信仰是一种自然的选择。如果用刀剑强制信仰,刀剑终有折断之时。如果用火强制信仰,火终有熄灭之时。你们可以因恐惧而信仰,不可因为受到威胁而信仰。

信仰无损理智,是理智更为高层次上选择的结果。如果一种信仰引起你们的反感,你们不要选择。信仰是内心契合的产物。否则,还不如信仰自己。

四

信仰看起来是抽象的却是坚实的,信仰看起来是瘦弱的却是强

健的。信仰远在天边，却瞬息即至。信仰渺不可见，却无所不在。

信仰是慈悲的，它爱自己的信奉者如爱自己的孩子。无论处于何种危难境地，信仰不会抛弃你们，而是会抚慰你们多皱褶的内心。

信仰可以战胜绝望，镇定对待那些无法战胜的困难，平静对待那无法不选择的选择。

你们活着就应为自己的信仰筑基，修剪信仰中的旁枝末节，使自己的信仰成为唯一的选择。

信仰可以为你们在迷恋的山谷中指出道路，可以将你们从错误的深井中打捞出来，可以为你们从彷徨的高楼中走下提供支持。

从世人优良的人性出发，你们以善良为基石，以道德作为台阶，以信仰作为最后的梯子，就可以抵达天穹之门。你们将会接近众生之神，不仅可以沐浴恩泽，而且可以将这种恩泽与他人分享。

真正的死亡不是肉体的死亡，而是信仰的死亡。如果你们的信仰死亡了，生机就彻底断绝了。因为没有什么力量能维持你们最后如此沉重的呼吸。

信仰是一种可能，这是引导你们相信未知的可能，也是你们未来变化的最后可能。这是唯一剩下的道路，除此以外，你们将无处可去。那抛弃信仰者只能卑微地死，那手持信仰火把前行者，将可以遇到不同的生。

四十八、 论贪婪

一

　　智者讲道已经有几年了，他的年龄越来越大，也略显疲惫。此时，有位学者走向他说：夫子，本来我不想再让你过度劳累，但是，你的智慧是我们尘世的瑰宝，我还是想要多请教一些问题。我见过不少人性高洁之人，但是，也见过很多品行不佳，却善于伪装之人。我认识一位同行，本身才能有限，侥幸进入学界。本来她应该感恩而将这种恩泽与其他人分享。然而，她却独占资源，不准任何人进入。她顶着学者之名，却从事经商。本来她家里已经很是富裕，为何还要多贪多占呢？难道贪婪欲望是如此可怕吗？能让一个正常人如此失去理智。请为我们讲一下贪婪吧？智者说：

　　贪婪是人性之恶中至为恶者，其根植于最底部的土壤，与人的本质直接相连。因此，根治人性之贪婪，就等于将一个人从根部进行切除，这其中难度非常人所能克服。

　　人性贪婪欲望可以遮住天空。即使贪婪者已经占有了天空，她也不会让别人分享一滴雨水，只是想让别人永远笼罩在她的阴影之下。

　　即使此人具有人性之至恶，但是，并不能说其多么恶毒，其更多

的是愚蠢,愚蠢到不知道一个人无论手臂多长,也不能完全遮住天空。愚蠢到不知道无论一个人多贪婪,也不能吞噬掉整个世界所有的食粮。

二

在世人之中,能够对自己的贪婪本性有所警醒之人,就可能有灵光闪过。如果有人能够完全控制贪婪,这本身就是战胜如此强大之敌人,应属于贤人一般的人物。

贪婪是人性的大敌。许多世人明明知道暗夜里闪耀的是利益的火焰,仍然也会如同飞蛾一样飞扑而去,即使被烧灼致死也不在乎。

贪婪者如同砂子的土地,会吸收一切的水分。即使水过多有淹没地里庄稼的风险也不会考虑。贪婪者如同大树下的青草,会占有一切的绿荫,即使绿荫过多不利于其生长也不会顾忌。贪婪者是借助火山烤火的野兽,会独占一切的火焰,即使自己被烤焦也在所不惜。

即使贪婪者妻妾成群、左拥右抱,却仍觊觎他人妻子的美色。即使贪婪者广厦千间,仍然不想让他人有立锥之地。即使贪婪者富可敌国,仍然克扣他人的微薄薪水。即使贪婪者的呼喊惊天动地,却不允许他人低语。即使贪婪者放声狂笑,却不准他人面露笑容。

贪婪是一个善于诱惑你们内心的魔王。他可以编造你们想要的任何借口,可以变幻成你们想要的任何模样。贪婪可以使人杀人越货,贪婪可以使至亲相残,贪婪可以使至纯的爱情变得浑浊,贪婪可以使谦谦君子成为盗贼。

贪婪是一种疾病,并不会因为占有太多而治愈,反而占有越多,贪婪欲望就越强烈,只有灵魂自省和死亡才能治好这种顽疾。

贪婪是一种兽性,即使自己已经营养过剩,也会眼睁睁看着别人

饿死。

　　贪婪是一种具有迷惑性的毒药，你们身中贪婪之毒却不觉。然而，你们的情感会慢慢被锈蚀，你们的思想将会慢慢被蛀空，你们的灵性将会慢慢被玷污。

三

　　如果你们贪财，则有被盗贼暗算的风险。如果你们贪权，则有被政敌攻击的风险。如果你们贪色，则有被情人所伤的风险。如果你们贪吃，则有胃部患疾病的风险。如果你们贪功，则有品行被玷污的风险。那鸟不是因为贪吃被网所擒吗？那鱼不是因为贪图鱼饵，被钓钩所俘吗？

　　你们见过谁在临终时还能够带走豪华住宅？你们见过谁死去还能够享用自己的万贯家产？你们见过谁死后还拥有美色？你们见过谁在死后还能呼风唤雨？

　　你们的贪婪其实不是为自己积累财富，却可能是在积累仇恨。你们的贪婪其实不能提高自己抵御风险的能力，反而可能增加了风险。你们的财富做成的船只在茫茫大海中只是一片树叶罢了，风浪来了，就会将你们所设想的安全沉没于水中。贪婪是人性最大的危险，你们已经身在最大的危险之中了，却幻想用最大的危险去拯救自己。

　　你们认为贪婪所得的东西都属于自己吗？不过是代替别人积累罢了。你们贪婪不是为了追求快乐吗？但是贪婪者心中会有更沉重的羁绊，这只能使你们的快乐失去影踪。你们贪婪不是为了自己减少痛苦吗？你们占有越多，就会遭受更多的断、舍、离的苦痛。

　　如果你们迷途于贪婪的迷宫，将不会再找到善良的出口。如果你们陷入贪婪的沼泽，将很难爬上安宁的堤岸。如果你们走失于贪

婪的沙漠,将不会找到慷慨的水源。

你们越是贪婪,就越可能是贫穷之人。你们的贪婪能得到真正的爱情吗?爱情会对贪婪者退避三舍。你们的贪婪能得到真诚的友情吗?只能将友情推得更远。你们的贪婪能够得到声名吗?你们贪婪欲望越是显现,声名就越会受到玷污。你们用贪婪之器具挖地下埋藏的珠宝,贪欲促使你们挖得越深,你们就越难以再次爬上地面。

贪婪者啊,你们努力的一切是为了使自己的生活成为喜剧,然而,你们所追求的结果却是悲剧。你们贪婪的工具猛力开挖,将把灵魂的土壤挖出巨大的空洞。你们越是贪婪,灵魂的空洞将越是巨大。

四

贪婪与理智同处一室之中,如果贪婪的欲望过于庞大,就会压缩理智的空间。贪婪欲望越多,你们所受的羁绊就越多,从而就越会丧失自由。

贪婪者不知贪婪是放火烧山,最后却可能自焚其身。贪婪发动往往并不是因为缺少,而是贪婪者忧心自己占有的太少。贪婪既是占有,又是失去。你们占有多少,就会失去多少。贪婪之口巨大无比,它会在吞下别人之时,也会将贪婪者反噬。

你们的贪婪欲望与灵魂的腐败相辅相成,贪欲越强,灵魂就腐败得越快。你们灵魂腐败得越快,就越难以被拯救。

你们为何不像追求金钱那样追求善良呢?你们为何不像追求权势那些追求道德呢?你们为何不像追求美色那样追求信仰呢?你们所追求的与你们所能保留的截然相反。从善良到道德,从道德到信仰,这是一条正道。无论是对金钱的贪婪,还是对权势的贪婪,抑或是对美色的贪婪,都是一条歧途。你们为何放弃正道而选择歧途呢?

你们能用竹篮打水吗?你们能用贪婪获得上升之路吗?你们能

从镜中的花朵中闻到芳香吗？你们能在月亮之水中洗脸吗？你们明明是在追求虚空，却一直用双手紧紧抓握。你们明明已经陷入贪婪的泥沼，一直在沉没却不觉醒。

即使你们靠贪婪积累很多，也不能制造船只让你们渡过生死苦海。相反，由于你们的贪婪导致肉身沉重，则更有可能从船上跌落入水。即使你们贪婪所得巨多，然而，这只能让你们登上云梯时失去轻盈，这会有坠入万劫不复境地的更大可能。

如果你们能够在贪婪中觉醒，那么，就不要将一首歌唱成绝唱，就不要将一次牌局赢到绝境，就不要在权势争夺中让别人绝望，就不要将命运的多次挽救看作必然之事。

贪婪是最大的心魔之一，被心魔所困，将坠入不可挽救之深渊。你的肉身是贪婪的土壤，你的本性是贪婪的本源。不破心魔，不能开花。不破心魔，不能生长。不破心魔，不能飞升。

四十九、 论人生

一

智者年龄逐渐增长，其讲道的内容也越发精到。此时，一位中年人提出一个问题。他说：夫子，我这一生可以说是历经波折，内心从来没有真正安宁地度过日子。现在我已经到了中年，然而，我感觉到自己的心理年龄更大，接近老年人。对于我这一生，前尘已不可追，将来之事也很渺茫。你能否告诉我们该如何对待人生呢？智者说：

在自然意义上，人生是由童年、少年、青年、中年、老年组成。在社会意义上，人生是由索取的阶段及付出的阶段组成。如果你只是索取而没有付出，那么，你的人生是不完整的。人生是由苦难、贫困、忧郁、空虚组成，也是由欢乐、富裕、希望组成，任何一种状态的缺乏，都说明你只是走过了一部分的人生。

你无需为已经走过的人生而叹息，如同不必为以前融化的雪花而挽留。一年有一年的人生，一年有一年的雪花。如果你深陷于对过往人生的叹息声中，那么，等待你的将还是叹息。如果你沉浸于去年融化的雪花中，你同样留不住今年的雪花。

人生不是慨叹的高台，而是高呼的战场。终生慨叹者，将会经常引来阴雨。终生高呼者，将呼唤来九天的雷霆。然而，这只是至高至

低的人生模型。谁的人生不是在磨损与修补之间进行的呢？人生磨损的时间丝毫不会少于修补的时间。

二

人生是一条永不停息的河流，即使看上去这条河流并不太深，但是，却不要在河流中游戏人生，否则就会有溺死的风险。人生是一个充满武力的勇士，如果你将他征服，你就成为人生强者。如果你被人生征服，你将成为人生的奴仆。

从少年时你们人生的画卷徐徐展开，到老年时人生戏剧的帷幕缓缓拉上。你们品尝过的甘苦我都品尝过，你们没有品尝过的甘苦我也品尝过。我经过的坎坷超过了你们走过的平路，我经历过的苦难超过了你们的欢愉。然而，坎坷终究会过去，苦难也会苦尽甘来。我都将坎坷和苦难一一迈过，你们也不应例外。

人生中一般有三种取舍：一是给世界带来什么，二是从世界带走什么，三是既不为世界带来什么，也不能从世界带走什么。第三种人生是绝大多数人的人生，却也是最乏味的人生。第二种即使不是最乏味的，却是最让人恐惧的，这种人生只是为了消耗和破坏而来到世界的。第一种人生则是能够为世界点灯之人生，即使这种人的人数很少，然而，如果没有他们，世界将会陷入黑暗。

人生如同九曲河流，有激流，有险滩，也有静水。你们在激流中应当想到前方还有静水，你们在静水中应想到前方还有险滩。即使在静水中可以保证安全，然而，没有激流的活力，你们的人生就会成为死水。你们人生的花朵是在激流险滩中绽开的，而不是在静水中开放的。

在人生中，你们沐浴在希望的清泉时，应预知干旱的痛苦。你们在温暖的火炉边烤火之时，应预估暴风雪的严重程度。风险与安宁

毗邻,危机与平安并存。欢乐是痛苦的引火之物,繁华是悲凉的前奏之曲。

在人生中,你们应当在绝望中看到希望,你们应当在暗淡中看到辉煌,你们应当在乌云中看到背后的阳光,你们应当在冬天里默念春天。阴与阳互相转换,死与生互相轮回。

在你们的人生中,其实就是自我锻造的过程。珊瑚由于波浪的冲刷而美丽,玉石由于工匠的打磨而闪光。如果没有经历过苦难,如同铁片没有经历铁匠的熊熊炉火锻造,你们将不可能提升自己的纯度。你们只有经历过粗粝砂石的摩擦,才能更加闪光。你们只有经历过生活的侮辱,才能砥砺出高洁的品行。你们只有经历过生活的伤害,才能修炼出坚韧的心智。只有你们在生活的暴风雨中忍住哭泣,才有资格笑谈人生。

你们永远不知道下一个路口将遇到什么危险,但是,这并不是你们胆战心惊的理由。你们永远不知道下一餐是否可口,但是,这也并不是你们绝食的理由。你们永远不知道下一场暴雨何时到来,这并不是你们永远关上门窗的理由。我的年龄越来越老,不知未来哪一天到来,这也不是放弃讲道的理由。

人生难道能避免不可预知的灾难吗?灾难本来就是人生中固定的设置。人生难道能够阻止让人惊心的变故吗?变故本来就是人生的组成部分。当然,人生也会享受短暂的欢愉。在人的一生中,变故与灾难七分,而欢愉最多三分。

三

你们从呱呱坠地之时,就是在唱人生苦难的歌曲。你们从蹒跚学步开始,就是向着末日在奔走。因此,从人诞生之时,就种下了悲哀的种子,但是,这并不是你们悲哀的理由。你们最大的悲哀不是永

远前行的悲哀,而是停滞不前的悲哀。

你们的人生不可能总是黑夜,但是,当黑夜过去,你们必须抓住白日,否则,你们的人生将总是沦落于黑夜中。你们的人生不可能总是冬天,但是,当冬天过去,你们必须在春天复苏,否则,你们的人生将始终处于严冬中。你们不必一直慨叹人生布满乌云,因为这就是真实的人生。

当你们在人生的此岸遭受苦难之时,你们需要等待忍耐将桥梁建好,只有如此,你们才能最终安全到达彼岸。当你们在人生的一个山谷遭遇危机之时,你们需要等待理智将道路造好,只有如此,你们才能到达人生的坡地。

无论你们做何种事情,时间之车轮都会隆隆前行。但是,你们降临到人间的目的,毕竟不是为了消耗时间。如果你们在天空中不能留下痕迹,如果你们不能在坚硬的路面上留下痕迹,你们也可以在松软的泥土上留下痕迹。

你们人生中最为重要的不是用物质喂养自己的肉体,并使之存在。更为重要的是让这种存在具有意义。

在人生中,你们可能不会屈服于威胁或者暴力,却会屈服于娱乐和享受。然而,这却是普通动物的本能。如此,你们将沉沦于普通动物的群落之中,你们的人生将与一般动物没有差别。

四

人生不可预知。一个微小的事件,就可以改变一个伟大的人生。人生看似很长,其实,只是由最关键的几颗珠子串连而成。人生如棋,落子无悔。你们在人生的关键节点,一定要屏住气息,以最为悠长的祈祷钟声获得最真实的回应。

在人生中,你们勿成为物质的奴仆,而是要成为物质的主人。你

们要做信仰的奴仆,却不要试图做信仰的主人。

一念花朵,一念骷髅。一念山川,一念尘埃。一念大海,一念水珠。在你们处于不可知之时,在你们处于危难之时,除了求助理智以外,还要求救于信仰,而理智最终还是会选择信仰。

在你们的人生中,最睿智的是放下自己,最荒谬的做法是放弃自己。只有你们在人生下坠的趋势中不放弃自己,信仰才可以努力抓住你们的双手。

人生是一条单向通行的隧道,你们无法回头,但是,你们需要看到隧道出口处的光明。

一念天穹,一念地府。人生是一次自上向下的坠落,只有极少数人才能得到拯救。只有那些心怀信仰之人,才能以轻盈的身体,获得向上的飞升,从而踏上飞鸟为你们在天穹打造的通途。

五十、 论老人

一

在听智者讲道的人中,其他年龄的居多,而老人则较少。此时,一位鬓发皆白的老者在人群中对智者说:夫子,少年、青年之事仿佛就在昨天,我的心似乎还没老,但是,我的须发都白了。那么,在人生最后的阶段,应如何对待老年呢?智者说:

人生之中最大的规律就是时间的规律。这是所有规律的基石,可以用来解释一切。一切的价值由时间而起,一切的恐惧也因时间而生。

时间是你人生的最大敌人,你所做的一切都是在与时间搏斗。时间是一个最危险的杀手,它能于无形之中伤害你。在睡觉之时,时间在你的枕边徘徊。在饮食之时,时间在你的杯盘之间萦绕。在娱乐之时,时间更是为你披上巨大的斗篷,让你随风迅速飘远。

人都不愿意变老,但是岁月催人去。即使你的往事都如在昨日,然而,昨日都已不可重现,更不用说你要回溯到人生长长的上游。

老人的含义就是,即使你还有英雄之心,但是,你已经没有了英雄的气力。即使你还有壮士的头脑,却没有了壮士的手脚。即使你的翅翼还想努力拍打,但是,双脚已埋在尘土之下。

二

年老并不是疾病，只是时间造成的暗伤。那埋藏在地下的瓷器不是越老价值越高吗？那存留的酒不是越老越香吗？那过去的曲子不是越老越悠扬吗？那家传的象征之物不是越老越有时间的光泽吗？

老年人啊，你们曾在潮头弄潮，在万千人中展现出过人的勇力。你们曾经在烈日下耕耘，用汗水浇灌庄稼，从而用于喂养村庄及子女。你们曾经白衣胜雪，在高台之上吟诵跳动的词句。你们也曾经持剑高歌，万众都是你们狂热的跟随者。你们也曾经一言九鼎，让周围之人感觉到无比敬畏。

你们的勇力已经深刻鼓舞到懦弱之人。你们耕耘的土地已经收割，你们喂养的子女已经开花结果。你们吟诵的词句已经向更远方传颂，你们高歌的音符在更多人的心中孕育。你们当年的言语已经生根，这些根须蔓延到更多的人。

世人皆称颂你们的智慧。其实，你们的智慧不过是经过激流后在静水中的沉淀而已。你们的智慧不过是经历生活风雪后在炉边的沉思而已。你们的智慧不过是生活苦难之盐的结晶而已。你们的智慧不过是太阳在天空跋涉后，在暮霭时的光芒乍现而已。

老年人啊，你们是河流的源头，如果你们枯竭，下游的河流也会干涸。你们是树木的根部，如果你们失去生机，树叶也将枯萎。你们是老树的外皮，你们逐渐老去脱落以后，里面的树皮就得独自对抗风雪。你们是层层累积的化石，有你们存在，就可以知道历史的遗迹。

年老与年青都有其光辉所在，都是被上苍阳光普照之人。即使老人枝叶稀疏，但是，太阳是从天穹垂下的无差别的至亲，老人获得的阳光照耀并不会比年轻人少。年轻人有年青的勇气，老年人有年

老的理智。年轻人有年青的力气，老年人有年老的智慧。年轻人有年青的锐气，老年人有年老的慎重。年轻人有年青的纯真，老年人有年老的成熟。年轻人有年青的朝气，老年人有年老的沉稳。年轻人更能激励人心，老年人更能让人静心。无论青年还是老年，都不过是季节之神所结出的不同果实而已，即使口味不同，但是，他们的成分并无差别。

<h1 style="text-align:center">三</h1>

老年人啊，你们不应用自己的经历增加狡猾技巧，这将使你们的面目之镜蒙尘。如果年青时面目之镜蒙尘还有时间擦拭，在年老时蒙尘，你们则可能将这些尘土终生保留。你们不应因自己的头颅退化而自甘愚蠢，这将使你们的智慧之杖锈蚀。在年轻之时，由于经验导师教诲不足导致的愚蠢尚可挽救，在年老之时，你们的愚蠢将彻底封闭你们的大门。

你们不应在年老时还在叹息少年时的不幸，否则，你们将永远停留在叹息之中。你们不应慨叹年少时光的迅速流逝，否则，你们年老时的时光流逝将会更加迅疾。你们不应惋惜年少时错过的时机，这不是因为道路重重障碍导致的前途莫测，只是因为你们没有远见。在年老时，你们应该在远见的河岸上抓住最后的时机。

年轻可以使幸福加倍，年老则使幸福打折。如果是宝剑的话，老年的剑刃就逐渐没有光芒了。如果是草木的话，老年的枝叶就逐渐枯黄了。如果是飞鸟的话，老年的羽毛就逐渐凋零了。如果是马匹的话，老年的腿脚就逐渐蹒跚了。如果是鲸鱼的话，老年的骨肉就逐渐松弛了。然而，即使是失去光芒的宝剑，也会在夜里暗暗发出响声。即使是老去的草木，也会在梦想的春天里再次长出枝条。即使是衰老的飞鸟，还是不愿在地上行走。即使是老骥，也会想象着驰骋

在千里之外。即使是衰弱而死的鲸鱼，也会化作鲸落，用自己的骨骼与血肉喂养后生。

你们不应是余晖，你们的光辉因岁月锻造更为圆满。你们不是余热，你们的热度因时间火炉的更长时间烘烤而更加全面。

你们不应是残缺之人，你们的残缺是自己内心的残缺。因为人生的长度没有标准，无论是老年还是少年，谁都是在过余生，谁也不知道自己的余生有多长。如果年少早亡，那么，其余生还可能不如老年。如果老年长寿，其余生可能还要超过少年。

你们不应因自己的年老力衰而哀叹，很多人还没有达到老人的年龄而早逝。你们不应哀叹自己的腿脚不便，很多人在少年之时就没有了腿脚。你们不应感叹自己权威今不如昔，很多人至死可能都没有过权威。

你们不应抱怨世道的堕落，每一代都有其独特的精神。你们不应抱怨晚辈的傲慢，每一辈都有其特有的行为礼仪。你们不应抱怨后辈的无能，而是应该保持对万事万物的静心。

四

世人都是逝川之上的过客，河流汤汤，即使你们有通天之力，即使你们有莫大的智慧，谁又能停滞住流水，谁又能挽留住时间呢？

你们一生努力，追求的就是老年之时能够得到抚慰。你们的生机逐渐枯萎，平常的水源已经不能使你们恢复生机。你们的根须已逐渐干枯，平常之水已经无法将你们抚慰。

我希望有神圣之水可以浇灌你们的心田，使那希望的根须再次复苏。我希望有神圣的微风吹拂你们多皱的面孔，使你们重新获得纯真的笑容。

即使你们年老力衰，但是，也不应厌倦世界。你们厌倦世界，世

界便厌倦你们。你们为世界制造了更多的变化，世界便为你们制造更多的变化。

你们不应仇视上苍，你们为上苍制造了更多的可能，上苍也会为你们制造更多的可能。

无论你们年轻之时有多少人簇拥，不如在老年时有一人陪伴。无论你们年轻时拥有多少财富，不如在年老时拥有信仰。无陪伴者，难渡生命天堑。无信仰者，难渡生死难关。尘世本无天堂，信仰即是天堂。

五十一、 论虚伪

一

　　智者讲道涉及到不少人性之恶的问题。此时，一位中年人站起来说：夫子，在我们行业中有一位窃据高位之人，其具有虚伪之特性。他明明没有信仰，却因为职务的需要假装有信仰。他明明贪财好色，却假装清廉而纯洁。然而，这样的表演却给他带来了不少好处，不少不熟悉之人都被其所蒙骗。我认为此种虚伪之人不应受到社会的褒奖，但是，真正能看透虚伪者的表演还是需要时间，请问我们如何对待虚伪呢？智者说：

　　虚伪是虚伪者百试不爽的武器。对于虚伪者而言，他们已经养成了对虚伪的依赖，没有虚伪他们也要制造虚伪，否则，就会影响到他们的生存。

　　虚伪是世人的暗疾。然而，虚伪并不是天性的存在，这是后天生长的事物。虚伪的暗疾生长在适合虚伪的土壤中。世人的需求目光是虚伪者繁衍虚伪最适合的雨水。

　　虚伪是虚伪者的通行证，但是，他们并不是独行客。你们世人不是配合着虚伪者的手势舞蹈吗？你们不是随着虚伪者的笑容变幻着面部皮肤的颜色吗？你们不是虚伪者表演的忠实观众吗？你们这些

愚者的叹服,你们这些阿谀者的奉承,都是虚伪者生长虚伪的养分。在虚伪者的表演中,你们也发生了角色异化,逐渐变成了虚伪者中的新的一员。

二

虚伪者满口仁义道德,暗地里却虚名之心高涨,私利之心重重,求真之心沉沦,德行品性玷污。

虚伪者表面上的仁义道德,是为了骗取更多的人而做的伪装准备。这种虚伪可以成为真正的罪恶。因为其具有更强的欺骗性,从而更具有罪恶所具有的杀伤力。

虚伪就躲藏在嘹亮的口号之中,即使口号不能骗取所有人,但是,至少能骗过一部分人。虚伪就隐藏在高尚的语言之中,即使语言的高尚不能代表行动的高尚,然而,这至少给他人以麻醉的安慰。虚伪就隐藏在夸夸其谈的学问当中,即使这些学问一文不值,但是,外行之人总是远多于内行之人。

虚伪者对他人讲述公平正义,其实自己并不相信。这只是其行骗的工具。虚伪者口头上说拒绝不义之财,但是,身体却诚实地以行为表示接受。虚伪者名义上扮演烈妇贞女,其实却在夜里与他人暗送款曲。虚伪者表面上与丈夫真情无比,背地里肉体却紧贴着情人。虚伪者表面上扮演忠厚长者,在脱去衣服之后,就会成为卑下的小人。

虚伪者明明对金钱如饥似渴,却高声声明鄙夷。虚伪者明明崇拜权势,却假装隐居。虚伪者明明好色乐淫,却假装对色淡漠。虚伪者本性易怒好斗,却假装平淡冲和。

虚伪者贪嗔痴三毒皆具,却假装超脱。虚伪者明明对别人的成就嫉妒欲狂,却假装虚怀若谷。虚伪者明明对别人的容貌艳羡不已,

却说德行第一。虚伪者明明野心勃勃,却声称应低调行事。

　　虚伪者表面淡泊名利,内里却刻薄算计。虚伪者到处宣扬正义,在面临自己微小利益受损之时,马上对他人做出不义之事。虚伪者表面笑容可掬,内里却阴暗无比。

　　虚伪者是最无聊的戏剧表演者,在世人露出对其崇拜神情之时,他却对世人鄙夷无比。虚伪者是最无知的表演者,揭开他们的表演面具之后,发现隐藏着的全是他们被蛀蚀掉的灵魂空壳。

三

　　虚伪者最初不是为了表演而表演,即使他们是天生的变色龙,但是,影响他们变色的原因却只是利益。有金钱之利益,有权势之利益,有声名之利益。无论虚伪者演奏什么曲子,他们的主题都是利益之曲。无论虚伪者跳什么舞蹈,他们都是围着利益跳舞。

　　你们不要看虚伪者穿着华美服装端坐在正式的厅堂,这不是他们的真身,他们的真身在阴暗处猥琐无比。你们不要看虚伪者驾驶豪车在大街上招摇过市,这只是虚伪者的傀儡,虚伪者的真身在角落里无比卑微。

　　如果仅仅是虚伪,那只是蛇身上的保护色,并不能对他人造成致命伤害。然而,虚伪总是与欺诈结合在一起,这就如同为蛇安装了毒牙,可能就会具有致命的杀伤力。

　　虚伪可以是疥疮之疾,也可以是国之巨蠹的危害。低层次的虚伪是用以获取比别人更多的利益,中层次的虚伪只是获得比别人更多的光环,高层次的虚伪则是为了获得青史的虚饰。虚伪是一种人性疾病,然而,如果任其发展,就可能变成罪恶。虚伪的疾病只是使自己痛苦,而虚伪的罪恶则会使他人痛苦。

　　虚伪者的知识并不是让其醒悟的冷水,而是让其隐藏更深的装

饰。虚伪者的智力不是让其开悟的药剂,而是帮其掩饰的导师。

即使虚伪者的言语是上升的,但是,行为却是下坠的。即使虚伪者的肉体是上升的,灵魂却是下坠的。虚伪者唱着欢快的歌曲,内里却是忧郁的。虚伪者弹奏着晨曲,内心却是暗夜的。

虚伪者啊,你们口是心非的赞歌,不如内心默默地赞美。你们虚假强装的笑容,不如无私的行动。你们摇摆的友谊,在危机面前瞬时就会逃走。你们内心纠结的虚伪同情,在利益面前就会彻底暴露真容。

虚伪者啊,如果你们真的皮肤光洁,还害怕裸露吗?如果你们浑身都是气力,还会怕别人知道你们健硕的肌肉吗?如果你们面部荣光四射,还用涂饰吗?如果你们才高八斗,还会担心真才被世人发现吗?如果你们有真实的道德,还会害怕别人知道道德的闪耀吗?如果你们真的灵魂坦荡,还需要恐惧阳光吗?你们所有的虚伪,都是为了掩饰自己的内心慌张。你们所有的虚饰,都是为了掩盖自己的平庸。你们所有的假面,都是为了伪装自己的缺陷。你们所有的道德美化,都是为了隐藏自己的罪恶。

四

虚伪者之恶,胜于坦率者之恶数倍。对于虚伪者之恶,世人不仅需要遭受其恶的力量,而且还要为其鼓掌。这等于数次被虚伪者之恶所伤。

虚伪者能够借助虚伪的假面骗人一时,却不能借助虚伪骗人一世。虚伪者能够通过虚伪的装饰骗一部分人,却不能骗过所有的人。即使是被骗的这部分人也迟早会醒悟,或者他们只是配合虚伪者在表演。虚伪者以为自己是马戏团的耍猴之人,围观者却认为虚伪者恰恰是被耍的猴子。

将虚伪作为面具的,终生将生活在面具之中,也必将被面具所困。因为虚伪者活不出自己。虚伪者戴面具久了,不仅别人被蒙骗,自己也会认不出自己。虚伪者不要以为虚伪可以真的超过了真实,就可以掩盖自己的真正面目,虚伪者在误导世人的同时,也是在误导着自己。

虚伪者的目标是彼岸,其船只却被牢牢固定在此岸。虚伪者的灵与肉割裂,虚伪者的言语与行为分裂,将难以以完整的身体前行。

如果可以选择,你们世人宁可赤身裸体真实地走在大街之上,也不要虚伪地戴着假面具欺骗他人。你们世人宁可真诚地坦露自己的灵魂,也不应让自己的灵魂隐藏在不见天日之处。你们只有真实才值得挽救,你们只有真诚才能得到拯救。虚伪的面罩无比沉重,你们即使可以一时因面罩的荣光陶醉,最终你们的灵魂将因其越坠越深。

五十二、 论野心

一

　　智者讲道的时间变得越来越少,周围之人抓紧时间向这位值得尊敬的老人提出问题,希望能为自己解答困惑。一位面目严肃的中年人说:夫子,我在少年之时充满幻想,一心想着外面世界的无穷变化。我在青年之时野心勃勃,想象着自己能够成为征服一切的英雄人物。现在我已经人到中年,仍然还有着当年的野心,但是,我感觉这种野心的火焰渐渐变小。我目前的一切可以说是野心推动运行的结果。我获得了很多,也失去了很多。那么,请问如何看待野心在我们生活之中的地位呢? 智者说:

　　野心来自你的欲望,是你的欲望不断生长出来的巨大胃口。野心会接受利益的刺激,从而不断变得更为膨胀,一直到精力颓废的边界,一直到命运垂下帷幕之时。

　　野心是一条亦静亦动的河流。在野心河流汹涌之时,它可以对航行其上的船只摧枯拉朽。在野心河流静止之时,它亦能浇灌两岸的村庄及庄稼。

　　你们播种下野心的种子,却可能生长出刺痛双脚的荆棘。你们植入野心的血液,却可能长出铁石的内心。

野心可以让你们遭受世人嘲笑，也可以让你们获得世人的羡慕。野心可以使你们战战兢兢，也可以使你们的内心坚若钢铁。野心既可以使你们坠入深渊，又可以让你们飞黄腾达。

野心可能是萎缩之后的挣扎，野心也可能是压迫之后的奋起。

二

野心可以成为促成一项伟大事业的不断翻滚的洪流。在尘世之中，最为宏伟的建筑都是建基于野心之上，最为伟大的帝国也是野心推动得以建成。野心可以翻江倒海，使沧海变成桑田。野心可以开山劈路，使天堑变成通途。野心可以使沙漠变为绿洲，野心可以使陆地变成河流。

野心是你们攀援而上的梯子，在你们平淡之心到达的极限，它还会助你们向上攀登。野心是你们驾船在大海中遇到的大风，在你们精疲力尽之时，还会多送你们一程。野心是你们临终之时的强心药剂，在你们生命到达终点之时，还会延长你们生命的里程。野心是你们生活奋斗的刺激物品，在你们生活的味觉逐渐平淡之时，野心又给了你们拥有新生活滋味的可能。野心是你们尊严的内在动力。在你们尊严受辱无处求救之时，野心让你们的尊严获得了恢复的时机。

野心是最为充沛的激情之一。在它达到顶峰之时，即使是最为危险的悬崖，也被视而不顾。野心是最为湍急的河水，如果没有堤坝，它将摧毁沿岸的一切美好庄稼。野心是最为浑浊的暗流，流经心田之后，即使是往常干净的内心也不再纯净。野心是火山的岩浆，只顾自己散发热量，全然不顾周围的人群和建筑。

野心的根须不是扎在善良的土地之上，因此，就会结出骄奢淫逸的果实。野心的河流不是适合善良人打渔的水域，在这里野心的船只互相碰撞、相互倾轧。野心的舞会洋溢着虚假，贪欲者们戴着面具

翩翩起舞。

野心是一种生长在高处的庄稼，低处不是适合它生长的区域。在阶层的高处，财富能够为野心助燃，权势能够成为野心依仗的利器，知识可以为野心增加智力。

野心是随着时间而逐渐枯萎的植物。在你们少年之时，你们可以想象成仙成佛。在青年之时，你们可以想象出将入相。在中年之时，你们可以想象衣食无虑。在老年之时，你们的野心会变得奄奄一息，你们只能想象获得尊重和爱的关怀。

三

你们的能力应当能匹配你们的野心，你们的能力应当能驾驭你们的野心。你们的野心应当受控于你们的才华，而不是你们的才华匍匐在野心的脚下。你们的力量应当能担负起你们的野心，而不是野心压垮了你们的力量。如果你们是绵羊，就不要匹配狮子的野心。如果你们是蛇，就不要有大象的野心。如果你们是走兽，就不要安装飞禽的野心。如果你们野心的脚步过于迅捷，你们的舞蹈将不能跟上野心的节奏，反而会踩踏自己。如果你们的野心之口过于庞大，不仅不能寻找到猎物，反而会吞噬自己。

野心与凶险比邻而居。野心能给你们带来能量，也同样能给你们带来灾难。野心是猛兽，如不控制，将会伤人。野心如同内心的激流，如果不善于游泳，将会葬身于水中。野心如同雷暴，可以催促你们前行，然而，也可以将你们遗弃于旷野之中。野心如同威力无比的武器，很可能会伤害到笨拙的你们。野心如同勇士，你们拙劣的统帅能力如果不足以管控野心，野心将会反叛。

野心是刀枪不入的铠甲，虽然你们穿上可以防止外部伤害，然而，野心可能让你们纯真的内心窒息。世人都有人性的软肋，即使你

们穿着最为坚硬的铠甲，然而，这件铠甲在保护你们的同时，也会成为你们移动的监狱。

无数人都认为自己能够驾驭野心，是野心的主人。然而，登上野心的战车之后，这辆战车就会高速运行，在巨大的惯性之下，谁也难以中途下车，身在其中的人都会成为野心的奴隶。无数人都以为野心会有边界，但是，野心自己会喂养自己，自己会维持自己，直到彻底自我消灭。

野心是罪恶下面的台阶，从野心到罪恶并不太远。因为野心庞大的胃口，很多时候你们很难满足。因此，你们就可能借助谎言来喂养。由于野心庞大的体量，你们很难驾驭，你们就会用虚伪的方式来假装。因此，自从骑上野心这头巨兽，你们就被其绑架。如果你们满足野心，将会导致善良本性丢失。如果不能满足野心的需求，将可能被野心带向不可控制的危险境地。

四

即使你们在野心火焰的炙烤之下获得了巨大的声名，然而，这却可能只是浮名。群山之上坟茔众多，又有几人在青史中留下了姓名。你们浪费了纯真的性情，你们虚度了宝贵的青春，你们损失了至亲至爱，难道只是为野心扬名？

你们在野心的簇拥之下到处追寻，最后会发现重新回到了野心还未萌生之地。你们在野心的燃烧之下，本来认为自己会炼成至为纯粹的钢铁，最终却只是变成了粉尘。

你们认为自己是指点野心在黑暗中行走的灯火，野心却让你们迷失在黑暗之中。野心让你们得到多少，就会让你们失去多少。野心让你们得到的方式，也是让你们失去的方式。

你们的野心应当用于上下求索而求道。你们认为道是虚空之

物,却是实在之物。你们的野心认为所追求的是实在之物,却恰恰是虚空之物。这是因为,无论多么繁华的盛宴,总会有曲终人散之时。无论登上多么高的峰顶,总会有下山之时。无论多么炙手可热的权势,总会有熄灭之时。无论多么绝色的容颜,总会有凋谢之时。野心最后将与它们一起毁灭。然而,只有道是无尽的。这是带领世人走向无限可能的火,这是来自上苍的至为神圣的火。

道能够让野心臣服于脚下,道能让野心的火焰变得温顺。你们应取之于道,奔之于道,而不是从野心中来,到虚无中去。

你们的野心再高也不能高过信仰,你们只是信仰的奇迹,而不是野心的奇迹。即使是最大的野心,也有不可逾越的天险,而信仰却没有不可逾越之地。

智者离去

当代最伟大的智者在他生命的最后一天,在苍天向大地恩赐白雪的傍晚,看见夕阳乍然放大,众鸟纷纷乱飞;看见天穹的流水越来越响,童年的往事变得越来越熟悉,就知道天穹之门慢慢地向他敞开了。于是在众弟子的簇拥之下,登上了他经常讲道的山顶。四方奔来的人群远远就可看见他火焰般的手臂,听到他洪钟般的声音,他说:

别了,世人啊,在你们尚未完全抵达我之前,我们就真的永别了。

你们中间那称我为疯子、假智者的人们不是正向我奔来吗?

你们中间那对我避之不及的不是已经趋之若鹜了吗?

当大地沉默的时候,只有我和星辰还醒着。

当梦幻复苏、朝阳东升的时候,我和牧羊人就要沉沉睡去了。

飞鸟也要归林,旅者也要回家。谁又能阻止江河流入大海,星辰回到暗夜呢?

那医治世人的医生们也在我的面前摆好了银针和手术刀。但是,我的名字已不在熙熙攘攘的人世手术台上了。我自己也是一种先天的病人,我患的疾病是爱的疾病。这种疾病只能通过我博大的爱的施舍才能恢复。从落入凡世到白发苍苍我都被这种爱的疾病驱使着。爱使我病入膏肓。我在为你们驱走病魔的同时,也在同时为自己驱走病魔。

世人啊!我也曾埋怨过你们,甚至诅咒过你们。在我为你们修

路的时候,你们说我妨碍了你们的前行。在我为你们敲响午夜之钟呼唤黎明的时候,你们说我惊扰了你们的好梦。在我们如同知更鸟那样为你们预言的时候,你们用装睡或者用冷漠来回应我,甚至你们用眼神互相鼓励,想对我意图不轨。

然而,如果在我痛苦饱满、寂寞坚实的时候不挥动镰刀为你们收割庄稼,那么,在寒冬晃动你们房屋的时候,你们仓房里收获的恐怕只有清冷的晚秋之风了。

以前我恨你们沉浸于生命的喧嚣中,饶舌在语言的漩涡里,没有一个人与我分享至深的孤独,因此,你们就品尝不到孤独之甘美,也听不到我的声音,尽管我的声音一直回荡在人群的丛林之上。

但是,善良的飞蛾般的世人啊,趋光却是你们共同的本性,只是你们分不清油灯的火光还是太阳光芒的区别。而现在你们不是如船只返航港口、羊羔奔向母羊那样奔来了吗?

你们称我为精神上的前辈,灵魂中的智者,却不如称早春水中白足黑羽的鸭子为智者,它们比我更早能够感受到上天的温暖呼吸与善意;也不如称呼秋天的落叶为智者,它们比我更能悟解到什么叫断舍离。

其实,我手掌上的纹线只是我千百次走过的坎坷之路。我现在摊开我的手掌,并不是为了索取,而是为了你们避免重蹈覆辙。我静默中的独语其实来源于你们在摇篮中婴儿的语言,由于你们成长或者奔跑得过于迅速,从而忘记了寻找这些语言的道路。

人人都是大海。你们称我为智者,只是没有看出你们本身就是我的一部分。雨水在天空中运行,我不过是蒙受了甘露的顽石,从而能够开出惠及他人的花朵;我不过是承受了灵的手掌,从而长成给你们提供荫凉的参天大树。

假若把根须扎入大地之中,你们的血源一定会无所不在;假若把枝条伸入太空之巅,你们的情感力量一定无所不在。只有用喜马拉雅山才能丈量你们的高度。你们所缺的,也是我所具有的,只是我更

知道如何感动山川与大地。

世人啊！你们也可能曾被我的沉默所激怒，殊不知太阳必须经历过长夜的酝酿才能耀眼；你们可能曾被我的孤独所困惑，殊不知花朵必须经过沉闷土地的孕育才能芬芳。铜钟只有在破碎的时候才最响亮，荆棘鸟只有在死亡时刻才能发出一生唯一的一次绝唱。现在不是到了我放开喉咙的时刻了吗？

我立下的遗嘱不是为了赠予而是为了索取。我用善良之水浇灌的种子应该结出安慰的果实。我用痛苦之乳哺育的树木应该开出欢欣的花朵。

你们中间有远足者，有静立者，有思考者，有行动者。你们本就是一体的，只是机缘巧合而走向不同的方向，然而，这个星球是圆的，你们将会异途同归，最终会相遇到一起。

只要在这个世界上存在，毕竟都会有其合理之处。因此，强健者不要嘲笑羸弱者，明目者不要嘲笑盲者，语言喧嚣者不要嘲笑哑者，哑者和跛者也不要相轻。不要到了生命的终点，善才可以得到更大的回音。

世人啊，不要为我的离去而哭泣。太阳也要落山，牧者也要归去，只有在沉睡中才能真正与大地一体。

我的呼吸停止是另一场风暴的起源。你们眼中的死亡其实是另一个生命的开端。在生前我只能用口与你们的耳朵交谈，在死后我要用灵与你们的心交谈。

不必为我的离去而忧伤，我会氤氲在大气中无所不在，一粒尘土就是家园。我只是上天遗落在大地的一粒尘土。有泥土的地方都住着我的内心。我的内心不是蔓延于整个世间了吗？即使我不在的时刻，即使在暗夜最深的时候，只要你们怀念之鼓响起，在我的胸膛山谷里就会响起连绵不绝的回声。

未来是一株参天的树木，愈到顶部，天空之路愈是宽广，手指捕捉到的阳光也愈多。

你们看见过流泪的太阳吗？
你们见过喜悦的雨水吗？
当你们看到纤尘在阳光下慢慢开放，
当你们看到浪花在大海中自由地欢歌，
那就是我了。
当你们没有了人与人之间的心的间隔，
当你们心中有了道德的栅栏，
那就是我归来的时刻。
我要在大风雪之夜推开你们的窗牖，
给你们带来雪夜的纯洁和森林的神圣，
或者是在你们花朵般的面庞上绽开微笑，
在你们沉静的岁月里慢慢晃动羽毛般的身子。

图书在版编目(CIP)数据

人道沉思录/宋远升著. —上海：上海三联书店，2021.9
ISBN 978-7-5426-7490-6

Ⅰ.①人…　Ⅱ.①宋…　Ⅲ.①散文集－中国－当代
Ⅳ.①I267

中国版本图书馆 CIP 数据核字(2021)第 140982 号

人道沉思录

著　　者 / 宋远升

责任编辑 / 郑秀艳
装帧设计 / 一本好书
监　　制 / 姚　军
责任校对 / 王凌霄

出版发行 / 上海三联书店
　　　　　(200030)中国上海市漕溪北路 331 号 A 座 6 楼
邮购电话 / 021－22895540
印　　刷 / 上海新开宝商务印刷有限公司

版　　次 / 2021 年 9 月第 1 版
印　　次 / 2021 年 9 月第 1 次印刷
开　　本 / 890mm×1240mm　1/32
字　　数 / 150 千字
印　　张 / 8.625
书　　号 / ISBN 978－7－5426－7490－6/I·1715
定　　价 / 58.00 元

敬启读者，如发现本书有印装质量问题，请与印刷厂联系 021－66986280